中公文庫

バグズハート

警視庁組対特捜K

鈴峯紅也

中央公論新社

目次

序章……9
第一章……11
第二章……75
第三章……125
第四章……178
第五章……235
第六章……308
終章……365

主な登場人物

東堂《とうどう》 絆《きずな》……警視庁組織犯罪対策部特別捜査隊（警視庁第二池袋分庁舎）遊班所属、警部補。典明に正伝《しょうでん》一刀流を叩《たた》き込《こ》まれた

片桐《かたぎり》 亮介《りょうすけ》……湯島坂上に事務所を持つ探偵。キルワーカーの一人に襲われ、死亡

東堂礼子《れいこ》……元・千葉県警の刑事。絆を産み、その後、死別

東堂典明《てんめい》……絆の祖父。剣道の腕は警視庁に武道教練で招聘《しょうへい》されるほどの実力者

大河原《おおがわら》 正平《しょうへい》……警視庁組織犯罪対策部部長、警視長。絆を組対に引っ張った張本人

金田《かねだ》洋二《ようじ》……警視庁組織犯罪対策部特別捜査隊遊班班長、警部補。絆の教育係だったが、キルワーカーの一人に殺され、殉職

浜田《はまだ》健《けん》……警視庁渋谷署組織犯罪対策課隊長、警視

下田《しもだ》広幸《ひろゆき》……警視庁渋谷署組織犯罪対策課所属、巡査部長

漆　原《うるしばら》英介《えいすけ》……警視庁公安部外事第二課所属、警部補

氏家《うじいえ》利通《としみち》……警視庁国際テロリズム対策課情報官、警視正

皆川《みなかわ》道夫《みちお》……警視庁公安部長、警視長

手代木《てしろぎ》耕次《こうじ》……警視庁公安部参事官、警視長

古畑《ふるはた》正興《まさおき》……警視総監

渡邊《わたなべ》千佳《ちか》……………絆の幼馴染みであり、元恋人

綿貫《わたぬき》蘇鉄《そてつ》……………千葉県成田市の任俠《にんきょう》団体・大利根《おおとね》組の親分。昔気質《むかしかたぎ》のヤクザ

ゴルダ・アルテルマン……元I国の空挺部隊員、今は車のジャンクパーツ屋を営む

奥村《おくむら》金弥《きんや》……………中野のネットカフェ〈自堕落屋〉社長

白石《しらいし》幸男《ゆきお》……………有限会社バグズハートの代表取締役

久保寺《くぼでら》美和《みわ》…………有限会社バグズハート勤務

五条《ごじょう》国光《くにみつ》…………竜神会総本部長。源太郎《げんたろう》の息子、宗忠《むねただ》の弟

若狭《わかさ》清志《きよし》……………兵庫の竜神会二次団体、芦屋銀狐《あしやぎんぎつね》の舎弟

魏老五《ぎろうご》……………上野（通称：ノガミ）のチャイニーズ・マフィア

本文イラスト　永井秀樹

バグズハート

警視庁組対特捜K

序章

いや、なんにも言わんでええで。そもそも、なぁんも言えんやろうし。

永いこと、コツコツと一生懸命やってくれたなぁ。だから、ごっつ感謝しとるんやで。色々と面倒は掛けたけどなあ。これは本心や。

有《あ》り難《がと》うな。

だから、もう頑張らんでええんやで。枕高ぅして、これからはゆっくり休んでや。この病院のセンセにもそないなこと、よぉっく頼んであるし。もう上げ膳据え膳でな。それこそ天国みたいな暮らしができるでえ。

はっはっ。なんや、そないな目で見んといてえや。情が根付いてもうたら、このパイプ椅子から尻ぃ、よう上げられんようになるやないか。

大丈夫。あんじょう頼んであるさかい、心配は要《い》らんでえ。

少ぅしずつ、少ぅしずつや。

目を閉じて、目を開けて、目を閉じて、目を開けて。それを繰り返すだけでええ。それを繰り返すだけで、楽ぅになれるんや。怖いことなんかないで。群馬《ぐんま》の方のな、偉ぁいセンセが、治験に治験を重ねた高価なクスリや。

クスリの名前はなんちゅうたかな。まあ、どうでもええわ。

偉ぁいセンセの名前は、――おう、西崎次郎《にしざきじろう》ってセンセや。沖田《おきた》組の関わりって話やで。

どや、これで安心できたやろ。せやで、沖田剛毅《ごうき》のな。なんでも、フィリピーナに産ませた息子《むすこ》って話や。阿呆《あほ》たれの丈一《じょういち》と違うて、ようでけた息子やったらしいで。

だから、大丈夫や。

いや、なんにも言わんでええんや。そもそも、だんだんとなぁんも言えんくなってくるやろうし。無理することないで。

本当に永いこと、コツコツと一生懸命やってくれたなぁ。だから、ごっつ感謝しとるんやで。

色々と面倒は掛けたけどなあ。

繰り返すがなあ。これは本心や。

有り難うな。

何度でも言うで。ほんま、有り難うな。

だから、もう頑張らんでええんやで。肩の力抜いて、ここのセンセに全部任《まか》せたらええ。

そう。目蓋閉じて、ゆっくりゆっくりな。

ええ夢見ぃや。

第一章

一

警視庁組織犯罪対策部の東堂絆《とうどうきずな》は、この夜、湯島《ゆしま》の池之端《いけのはた》にある来福楼《らいふくろう》にいた。

捜査のためではない。単純に、夕飯を食うためだ。

——ああ、東堂さん。厨房《ちゅうぼう》前のビールサーバのとこなら空《あ》いてるよ。って言うか、そこしか空いてないからね。注文は後で聞くから、最初は勝手に呑《の》んでて。

自《みずか》らも厨房から出ていた店主の馬達夫《またつお》が、テーブルの皿を片づけながらそんなことを言った。

チャイナドレスのホール係も忙《せわ》しげに立ち働き、笑顔は見せるが、立ち止まって注文を聞いてくれることはなかった。

二月の中旬に初めて来店してからまだ二ケ月しか経《た》っていないが、来福楼における絆の扱いはもう、常連客のそれだった。

最初は父、片桐亮介《かたぎりりょうすけ》に連れられて訪れた。直前に殉職した絆の相棒、金田洋二《かねだようじ》警視を偲《しの》ぶ会だったが、その父ももう、今はこの世にいない。

もともと来福楼は父亮介が三十数年、先代の馬栄七《えいしち》の頃から行きつけにしていた店だった。父に代わり、いや、父の跡を継ぎ、絆は来福楼の常連になった。

来福楼はなにを食っても美味《うま》く、しかもリーズナブルだと評判の店で、常に賑《にぎ》わっていた。

絆には、それもよかった。

絆は生まれてこの方、去年相棒の金田に片桐を紹介されるまで、亮介のことを知らなかった。亡き父が来福楼に通った三十数年は、息子の知らない年月だった。

だから――。

来福楼の味わいには、父の思い出も込《こ》みになる。亡き父が好んだ料理は、明るく弾《はじ》けるような賑わいの中で舌に載せるのが格別だった。

それにしてもこの日は、来店してからたっぷり二十分は放っておかれた。数のまとまった客が引きも切らない状態だったからだ。

気象庁の発表によれば東京の桜は、約二週間前の四月二日に満開を迎えたらしい。

上野《うえの》公園の桜はすでに葉桜になりつつあるが、スッキリ晴れた青空と土曜日ということもあって、この日は、今年〈最後の花見〉と洒落《しゃれ》込む行楽客で、上野の山は一日中ごった返していた。

　来福楼には夜桜を堪能した者たちが、夕飯時になって押し寄せたようだった。

　二十分の後、ようやく店内に入ってくる新規の流れが途絶えた。

「なにがいい」

　近づいては来たが立ち止まろうとはしない達夫に聞かれ、取《と》り敢《あ》えず焼《や》き餃子《ギョーザ》と空芯《くうしん》菜炒《さいいた》めのハーフサイズを注文した。

「今晩はさ、あんまりゆっくりもしてられないんだ。よろしく」

「オーケー。任せといて」

　これでようやくかと思ったが、頼んだ物は十五分を過ぎても出てこなかった。

「いや。親しき常連にも、金額分の礼儀ってものはあると思うんだけど……」

　ひと言くらいの文句を、と思って立ち上がりかけると、五十を前にして頬に肉のつき始めた達夫が、その辺の肉をゆったりと吊《つ》り上《あ》げた満面の笑みで寄ってきた。

　手に、湯気の立つ料理を持っていた。

　この辺の呼吸は狡《ずる》いくらいに商売人だと、文句より先に感心させられる。

「ごめんごめん。ずいぶん待たせちゃったかね。はい、どうぞ」

「あれ？」

ただし、テーブルに供された料理は空芯菜炒めのハーフでも、もちろん、焼き餃子でもなかった。

フカヒレの姿煮だ。

来福楼はリーズナブルだが、当然のように高い物は高い。特にフカヒレの姿煮は、来福楼自慢の蒸しアワビと双璧をなすほど高価だ。

気仙沼《けせんぬま》産の近海物だという排翅《パイツー》は、たしか税別で一万二千円はしたはずだった。

「頼んでないし、俺が自分で頼む予定もさ、この先たぶん、永久にないけど」

「ああ。片桐さんの息子だからね。そんなことはわかってる」

どうわかられているのかは気になるところだが、本筋ではないから聞き飛ばす。

すると達夫は、絆が座る厨房付近とはホールを挟んで真反対の方を指し示した。

団体客用の個室が並ぶ方だが、こちらからはまったく見えない。

「あちらのお客様から。一番奥の」

「——ああ」

それだけで合点《がてん》がいった。

十分ほど前、花見客にしては剣呑《けんのん》な気配が奥に流れたのは感得していた。加えて、一万二千円もするフカヒレを〈タダ〉で絆に出す〈あちらのお客様〉など、一人しか思い浮かばなかった。

「ま。もの好きで酔狂、と」

絆はおもむろに立ち上がった。

「東堂さん。面倒はご免だけど」

達夫の目が一瞬泳いだ。

絆はその肩を軽く叩《たた》いた。

「大丈夫。挨拶《あいさつ》だけだよ」

「ああ。なら、手短にね。冷めたフカヒレは、あんまり美味《おい》しくないよ」

「了解」

絆は、ようやく混雑に一段落ついたホールを横切った。

個室が並ぶ通路の最奥には、竜虎が彫られた扉があった。

ノックもなしに無造作に押し開ける。

円卓があり、決して少なくない数の男たちが座っていた。

「やあ。爺叔《イエシュウ》の息子、久し振りだね」

円卓の向こう側から絆に向け、少し高い声が掛かった。

切《き》り揃《そろ》えて貼り付けたような前髪に、一重の細い目。女性のような白い肌に、やけに赤い唇。

総じて、印象は蛇《へび》。

それが上野、ノガミに巣くうチャイニーズ・マフィアのボス、魏老五《ぎろうご》という男だった。

長江漕幇《チョウコウソウバン》の流れを汲《く》み、厳然たる信賞必罰をもってノガミに君臨するこの男に憧れる同胞は、それぞれの縄張りを越えて多いらしい。

そのためにグループとしては大きくないが、在日チャイニーズ・マフィアの中でも一目置かれる存在だというもっぱらの評判だ。

「それほどでもないでしょう。あなたとはそう、男だらけの雛祭《ひなまつ》り以来だ。でも、まだ一ケ月と二週間にもなりませんよ」

絆は室内に一歩踏《ふ》み込んだ。

魏老五の右側に、今ではグループナンバー2に昇格した陽秀明《ようしゅうめい》と、たしか林芳《りんほう》という陽の右腕が座り、左側には陽に抜かれたナンバー3の王拍承《おうはくしょう》とナンバー5の蔡宇《さいう》が座っていた。

さらに手前には下位ナンバー数人が位置的に背中を向けていたが、その辺はどうでもいい。要するに雑魚《ざこ》だ。

ほかに部屋内には壁際に、危ない目つきの若い中国人が二人寄り掛かっていた。この席のガード役だろう。

絆が入ると、そいつらが動いた。野放図な殺気が膨《ふく》れ上がる。

わからないでもない。男だらけの雛祭りの日、絆は藤四郎吉光《とうしろうよしみつ》の脇差で、ボスである魏老五の額に一生消えない傷をつけたのだ。

――皮一枚もらった。毎日鏡を見るたび、自分の愚行を呪え。

それまで魏老五の髪形は、常にオールバックに整えられていた。前髪の形が変わった理由は、もらった皮一枚の結果ということで間違いないだろう。

対して魏老五は、

――爺叔の息子、言っておく。お前と私も、これで血を結んだ。宿縁よ。覚えておくといいよ。

と、血みどろの顔で笑った。

魏老五とはそういう関係であり、魏老五はそれでも、絆にフカヒレの姿煮を振る舞うマフィアだった。

「ああ、いい。邪魔ね。全部」

魏老五が顔を振り向けて右手を上げ、若い二人を制した。

来福楼の初代である馬栄七が上野に店を出すとき、当時一帯を縄張りにしていた地回りのヤクザと揉《も》めた。やがてチャイニーズ・マフィアまで巻き込み、ノガミに血の雨が降ると誰もが思ったらしい。

そこに割って入ったのが、当時警視庁捜査第四課に所属していた片桐だった。

片桐は地回りの上の上、そのまた上と話をつけ、チャイニーズ・マフィアと五分の手打ちをさせた。

このチャイニーズ・マフィアが、当時は新宿で頭角を現し始めたばかりの、二十代の魏老五だった。魏老五にとって馬は、母方の叔父《おじ》に当たるという。

魏老五は以来、片桐のことを爺叔と呼び、グループの全員にそれを強いた。

爺叔とは、幇《バン》の結束外にいる友人に対する最上級の敬称だった。

濃くも深い、因縁の宿縁。

来福楼同様、絆は魏老五との関係でも、好むと好まざるとに拘らず、父を継ぐことになったようだった。

それにしても――。

いや、関係を継ぐのではない。

白と黒、光と影は真逆の関係にして、決して相容《あいい》れることはない。

ただし、今までは間に父を、探偵を挟んでいた。それで曖昧《あいまい》な境界線のようなものがあった。

刑事、探偵、マフィア。

白はグレーを通して黒に馴染《なじ》み、黒はグレーを潜って白に近づく。

光は片桐の足元に影を作り、影は片桐の向こうに光を避ける。

そのフィルタが、これからはない。ない以上、金輪際《こんりんざい》馴染むことはないだろう。

これからの絆と魏老五の関係は、生々しくも激しいものへと変化する。

白が勝るか、黒が呑み込むか。

光は見失った影を探し、影は光の直射に焼かれる。

いずれにしても、組対の刑事とマフィアのボスは、不可思議な関係をこれからも続けることになる。

宿縁が切れるまで。

つまり、どちらかが死ぬまで。

二

「爺叔の息子。最近、爺叔の事務所によく寝泊まりしてるようね」

紹興酒《しょうこうしゅ》を口に運びながら魏老五は言った。

名前でも役職でもない。

爺叔の息子。

遠くも近くもなく、関係の距離が動かない。

魏老五は常に、絆をそう呼ぶ。

「あれ、ご存じでしたか。そう、あなたのせいで、遺品を整理しなくちゃいけない身の上になったもんで」

あなたのせいで――。

キルワーカーという世界的ヒットマンが日本に入国した。目的と雇用者こそ別の人間だったが、手配の仲介をしたのは魏老五で間違いなかった。

キルワーカーは片桐亮介を殺した。

以《もっ》て絆はキルワーカーを撃退し、魏老五の額を斬った。

だから――。

遺品整理が寝泊まりの理由とは、半分は本当で半分は嘘《うそ》だった。

父の湯島坂上の事務所には、父が絆に残した八百万の現金があった。絆にとっては大金だった。

公安総務分室の小日向純也《こひなたじゅんや》警視正には、その金でメディクス・ラボという会社の株式を買えと勧められた。

――おそらく一週間後には、間違いなく全体として四倍から五倍にはなるね。

そんなことを言っていたが、取り敢えず無視した。無視したが、一週間後の結果は気になってネットを開いた。

以降現在まで、今度は結果の方を無視しているが、漏れ聞こえてくる話では買っていれば八倍を超えているらしい。つまり、勧められた通りに全額を注ぎ込んでいれば、軽く六千万にはなっていたという。

ヤケになったわけではないが、絆は不労所得ともアブク銭とも言えるこの八百万を、湯島の事務所を維持するために使うことを決めた。

当初、本当に遺品整理やらなにやらで絆は一週間泊まり込んだ。

湯島坂上という場所は、異例特例によって成田《なりた》から警視庁管内に通う絆にとって、どこに行くにしても驚くほど便利だった。

すぐにビルのオーナーと継続使用を掛け合った。

渋チンだったが交渉の結果、おそらく家賃や管理費、更新費用を考えても四年はつまり、〈タダ〉で住めた。

「今度、マツザカヤから花でも送るね。四、五年置きっ放しでも色の褪《あ》せない、いい造花をね」

魏老五は見透かしたように、笑って盃を掲げた。

「要らない。命が感じられない物は、あまり好きじゃなくて。ま、あなたたちにとっては、命そのものもオモチャのようなものかもしれないですけど」

魏老五の眉が、わずかに寄った。

「なに？　わからないよ」

絆は宴席を見回した。全員の視線が、絆に集中していた。

「あの雛祭りまでなら、こういう場所には必ずナンバー4でしたっけ。江宗祥《こうそうしょう》が同席していましたよね」

「――ああ」

つまらなそうに魏老五は、王拍承の方を見た。

いたとすればその隣、蔡宇の手前が、ナンバー4である江宗祥の居場所だった。

いたとすれば。

生きていたとすれば――。

絆が潰《つぶ》した、危険ドラッグ〈ティアドロップ〉の流通に最後まで江宗祥は関わっていた。

その結果、とうとう取引の現場を警察に押さえられた。現場から逃げ出せたのは僥倖《ぎょうこう》だったが、わずかな時間の命を長らえるだけの効果しかなかったようだ。

朝陽の中を逃亡した江宗祥は、夕陽を見ることなく京浜運河に浮かんだ。

「人間は人間。当たり前ね。オモチャじゃないよ。江もそう。人間ね。でも、だからこそ、だね」

魏老五は言いながら首を振った。

貼り付けたような前髪は作り物めいて、魏老五の額でまったく揺れなかった。

「使えない人間はね、爺叔の息子。それはオモチャ以下よ。そのくせ自分で考え、自分で動こうとするよ。だからゼンマイを切り、電池を抜く。暴れるけどね。オモチャじゃないから」

陽秀明以下、さざ波のような笑いが起こった。

一人、陽の右腕の林芳だけが、よく光る目を絆に据え当てて動かなかった。

「そうそう。江と言えば、思い出したよ、爺叔の息子」

魏老五はわざとらしく手を叩いた。

「なんですか」

「その件では葛西の、そう、ブルー・ボックスだったたか。外部保管庫」

ブルー・ボックス。

それは前年、有識者会議も含めた様々な検討の末、警視庁が民間から借り上げた証拠品・押収品用の、超巨大収蔵保管倉庫の名称だ。

ロジスティクスとセキュリティの最新技術を導入し、前年七月からのテスト運用を経て、この年の一月から本格稼働が始まっていた。

テスト運用時はカク秘、本稼働後もマル秘扱いにはなっているが、魏老五は場所も名称も正確に口にした。

「そこに、ずいぶん可愛《かわい》らしいクイーンが君臨してるって聞いたね。名前はたしか、小田《お だ》垣観月《がきみづき》」

「へえ。さすがに、色々と耳聡《みみざと》い」

と口では感心して見せるが、ブルー・ボックスも小田垣観月のことも、魏老五なら知るだろう。

「ただ、あの人を可愛らしいと言っていいかどうかは——どうかなあ」

〈ティアドロップ〉に最後まで関わろうとした江は、ブルー・ボックスに納められるはずの押収分にまで手を出そうとした。品川《しながわ》署の、田畑《たばた》という巡査部長が計画に荷担していた。綱紀粛正もブルー・ボックスも、担当は警務部監察官室だ。実質的に江宗祥の計画を潰したのはそこの管理官、小田垣観月警視ということになる。

魏老五は恩義も情けも知るが、怨みも仇《あだ》も忘れない。裏切りや讐敵《しゅうてき》に対する仕打ちは、チャイニーズ・マフィアの中でも陰湿だと聞く。

証拠はないが、江を運河に切り捨てた魏老五なら、小田垣観月の名は讐敵として心に刻《きざ》んだはずなのだ。

蛇の印象は、伊達《だて》ではない。

「爺叔の息子は、ブルー・ボックスのクイーンと親しいようね。平和島の〈かねくら〉に乗り込むくらい」

〈かねくら〉は平和島近辺にある料亭だ。旧沖田組の若頭《わかがしら》を務めた黒川登《くろかわのぼる》の不動《ふどう》組が関わり、現在は竜神会《りゅうじんかい》の総本部長、五条国光《ごじょうくにみつ》が根城に使っている。

竜神会は日本最大の広域指定暴力団にして、それまで関東に覇を唱えてきた沖田組の上部組織だ。

その竜神会が、沖田組が内部抗争に等しい骨肉の争いから消滅したことにより、直接の関東支配を目論《もくろ》んで送り込んできたのがこの、会長である五条源太郎《げんたろう》の次男、国光だった。

絆は一度は潰した〈ティアドロップ〉の再流通を巡り、観月とともに〈かねくら〉に乗り込んだ。

ちょうど、一ケ月ほど前のことだった。

「ああ、〈かねくら〉ね。それも知ってますか」

やおら、絆はテーブルから紹興酒の瓶を取り上げ、そのまま口をつけた。

無礼は承知だが、監察の小田垣管理官に集中しそうな話を散らす。まずはそれが先決だった。

――覚悟が見えません。だから、止《や》めた方がいい。死生の間を歩く覚悟。

江宗祥が浮かんだ日の夕暮れ時、絆は観月にそう言った。魏老五にひと言だけでも文句を、と意気込む観月を、絆は鉄の言葉で制した。

ノガミのチャイニーズ・マフィアごときと、宿縁を認めるのは自分だけでいいのだ。それが組対の仕事で、監察の出番は本来ならない。

勝手に紹興酒を呑めば、ふたたびガードの二人の気が膨れ上がった。

が、これも魏老五は手で制した。

なんでも見透かすような魏老五の目が、少々癪《しゃく》に障った。

「そこまで色々知ってるって、いったい何人飼ってんです？　品川署の田畑みたいなのを」

さぁてと肩を竦《すく》め、魏老五は紹興酒を舐《な》めた。

「情報提供はどこからでも、いつでも来る。爺叔の息子。覚えておくといいよ。大事なのは正確な取捨選択と、スピードね。どんなに些細《ささい》でも」

「へえ。なんか、気前がいいですね。フカヒレといい、今の言葉といい」

「そう。今日の私は、気分がいい。気分がいいから、ついでにそっちの食事代、全部出すよ。その代わり、私の分の花でも買って欲しいね」

「花？」

そう花、と言って、魏老五はグラスを掲げ、琥珀《こはく》の酒色を眺めた。

「花って、なんの？」

「おやおや」

魏老五は嘆息した。

「爺叔の四十九日。もうすぐね」

「……あ」

返す言葉はなかった。失念していた。

東堂さん、と廊下から達夫の声が掛かった。

「フカヒレ、冷めますよ」

助け船には、乗る一手だった。

「花ね。まっ、承りましょうか。親父《おやじ》が喜ぶかどうかは知りませんが」

「爺叔の息子。爺叔と私には、お前の知らない三十数年があるね」

「なるほど。聞こうとは思いませんが」

一礼を残し、絆は魏老五の宴席を後にした。

厨房前の席に戻ると、たしかにフカヒレの姿煮から立ち上る湯気が消えていた。

「ふむ。食うと賄賂《わいろ》でダーク。食わないで花を買わないとすると、これも不義理でダークか」

フカヒレを前に腕を組むと、絆が注文した焼き餃子と空芯菜炒めを達夫が運んできた。

「ほら。作った物は食べる。料理に罪はないんだから」

「おっ」

反射的に箸を取り、フカヒレを口に運んだ。

「うほっ」

なにを食っても美味いと評判の店の逸品だ。間違いはなかった。

「馬さん。俺のこと、あいつに連絡した？」

食いながら聞いた。

個室に向かう側からは、厨房前の絆の姿は見えない。それに、絆のことをうかがう視線や気配もまったく感じなかった。

話したかではなく連絡したかと聞いたのは、魏老五の来店からフカヒレの姿煮が絆の前に供されるまでが、あまりに短かったからだ。

「ああ、事務所に電話しましたよ。言われてるから。だから、魏のボスは来たみたいだけど」

「言われてる？　なにを？」

「片桐の息子が湯島に住み着いたようだから、顔を出したら連絡って。——あれ？　大したことじゃないと思ってましたけど、駄目でした？」

「いや。いいけどね」

「ここいら界隈《かいわい》の店、結構言われてるとこ多いですよ。今やこの辺、ボスの息がずいぶんかかってますから」

「へえ。仲町《なかまち》通りだけじゃなく、こっちの方までね」

仲町通りはアメ横と並ぶ上野の歓楽街にして、魏老五のテリトリーでもある。

「そうですよ。ほら、大きな声じゃ言えませんが」

達夫は腰を屈《かが》めて絆に顔を寄せた。

「沖田組が今んとこ散り散りな感じでしょ。いずれは、竜神会の本隊が出てくるんじゃって噂《うわさ》ですけど」

さすがに二代で池之端に長いだけのことはある。達夫は、なかなか正確な噂を仕入れていた。

「竜神会が愚図愚図してるうちに、魏のボスが抜け目なく囲い込んでるって感じですかね。もともとこの辺は、私んとこみたいな在日の店も多いですし」

「ふうん」

聞きながら、絆は贅沢《ぜいたく》にフカヒレを頬張った。

やはり美味かった。

美味かったが欲を言えば、やはり熱いうちに食えばよかった。

三

この日から翌日にかけての深更だった。

絆は渋谷の、道玄坂の途中から迷路のような路地を入った辺りにいた。耳にはPフォン、いわゆる警察官専用携帯のヘッドセットをつけていた。

この夜、新宿署と渋谷署の組対合同で、裏カジノの摘発《てきはつ》が執行されることになっていた。

地道にして入念な情報収集が実を結んだ結果だ。

——今晩は、あんまりゆっくりもしてられないんだ。

来福楼で、達夫に言った言葉の理由がこれだった。

絆は警視庁組織犯罪対策部の刑事だが、さらに言えば、特別捜査隊に所属する警部補だった。

特捜隊とは、様々な案件に迅速かつ広域に対応するため、それぞれの任務に応じて専門的に当たる執行隊のことだ。警視庁ではほかに刑事部の機動捜査隊、交通部の交通機動隊、警備部のSAT、公安部の公安機動捜査隊などがこれに当たる。

組織犯罪対策部特別捜査隊、通称組対特捜は池袋《いけぶくろ》の警視庁第二池袋分庁舎に本部があり、中でも絆は、個別に動く遊班だった。その身軽さから、各署のガサ入れや摘発にもしばしば協力した。

この夜は、渋谷署からの応援要請に駆り出された形だった。

〈新宿のとあるレンタルスペースで会員制のDJイベントがあった真夜中は、渋谷道玄坂裏に熱いカジノが立つ〉

渋谷署の組対一班はそんな情報を二ケ月ほど前に入手し、その後の丹念な捜査によって主催者の一派に近づいたらしい。

株式会社エムズ。

それは前年に絆が摘発し、一度は殲滅《せんめつ》した危険ドラッグ、〈ティアドロップ〉に深く関わっていた会社の名だった。

かつて関東最大の暴走集団と恐れられた狂走連合の六代目総長の、戸島健雅《としまたけまさ》という男が作った会社だ。

エムズはイベントプロデュースも手掛ける芸能事務所という触れ込みだったが、所属は鳴かず飛ばずのAV女優しかおらず、戸島は社業として〈ティアドロップ〉を大いに売った。エムズは、社員も大半が狂走連合崩れの半グレだった。

そのルートを、絆は粉々に粉砕した。

社長の戸島は不法就労者を巻き込んだ、通称サンパギータの事件で〈ティアドロップ〉のオークションに絡み、足立区は花畑《はなはた》の倉庫で死んだ。現在、エムズは山崎大元《やまざきだいげん》という男が社業を引き継いでいた。

山崎も、元狂走連合の半グレだった。七代目総長の下、特に役付きではないが、常に総長近くにいるイケイケだったという。

サンパギータ事件の当時、戸島は〈ティアドロップ〉のオークション用に九億の資金を掻《か》き集《あつ》めた。その半分以上が街金《まちきん》から借りた金だった。山崎はエムズの内部留保で全額を返済したが、それで事業資金の大半を失ったらしい。

一から再生、地道に積み上げる道もあっただろうが、山崎は上手《うま》くいけば濡《ぬ》れ手《て》に粟《あわ》、一攫千金の裏カジノに手を出した。

いかにも半グレらしい発想だが、山﨑はどうやら、戸島よりも用心深い性格のようだった。会員制のイベントを仕掛け、そこでまず客を取捨選別することにしたようだ。エムズはそもそも、AV女優多数来場を売りにした〈爆音〉というDJイベントを主催していた。そういったノウハウはある。

周到な裏カジノに、捜査陣が辿《たど》り着《つ》けたのはまず、僥倖といえた。

山﨑の欲深さ、性急さがエムズにとっては裏目に出、警視庁渋谷署にとっては運となった結果だ。

三度で全財産と家庭を失ったサラリーマンが、遺書に道玄坂の裏カジノのことを書き残したらしい。

そこから主催者の特定までに、渋谷署の組対は一ケ月半を要したが、辿り着けば後は一気だった。

この夜の摘発はだから、もう十日も前から決定していた。

新宿でのイベントはレンタルスペースのスケジュールで場所が不確定だが、道玄坂の裏カジノは特定されていた。

イベント会場を張る新宿署から、イベント終わりの連中が動いたという連絡が渋谷署に入ったのは三時間ほど前だった。直後に、池之端の来福楼にいた絆に連絡が入った。

それから絆は、おもむろに渋谷に入った。――東堂。準備はどうだ。

イヤホンから聞こえてきたのは、池之端にいた絆に連絡を入れてきた男と同じ声だった。渋谷署組織犯罪対策課の、下田広幸《しもだひろゆき》巡査部長のものだ。

絆はかつて、異例特例で半年ごとに所轄の組対を渡り歩いた。

下田は、絆が渋谷署に配属されたときの相方だった。年齢は五十四歳で、署ではもうすっかり古株になった。

「問題ないです。あ、ちょっとだけありますけど」

――なんだ？

「いえ。こっちのことです」

絆は腹をさすった。

池之端の来福楼では、普段食えない料理をこれでもかと注文した。たとえ魏老五でも他人《ひと》の奢《おご》りは魅力、というか、ひと口もふた口も、ひと皿もふた皿も同じだった。食い過ぎた。

後ろめたさの代わりに、この夜の渋谷では存分に働くつもりだった。

――そろそろいくぜ。いいかい。

「いつでも、って言うか、早くしてくれると腹がこなれていいって言うか、いや、あんまり関係ないかな」

──なんだよ。いつになく歯切れが悪《わり》ぃな。

「いえ。本当にこっちのことで」

──なんだかわからねえが、まあいいや。東堂。何度も言うようだが、多くは要らねぇ。捕まえるのは、一人でいいんだ。その代わり、一人は絶対だ。よろしくな。

下田からの連絡はそれで終了だった。

「まあ、よろしくって言われてもねえ」

絆は腕を組み、間もなく南中する月を夜空に見上げた。

絆が待機する場所は、裏カジノの場が立つと目される五階建てビルの裏手だった。外壁は所々が剝《は》がれたタイルで古そうだが、ワンフロアの広さだけは十分にあるビルだった。

地主がバブルの頃にデザイナーズマンションとして建てたらしい。

が、崩壊後は賃料の高さがネックになって空き部屋ばかりになり、結果ワンフロアをぶち抜きにして企業向けの事務所に改築したようだ。

この夜の摘発の目的はこのビルの三階で、そこだけがビルの中で唯一の空きフロアだった。

しかし──。

四階と五階は、十年も前からマネー・デリバリーという金貸しが借りていた。一階と二階にはそれぞれ、島田誠子《しまだせいこ》会計事務所と今泉《いまいずみ》法律事務所という会社が入っていたが、これはどちらも契約は今年に入ってからだった。

つまり、去年までは一階から三階までが空きフロアだったのだ。

渋谷署の調べによってこの、上階のツーフロアを借りるマネー・デリバリーが、旧狂走連合につながる男が立ち上げた会社だということは判明していた。狂走連合七代目の下で、ハタ持ちだったという。

そういう方向で調べれば、一階と二階の会社も同じ穴の狢《むじな》だった。

どちらも活動実態はなく、賃貸の名義人である二階の今泉颯太《そうた》は現エムズ社長、山崎大元の義理の弟であり、一階の島田誠子は今泉の情婦だった。

もともとマネー・デリバリーが入っていたビルに山崎が目をつけ、旧狂走連合で裏カジノをサンドイッチする形を思いついたのだろう。上手いやり方と言えなくもない。

カジノを本式にやろうとすれば、必要な道具や機材の搬入や搬出は普通なら容易ではない。

それが、ビル全部が息の掛かった関係なら簡単にして安全なのだ。

なおかつカジノ場が空きフロアなら、たとえ摘発にあっても直接には関係がない。現行犯でさえなければ、後に辿られて逮捕されても、のらりくらりといくらでも言い逃れは出来るだろう。

もちろんビルのオーナーには、一階と二階の賃料に〈色を付けて〉三階を空いたままにさせているに違いない。実質は賃借契約が成り立っているのも同じというのが、捜査陣の見解だった。

そういう理由によって、この夜は万全の態勢を取るべく絆も呼ばれた現行犯逮捕を最重要にして、最大の目的とする摘発だった。

下から見上げるビルは深夜にも拘《かかわ》らず、三階以外のすべての階に明かりが灯《とも》っていた。

もちろん三階だけは明かりがなく暗いが、それは誰もいないからではなく、窓という窓に遮光の細工がしてあるからだろうと、絆が現着したときにまず下田から説明があった。

新宿から黒塗りのバンに分乗した老若《ろうにゃくなんにょ》男女五十人余りがやってきて、全員がビルに入ったとも聞いた。

——じゃあ。みんな、いいかい。

下田からの連絡に少し雑音が混じった。一斉通話にしたようだった。

イヤホンに小さく、慌ただしく動き出した足音が聞こえた。

捜査員の布陣は正面エントランス側に下田以下、渋谷署組対課の捜査員と新宿署の捜査員が合わせて五人。裏手の非常階段前は、任される形で絆が一人だった。

ほかには、目的のビルと隣接する建物との境界線や狭い隙間に数人が配され、少し離れたところに停められた警察車両に、渋谷署組対の係長を筆頭に十人が待機していた。

摘発初手《しょて》の突入に五人は少なすぎる気もするが、大げさにして感づかれことをなによりも恐れた結果だった。

四

「さて」

絆は手を叩いた。

「じゃ、こっちも上がりますか。それくらいしないと、腹がね」

呟《つぶや》いて腹を撫《な》でてから、ゆっくりと非常階段に向かう。

が、上がり始めても、やはり三階に人の気配は感じられなかった。

実はそれが、現着当初から絆が感じていた違和感の元だった。

下から見上げる三階は距離として離れていたが、その上階、ましてや下階に漂う多種多様な人々の気配との比較によって、あまりに人の気配が薄かった。

現着して三十分の内には、その薄い気配さえが三階から溶けたことは観《み》えていた。

この観えるとは、古流正伝《しょうでん》一刀流の口伝《くでん》に言う、研ぎ澄まされた五感の感応力のことだ。正しくは〈観《かん》〉、〈観法《かんぽう》〉とも言う。

今剣聖と謳《うた》われ現警視総監まで弟子に持つ祖父、正伝一刀流第十九代正統の東堂典明《てんめい》をして、越えたと言わしめる絆にして初めてなし得ることだった。

果てなき鍛錬と恐るべき稟質《ひんしつ》、求道《ぐどう》と天稟《てんぴん》の賜物《たまもの》だろうが、絆はその感応力によって、自身の周囲に揺蕩《たゆた》う様々な気が感じられた。悪気や邪気など、特に向かってくるものは直截《ちょくさい》に観えた。

非常階段の二階を過ぎ、絆の〈観〉は確定した。

三階に、人の気配は皆無だった。エレベータから溢《あふ》れ出《で》る下田らの硬く強い、決意のような気配によって、かえってそれまでの無人が鮮明だった。

三階に上がった絆は、非常扉に手を掛けた。施錠されていた。

手摺《てすり》に寄り掛かり、まずはヘッドセットのイヤホンに耳を傾けた。

廊下に反響する捜査員たちの足音、激しいノック、その後の掛け声と、打撃音。扉は間違いなく、木製だろう。

それから、しばしの無音。

かすかな息遣い。

やがて、

――なんだよ、おい。

言葉としてイヤホンに、下田の大いなる落胆が聞こえた。

「誰か、内鍵を開けてくれませんか」

絆がインカムに告げると、待つほどもなく内側から音がした。

顔を覗《のぞ》かせたのは新宿署の捜査員だったが、表情には戸惑《とまど》いがありありとしていた。

「なあ、東堂」

四十間近い捜査員の戸惑いを、絆は頷《うなず》きひとつで受け止めた。

薄暗く狭い廊下がエレベータホールへと続き、その途中の左手から、煌々《こうこう》とした明かりが漏れていた。

開け放たれた重厚なドアがあった。ど真ん中に、靴底のゴム跡がついていた。

「へえ」

室内は絆の口から感嘆が漏れるほど、豪華なカジノだった。七色の照明の下、バカラあり、ルーレットあり、クラップスまでが整えられていた。百人は遊べるだろう。

ただし――。

この夜は、客どころか従業員まで、人っ子一人見当たらなかった。

いるのは、所在なさげに立つ組対の面々だけだった。

閑古鳥も鳴きようがない。

絆が場内に入ると、下田が頭を掻きながら寄ってきた。

「東堂。やられたよ」

そうですね、と絆は答えた。

「ただよ、間違いなく新宿からの客はこのビルに入ったんだぜ」

この目で見たんだと言いながら、下田はポケットから取り出した煙草《たばこ》に火を点《つ》けた。

「五十人だぜ。俺ぁこの目で、このビルに入ってくのを見たんだ。カッパーなんとかのイリュージョンじゃあるめぇし。じゃあ、連中はどこへ消えたんだ」

「そうですねぇ」

紫煙を避けるように退きながら、

「多分、上か、下か。両方か。――ああ。両方のようだ」

絆は右手を上下に動かした。

下田は一瞬怪訝《けげん》な顔をしたが、言葉の理由はすぐに判明した。

内階段の上下から、どやどやと降りてくる、あるいは上がってくる者たちがいた。

まずカジノの入り口に顔を見せたのは、下階からの一団だった。

「ああ。渋谷の下田さんでしたっけ。ご無沙汰《ぶさた》です。こんなところで、なにしてんです？ああ、手入れですか。その割りには、誰もいませんねぇ。――もしかして、空振りとか」

背が低いにも拘らずダブルのスーツを着込んだ、下膨《しもぶく》れのポマード。

一団の先頭はエムズの現社長、山﨑大元だった。

この夜の摘発は、どうやら情報が漏れていたようだ。

「手前ぇ」

下田が凄《すご》んで見せるが、山﨑はどこ吹く風でそっぽを向いた。余裕があった。

「それにしても、凄いですねぇ。三階がこんなになってるなんて、知らなかったなぁ」

足を踏み入れた山﨑は小狡そうな笑みを見せ、いきなり背後を振り返った。

「皆さんもどうですか。滅多に見られませんよ」

「あれ。いいんですか」

背後の誰かが言った。

その声は上滑りしていた。可笑《おか》しくて可笑しくてしようがない。そんな風情だった。

特に観たわけではない。誰にでもわかるだろう。

「ええ。警察の皆さんが入ってる場所です。今なら安全で、見放題ですよ。ねえ、下田さん」

下田の許可も待たず、一団はどやどやと入ってきた。老若男女にして統一感がないのは、おそらく新宿のイベントから来た連中だからだろう。

が、だからといってこのカジノに関係するという証拠は皆無だ。

――おい。

――あ、コラ。

捜査員は制止するが、気合は入らない。そのうち上階からも同様の連中が降りてきた。

「やけになんか騒がしいと思ったが、なんか面白そうなことしてんじゃねえか」

目つきの悪い先頭が多分、マネー・デリバリーの社長なのだろう。

案の定、すぐに山崎が、

「おう。あんたらも入ってこいや。遠慮は要らねえよ」

と手で招いた。

カジノ内はいきなり大盛況だった。

全員が、へえとかふぅんとか言いながら、物珍しげにカジノの中を見て回るフリをした。

実際には誰も、カジノの道具や調度品には目もくれない。

一同が楽しげに見物しているのは、無人のカジノに踏み込んだ警視庁の刑事らであり、その失態だ。

馬鹿だねぇと誰かが囁《ささや》いた。

無駄飯食いの税金泥棒がよぉ、という嘲笑も聞こえた。

といって、逮捕の理由になるわけもない。捜査員はただ、その場に立ち尽くして嵐が去るのをひたすら待った。

「おい。東堂って言ったよな。特捜の」

山崎が寄ってきた。

「ざまぁねえな。無様《ぶざま》だぜ。お前ら」

無言で絆は山崎に目を合わせた。光の強い目だった。

山崎はすぐに目を泳がせた。

「ちっ。剣道馬鹿が。なにも出来ねえくせに偉そうに」

「そうか？　そうでもないけど」

捨てるようなセリフを、絆は拾った。

寄ってきたものは、押し返せばいい。

一般人を装っても、しょせんは裏カジノに関わる人間たちばかりだ。部屋内の空気も、瘴気《しょうき》のような塊の我欲に濁ってきたように感じられた。

もういい頃合い、潮時だろう。

絆は山崎の前で、両手を広げながら徐々に腰を落とした。

「な、なにやってんだ。おい」

気にしなかった。

いや、気にならなかった。

故意に始めた浅い呼吸に瘴気を巻き込んで気を練り、徐々に深くして浄化の気に練り上げた。

山崎にはなにも見えないだろうが、この場に典明がいたなら、絆から立ち上る清廉な気が見えただろう。

見えるだけでなく、その濃さに、大きさに、唸《うな》ったかもしれない。

下田が離れたところで目を細めた。

体勢を定め、体内を巡り巡る気を裂帛《れっぱく》の気合に乗せる。

乗せて虚空を斬る。

体勢は正伝一刀流の抜刀術だ。

気合が銀の光となる。

「いいぇぇいっ！」

カジノの中のすべてが、刹那《せつな》にして固着した。

大気の揺れも、音も、時さえも。

残心の暫時《ざんじ》。

絆は大きく息をつき、山崎を見た。

直近で絆の気魂を浴びた山崎は、床の上で白目を剝《む》いて気絶していた。

絆は襟首をつかんで引き上げ、活を入れた。

初め焦点の合わなかった目が絆を認め、恐怖の色を浮かべた。

「そろそろ、帰ったらどうだい」

囁くような声にも、山崎は青い顔で、ただ頷いた。

「さあ、余興はおしまい」

強く手を叩きながら絆が動くと、人々に波が起こった。波は慌ただしく出口に逃げ寄せた。

いや、向かうように絆が誘導したのだ。

結果、招かざる客の退去に五分は掛からなかった。

「おいおい。なんの神業だよ」

下田が額に手をやり、天を仰いだ。

屈辱感も慚愧《ざんき》もあるだろうが、少しは気も晴れたか。

「そんな偉そうなもんじゃありませんよ」

絆は笑って肩を竦《すく》めた。

「強いて言えば、蟻《あり》の一穴《いっけつ》、ですかね」

下田は一瞬、考えたようだが、

「なんだぁ？」

すぐに諦めた。

「一人が動けばってね。つまりは、そういうことです」

誰かが怖気《おじけ》づいて動けば、雪崩《なだれ》を打って我先を争うのは群集心理だ。

「え。ああ」

頷きながらも、下田は腕を組んだ。

「それにしたってお前ぇ。一声で五十人からに穴ぁ開けるって、簡単に言うけどよ。お前ぇのほかに、そんな芸当、誰に出来るってんだ」

「ほかに誰って。うちの爺《じい》さんとか、頑張れば警務の小田垣管理官とか、ああ、公総庶務の小日向理事官は、どうかなあ。あの人の場合は出来るとか出来ないとかって話じゃなくて、やるかなあ」

なんだそりゃ、と下田は嘆息した。

「結局全員、化け物じゃねえか」

傍《そば》で聞いていた捜査員が噴き出した。

緩んだ空気は捜査員全員に伝播《でんぱ》した。

それでいい、と絆は思った。

それで明日に、気持ちは切れることなく持ち続けられるのだ。

――おい。どうなんだ。下田。現状報告はどうなった。

Pフォンから、車両待機の係長の声がした。

「ああ。係長。撤収です」

――なんだ。

「申し訳ありません。失敗しました」

――な、なんだ。わからん。わからんぞ、下田っ。

「次っすよ、係長。次また頑張ります」

この場にいる全員の気持ちを代弁する下田の声に、絆は気持ちのいい覇気を感じた。

この晩――、エムズの山﨑は自分の情報屋に電話を掛けた。

「へっへっ。助かったぜ。下田の間抜け面、あんたも見たかったんじゃねぇのかい。へへっ。特捜の化け物がいたなぁ余計だったが、相変わらず情報としちゃあド真ん中だった。ガセや半端なのも多いけどよ、あんたのは昔っから間違いねえ。そう、花畑の戸島のときもな。あんときも助かったぜ。馬鹿みてぇに街金から金引っ張ってたのには驚ぇたが、これはそっちのせいじゃねえしな。あの馬鹿が死んじまうとは思わなかったが、おかげですぐに手が打てた。いいやな。いい感じだ。お互いこのまま、持ちつ持たれつでやってこうじゃねえか。おう、そうそう。約束の金、倍付けしといたぜ。下田の間抜け面が見れた祝儀だ。遠慮しねぇで取っといてくれよ。んでよ、これからもよろしくってことだ。長ぁく頼むぜ」

声はこの上もないほどの、上機嫌に聞こえた。

五

四月十九日は、朝からよく晴れた気持ちのいい一日だった。

この日、当番明けの絆は、隊の仮眠室で眠ってから東武東上線に乗り込んだ。

本来なら当番日ではなかった。それで内勤の担当に有休を申請したら、

「君が休暇申請なんて、珍しすぎてねぇ」

と、隊長である浜田健《はまだけん》警視に呼ばれた。

事情を話すと、

「だと思った。実は君が休暇申請するまで、僕も失念していてねぇ」

と、小太りで茫洋《ぼうよう》とした顔つきの準キャリアは、少しばかりすまなそうな顔をした。

それから、なにも出来ないがと前置きしながらほかの隊員とネゴってくれたのが、絆との前日の当番の交代だった。

「ワーカホリックが、無理して休暇申請なんかするとコソコソするでしょ。堂々と行っておいで」

「なるほど」

引っ掛かりがないわけではないが、反抗は出来ない理屈だった。絆に対しての、正論というヤツだ。

この日、絆が向かうのは埼玉県川越市だった。

東武東上線を霞ヶ関で降り、北東に歩けば広々とした上戸《うわど》緑地という、入間川の河川敷に出る。

土手道を北上すれば上戸運動公園に出、左手に常楽寺を見る辺りで入間川は大きく右に曲がる。

その先、河川敷に某大学のラグビーグラウンドを望む森の中に古い公園墓地があり、片桐家の墓所はそこにあった。

高校の教師だった亮介の父が亡くなったとき、母が用意した墓だと聞いた。ちょうど公園墓地が、第一期の分譲中だったらしい。

その後、三年と待たず亮介の母も死んでからは、墓所も亮介自身も親戚に預けられたという。

どれもこれも、およそ五十年も前の話だ。

公園墓地は折々で拡張がなされ、現在は第十一期の募集が掛かっているようだった。

この日はキルワーカーと戦って死んだ、亮介の四十九日だった。

親戚の四十九日法要は昨今の〈ご都合優先〉により、直前の日曜日に終わっていた。

行われることは、父の昔の上司でもある、組対部長の大河原正平《おおがわらしょうへい》に聞いて知っていたが、

——俺ぁ義理があるから参列するがよ。お前ぇは、まあ、そうだな。好きにしろよ。

大河原はそう言ってくれた。

絆は東堂礼子《れいこ》の私生児であり、片桐亮介との親子関係は現状認知されていない。

必要のない衝突や揉め事はいやだったので、絆には端《はな》から参列の意志はなかった。自分は東堂礼子の息子、東堂家の跡継ぎ、いずれ正伝一刀流第二十代正統、それで十分だった。

「いや、天気がよくて助かった」

絆は公園墓地の案内板に片桐家の場所を探しながら呟いた。

独り言にしてはやけに声が大きかったが、それは両手一杯に抱えた花束が耳元で常にガサツいていたからだ。

魏老五に託された金額の分だけでなく、特捜隊長の浜田や渋谷署の下田、三田《みた》署の大川《おおかわ》などに託された分も合わせると、どうしようもなくそうなった。

だから、「天気がよくて助かった」は、花屋から墓地まで限定ではあるが、道すがらの本心だった。

平日にも拘らず、思ったより墓地全体には人の気配が多かった。雑多だが、穏やかな気配だ。

神韻、霊威という言葉をまず思う。それはどこの神社仏閣にも観えるが、集う人々の穏やかさ、和やかさが醸《かも》すものなのかもしれない。

歩くに従って、感じる穏やかさのほかに、現実的な賑やかさも耳に届いた。

第十一期の説明会でもあるようだった。

絆は駅側から土手道を徒歩で来たが、そちら以外の三方には駐車場があった。特に、歩きとは真反対の奥側が今回の造成区画で、そちらには仮設案内所も建てられているようだ。賑《にぎ》やかさの出所は、間違いなくそちらだった。

園内を真っ直《す》ぐ第十一期の区画まで貫く遊歩道から、絆は道を左に折れた。

絆が向かうのは、一番最初の造成区画だった。造成の歳月を遡ることになる。

なるほど、道は曲がるたびに細くなり、第一期の区画は今風の公園墓地というよりは、昔ながらの墓所だった。

すぐに道は、石畳の間に玉砂利を敷き詰めただけの細道になった。

真っ直ぐ進めば雑木林に突き当たり、その向こうは第二駐車場のはずだった。

祥月《しょうつき》命日か月命日か、第一期区画にも墓参者の気配はいくつかあった。

「さて」

絆は改めて片桐家の墓所を探し始めた。

当たりは案内板でつけていた。第一区画の、ちょうど真ん中辺りのはずだった。

向かうと、片桐家の墓と同じ並びに一人の男がいた。

立ち上る線香の煙の中、墓前に佇《たたず》んでいた。

裾で刈り上げられた白髪交じりの髪が、それだけでおおよその男の年齢を物語った。

父、亮介と同じくらいか、少し上か。

絆は、ゆっくりとそちらに近づいた。

近づけばわかった。

男が頭を垂れているのは、片桐家の墓そのものだった。

「あの」

声を掛けた。

しばらくして、男はふと顔を上げた。

どこもかしこも濃いと言えば濃く、太いと言えば太い顔だった。総じて強い顔だが、絆を見る目に険はなかった。気配も穏やかなものだ。

ただ、目を合わせればすぐにわかった。

「警察関係の方ですか」

問えば、

「昔な」

と言って男は立ち上がった。身長は絆より少し高かった。

よれたコートの中に、よれたスーツと崩れたネクタイ。

あまりに片桐同様で、ある年代の警官をステレオタイプに想起させた。

「片桐の倅《せがれ》だな。知ってるよ」

酒焼けか煙草焼けか、どちらにしろ、低く荒れた声だった。

絆は外柵の上に転がすように花を置き、

「失礼ですが、あなたは」

と聞いた。

知ってるよと言われても、面識どころか記憶の片隅にすら覚えはなかった。

男は上着のポケットから赤いボックス煙草を取り出し、そこに挟んであった名刺を絆に差し出した。

『有限会社　バグズハート　代表取締役　白石幸男《しらいしゆきお》』

簡単な名刺にはそう書かれていた。あとは住所と固定電話の番号だけだ。

「白石さん、ですか。親父の昔の先輩、上司とか」

「そうだな」

頷き、白石はボックスから煙草を一本抜いた。

ボックスの銘柄は読めなかったが、外国製で、100Sと書いてあった。

「無駄に二歳ほど年上だが、教練場で竹刀《しない》を合わせたこともある」

父の亮介は、生きていれば五十五歳になる。ならば白石は、五十七歳ということか。

「まあ、だから先輩っちゃあ先輩だが、上司じゃないな。俺は、よ。その、な」

少し言《い》い淀《よど》んで、煙草に火を点けた。

喫わないが、わかる。こういう場面では羨ましくもある。

煙草は会話のアクセントにして、アクセサリーだ。

「どっちかってえと、東堂礼子の上司、ってほうが近いかな。元上司、だが」

「なるほど。千葉県警の方ですか？」

「いや。そうじゃない」

「え。でも。――ああ、公安ですか。ソトイチでしたっけ」

ソトイチは、公安外事第一課のことだ。

白石は薄く笑うだけで特に答えず、吸い付けた煙草の紫煙を空に吐き上げた。

薄い煙が、見上げる先で綿雲に馴染んだ。

「禁煙、してねえよな」

「えっ」

「禁煙だよ。片桐は、最後まで禁煙なんてしてねえよな」

「はい」

答えると、だよなと言って、白石は満足げに頷いた。

「俺だってしてねぇんだ。健康なんて気にする生活に入ってたら、こんな早い死は笑ってやろうと思ってたがな」

片膝《かたひざ》をつき、白石は喫い掛けの煙草を線香立てに載せた。

載せてまた、手を合わせた。

「あの日よ、俺は指揮車の中で、手代木《てしろぎ》管理官のすぐ後ろにいたんだ」

白石はぼそりと言って顔を上げた。

「へえ」

絆の口から出た言葉は、それだけだった。

揺れず、惑わず。

現実に直面する死や、ふいに訪れる別れすら、片手では足りないほどに経験してきた。

鍛えと言えば聞こえはいいが、慣れだとしたら、それは心の弱さか。

「胆《たん》だな。凄ぇよ」

白石はいい方に受け止めたようだ。

弱さを褒められると、照れどころではなく、痛いと知る。

「そんなでもありませんが」

絆は軽く首を振った。

「元、って仰《おっしゃ》いましたよね。警察は辞められたんですね」

「ああ。お前に会って、改めて思うわ。俺が察官《サツカン》だったなぁ、あの夜までだな。あそこからなんか、傾いた」

「今はなにを」

「へっ。次から次に聞いてくるんだな」

白石は苦い顔をした。

「悪いが、ちょっと座るぜ。最近、体力がなくてな。歳だわ」

そう断り、白石は片桐家の墓の外柵に腰を下ろした。

「まあ、なにをって言っても色々あってよ。今は地べたを這《は》いずり回る、地虫のような生活をしてる」

「ああ。それでバグズハート、ですか」

バグズハート、虫の心臓、心か。

「まあな。だが、色々についちゃあ色々だ。色々ってなあ、簡単には解《げ》せねえしバラせねえ。勘弁してくれや」

「いえ。その辺は親父と一緒でしょうか。なんとなくわかります」

「一緒ね。へっ、そんないいもんじゃねえよ」

白石は肩を揺すった。自嘲だったろう。

絆に向ける笑顔は、歪《ゆが》んでいた。

「俺ぁ、片桐どころじゃねえさ。もっとな、奥の方で生きてきた」

「奥ですか」

「そう。片桐はよ、ギリギリのところで踏み止まってた。俺はよ、あっさり越えちまった。越えるまでは俺もよ、あの湯島の事務所に、何度となく顔を出したもんだ。行ったな。あの変なマスターのバーもよ」

「なるほど」

白石が言う変なバーとは、湯島のラブホテル街の間にあって、片桐が行きつけにしていた店のことだ。マスターが勝手に呑み、勝手に酔い潰れる店で、客も勝手に酒を選び、勝手に呑み、金は勝手に払ったり払わなかったりと、そんな自由な店だった。

「面白え店だったな」

白石はボックスから新たな一本を取り出し、火を点けた。

「片桐の倅。俺はな、ずっと気になってたんだ。奥に越えちまってからも、時々、お前たち親子のことは見てた。まあ、覗き見程度だけどな」

「へえ」

また、軽い感嘆だけが口から洩《も》れた。

いつから見ていたのだろう。好意から憎悪まで、特に刑事になってからはさまざまな心と視線に塗《まみ》れて生きてきた。どれが誰と判別が出来るものは、絆をしてさえわずかでしかない。

「物好きですね。気になったって、なんでまた」

白石の吐く紫煙が真横に流れた。

風が、だいぶ出てきたようだった。

「三十年前の、あの合同捜査だ。あの夜の片桐が、どうしても印象に残ってな」

「三十年。ああ、クリスマス・イブの」

「そうだ」

合同捜査。クリスマス・イブ。片桐亮介と絆を身籠もった東堂礼子に、修復不可能な亀裂が入った聖夜。

「ちょうどよ、俺んとこにも娘が生まれたばかりだったんだ。だからお前さんのことも知ってんだ。生まれる前からな。それで最近もよ、先月だったかい？　なんか手足の長い姉ちゃんと、ノガミにいたな」

「えっ。おっと」

手足の長い姉ちゃんとは、監察官室の小田切観月のことで間違いない。魏老五のビルの、すぐ近くだ。

当たり前だが、悪意や敵意などの特異な感情なく、ただ見られるとさすがにわからない。

「つまりな、片桐の倅。俺は、そんなところにも触って生きてるんだな」

そんなところは、魏老五のことだろう。

「なあ。片桐の事務所はそのままかい？」

「ええ。そのままって言えばそのままですけど」

言って絆は首を傾《かし》げた。

「少し、かな？」

絆の自問自答には取り合わず、さて、と白石は腰を上げた。

「今度、寄らせてもらうわ」

「喜んで。クリスマス・イブの話、詳しく聞きたいですね」

「喜べるようなもんでも、面白えもんでもねえけどな」

じゃあ、と手を挙げ、コートの裾を翻《ひるがえ》して白石は歩き出した。

絆が来た方ではなく、奥の小道から左に折れた。

車で来たようだった。案内板によれば、そちらには第二駐車場があるはずだった。

墓前には、絆が一人残された。

墓石に笑い掛ける。

「親父。なんか、色んなとこで人気者じゃないか」

墓石の背景に借りる雑木林の木々が、同調するようにざわめいた。

繁茂する木々も緑、苔《こけ》生《む》した墓の並びも多くは緑。

「片桐の爺ちゃん、婆《ばあ》ちゃん。親父をよろしく」

絆は線香に火を点けた。

「うわっ」

風に流れる煙が目に染みた。

雑木林が、笑うように梢を鳴らした。

六

絆は片膝をつき、片桐家の墓前で手を合わせた。

苔生す祖父と祖母の戒名に、父の戒名が添えられるように並ぶ。

新しく刻まれた父だけが、白々と浮き上がった。

〈×××居士　平成二十九年二月二十八日　片桐亮介　五十五歳〉

絆は目を閉じ、手を合わせた。

脳裏に浮かぶ父はいつも、血塗れの手で煙草をくわえていた。銚子ドーバーラインの一隅だった。

——これ一本分だ。仕留めてこいや。

——承知。

紫煙と父の言葉に励まされ、絆はキルワーカーを撃退した。

——間に合ったな。

父は笑ってくれた。もう還らないとわかる、真っ白な笑顔だった。

涙を堪《こら》えた。

──当たり前です。あなたの子ですよ。

──そうか。そうだな。俺の、子だ。俺と、礼子の子だ。

父は目を細めた。

──来たことあると思ったら、ここぁ屏風ヶ浦《びょうぶがうら》の辺りじゃねぇか。礼子の死に場所だ。俺ぁ、運がいい。

なにも言えなかった。ただ涙が、もう堪え切れず流れ、海風にちぎれた。

──いい腕だ。凄ぇもの見せてもらった。

父は満足げに頷いた。

煙草を挟んだ震える手が、口元に上がった。火種が小さく熾《おこ》った。

──ああ。煙草が本当に美味ぇ。二十八年ぶりに美味ぇ。

それが父の、最後の言葉だった。

最初は父と知らず、相棒の金田に紹介された探偵だった。わずか一年にも満たない関係だ。父と知ってからは、半年にもならない。

してやりたかったこと、言いたかった言葉はある。

して欲しかったこと、掛けてもらいたかった言葉もある。

すべては、太平洋に流れる風の中に幻と消えた。

胸に去来するものは、ただ慚愧だった。

——悲しみを心に刺すな。向けるな。身にまとえ。

祖父典明はそう言った。

絆は咀嚼《そしゃく》した解釈を、いつか渋谷署の下田にした。

——身にまとう、と。イメージは鎧《よろい》ですかね。自分を守るもの、強くするもの。ポジティブに言えば。

今となってはなにひとつ実のない、偉そうな解釈だ。

下田は難しい顔をした。

——そりゃあ、俺みてえな凡人向けじゃねえよ。そんなもん、いくつも着込んだら動けねえ。疲れちまう。お前用だな。昇ってく奴《やつ》にゃあ、そんな鍛えと地力が必要なんだな。同情はしねえが。

今剣聖と謳われる祖父典明をして、超えたと言わしめる自身をして、自嘲するしかなかった。

自分も結局は、凡人なのだ。

父だけではない。金田の命も、尚美《なおみ》の心も守れなかった。

なにひとつ守れなかった。

慚愧に慚愧を重ねる。重ねてまとう。

重かった。

それでも潰れないのは、下田が言うような鍛えと地力ではない。

母が残してくれた名が示す〈絆〉。

触れ合った人の優しさが絆を支え、灯《ともしび》となって手を引いてくれる。

まとった悲しみで強靭になるのではない。悲しみの裏側に見え隠れする人の慈愛が、自分を高みへと誘《いざな》ってくれるのだ。

そんな心を感じることの出来る器量こそ、崇高にして高邁《こうまい》な、宝だ。

それこそを欲す。

剣士として。

いや、警官として。

(未熟。まだまだだ。父さん。俺はまだ、あなたの足元にも及ばない)

絆は墓前で木像となり、五分ほども佇んだ。

まさしく像のごときだった。

群れ飛ぶ雀が空から降り、絆の肩や頭で遊んだ。それでも動くことなく、絆はただ、その場に〈有る〉ものだった。

やがて、線香の煙がちょうど絶えた頃だった。

雀が驚いたように、絆から一斉に舞い上がった。

雀には感じられたのかもしれない。

絆から滲《にじ》む、かすかな剣気が。

「まったく」

絆は、ゆっくりと目を開いた。

白々とした光が零《こぼ》れ出るような目だった。

細く吐く呼気は、溜息《ためいき》だったか。

祖父の典明などが傍にいたら、そこにも色が見えたかもしれない。

剣士としての、心の下拵《したごしら》えの色が。

「どこにでもある。いや、どこにでもいる、かな」

ゆらりと絆は立ち上がった。

立ち上がって、蒼天に顔を上げた。

雀たちがまだ頭上に群れ飛んでいた。

一緒になって飛び遊ぶ飛翔のイメージで、墓前に佇んで固着した五分の強張りを四肢から取る。

と同時に、意識の投網を打って周囲を強く観る。

最前、絆は風に漂うようなかすかな悪意を感じた。

自身に向けられたものではなく、本当にあるかなきかのものだった。墓前の穏やかさという神韻や霊威に包まれた領域でなかったらわからなかったかもしれない。

要するに、墓地には異質な気配だったのだ。

〈観〉はやがて、気配の向きを捉えた。気配が少し強くなっていたのも幸いだったかもしれない。

ただし、気配は急激に膨れ上がって悪意を越え、今や純然たる殺気だった。

わからなければ無能だが、わかったとしても幸いとは言えない。

その殺気に立ち向かうのが刑事だ。

〈観〉は絆に覚悟を強いる。

救えるもの、救えないもの。

人の哀しみが、また始まるかもしれない。

その混沌《こんとん》を、坩堝《るつぼ》を見せる。

だから胆に、覚悟を練る。

「悪いね。通るよ」

片手拝みに頭を下げ、やおら絆は石畳の地を蹴った。

墓所の外柵から外柵をそれこそ飛ぶように走る。

身体《からだ》がまったくブレないのは、道場で鍛えに鍛えた体幹の賜物だ。

殺気の出所は、第二駐車場の方だった。

「失礼」

五列の墓石に謝りながら飛べば、雑木林が目の前に来た。

第二駐車場は、雑木林の向こうだった。

殺気が、近くなったからだけでなく濃かった。狙《ねら》う方向に対し、先鋭化もしていた。

待ったなしだった。

走りながら背腰に右手を回し、外に振り出す。

軽い金属音とともに振り出されたのは、特殊警棒だった。

それを顔前にかざし、迷うことなく絆は雑木林の中に飛び込んだ。それが最短コースだった。

春萌える草々、生い茂る木々の枝を搔き分ける。

隙間に第二駐車場が垣間見えた。白石の姿もだ。

――誰だい。あんた。

白石のそんな声もかすかに聞こえた。

先鋭化した殺気が一瞬だけ、大いに硬く凝った。

一瞬だけというのが曲者《くせもの》だ。

「ちっ！」

絆は特殊警棒を左腕とクロスさせ、木々の垣根を突き破った。

くぐもった炸裂音《さくれつおん》が聞こえたのは、そのときだった。

聞き逃しはしない。

サイレンサーに隠された銃声に間違いなかった。

駐車場のアスファルトで一転した絆は、すぐに片膝立ちで体勢を整えた。

三十台は停められそうな第二駐車場に今あるのは、まばらに停められた三台だけだった。

白いステーションワゴンのドアに、白石が寄り掛かるようにして立っていた。

「よ、お」

右手を上げた。真っ赤な手のひらが見えた。

そのまま上げた右手の側に、バランスを崩したように倒れていく。

白いドアに濃く太く、真っ赤な斜線が描かれた。

「白石さん！」

声だけ白石に飛ばし、特殊警棒の先端と視線を向けたのは右方だった。

およそ二十メートル離れた駐車場の際《きわ》に、敵がいた。

黒いライダースーツにロング丈のルーズコートを着込み、オフロードバイクにまたがる姿は、性別も身長も年齢も朧《おぼろ》だった。

ハンドルに左肘を載せ、フルフェイスのヘルメットで頬杖をついている。

右手には、隠しもせず銃把《じゅうは》を握っていた。サイレンサー付きのトカレフに見えた。

絆は摺《す》り足で右に動いた。

敵の気配が、ゆるゆると収斂《しゅうれん》し始めていた。

絆が動けば、追うようについてきた。

冷気を伴うものだった。間違いなく殺気だ。

銃口がゆっくり、絆を向いた。

それでも、絆の動きに変わりはなかった。

呼吸を整えながら、摺り足で右に、右に。

胆に練った覚悟を剣気に昇華させる段取りは一瞬だった。それが心の下拵えなのだ。

敵の殺気が生む殺意の瞬間。

その隙間を観る。

「おおっ！」

絆は剣気のすべてを、言わば寸瞬の未来に投げる。

剣気の人型。

幻ではあるが、殺気に亀裂を入れるには十分だ。

以て刹那、対峙《たいじ》する相手の時間軸を揺らす。それで相手は、こちらが二重にも三重写しにもなったように錯覚する。

〈空蟬《うつせみ》〉だった。

成田で正伝一刀流の高弟、大利根《おおとね》組の綿貫《わたぬき》蘇鉄《そてつ》が編んだ技だ。

一度見ただけだが、一度でも見れば絆は感応し、応用する。

それが〈自得《じとく》〉という剣士としての極みであり、一流を立ち上げる者だけが踏み込むことを許された領域だった。

絆はこれまで、〈空蟬〉を二回使った。キルワーカーとの戦いのゴルフ場跡地と、魏老五の事務所でだ。

三度目はもう、自在だった。

サイレンサーの銃声がして、銃弾の唸りが幻の絆を貫くまでに、絆は万全にして敵に走っていた。

驚愕《きょうがく》はたしかに、敵に感じられた。

驚愕が恐怖を生めばシメたものだった。

一対一なら、銃弾を搔い潜って絆なら届く。

しかし、このときの敵は驚愕から固まることはなかった。柔軟だった。

肩を竦めたのは余裕の表れか。そうなると、二十メートルの距離はもどかしい。

片手を軽く振り、敵はエンジンを始動させた。

バイクはすぐ、絆に背を向けて動き出した。

あざ笑うかのようなエンジン音だけが尾を引いた。

走り去るバイクのナンバーは、大きく曲げられていて読めなかった。

あと十メートルを残し、絆は追うのを止めた。

第二駐車場からは奥に真っ直ぐな道があり、第十一期側の第三駐車場と合流してすぐにバイパスに出る。人間の足では追うのは到底無理だった。

それよりも、ほかにしなければならないこともあった。

逆手に持った特殊警棒をアスファルトに突き入れて縮め、背腰のホルスタに戻し、白石に寄った。

「白石さんっ」

白いステーションワゴンに描かれた血の虹は、すでに固まっていた。

その真下で、白石は左手でかろうじて身体を支え、車体に寄り掛かっていた。

呼吸は浅く、短かった。流れ出る血の量が、ハンパではなかった。

胸の真ん中辺り。

心臓ではないが、せめて直撃ではなかったと、その程度のズレか。

「や、やられたぜ」

白石は、震える右手で顔を撫でた。

青白い顔が赤く染まった。

「動かないで。救急車を今」

「おいおい。片桐の倅」

携帯を出そうとする絆を、白石は赤い顔で笑った。

「無駄だってなぁ、わかるよな」

死を笑って問われれば、頷くしかなかった。

こういうときは、真実だけが導く。

方便は、死出の旅路を迷い道にする。

「ははっ。いいな。若いのに、よく、わかってる。いや、若いくせに、かな」

白石は右手をコートのポケットに差した。取り出したのは煙草のパッケージだ。

箱を開け、一本くわえた。

箱を戻すのはもどかしいようだった。

いや、戻せないのか。

いや、戻したところで。

腹の上にパッケージを置き、ライターを取り出し火を点ける。

紫煙が真っ直ぐ立ち上った。

風がいつの間にか、凪いでいた。

「湯島、な。顔出せなく、なっちまったな」

絆は白石の近くに片膝をついた。

「いったい誰が。心当たりは」

白石は静かに首を振った。

「そんなものぁ、いくつもあるが。同じ数だけ、覚悟もあってよ。ははっ。間違っちゃあ、相手に迷惑なだけだ。俺の口からぁ、最後だからこそ、言えねえなあ」

目が、遠かった。

だから絆は、それ以上を聞かなかった。

ここからの言葉は、一人の男の辞世だ。

説明のない、心の声だ。

「ただ、このままじゃよ」

目が一瞬だけ、焦点に光を結んだ。

正気にして、少し狂気を孕《はら》んだかのような光だった。

「このまま死んじゃあ、さすがに悔しい。未練だ」

細く細く煙草を吸い、片桐の倅、と白石は呼んだ。

吐き出される煙も声も細かった。

絆は顔を近づけた。

「俺ぁ、地べたを這いずり回る虫だがよ。一寸の虫にも五分の魂だ。わかるかい。一寸の虫はよ、半分が魂で、心で出来てんだ」

白石は右手でベルトのバックルを探り、次いで煙草のパッケージを手に取った。

「へっへっ。こりゃあ、俺の魂だ。一寸の虫の、五分の魂だ。か、片桐の倅。わ、悪ぃが、も、もらってやってくれねえか」

そうして、絆に向けて差し出した。

パッケージにはパッケージだけでなく、黒いＳＤカードもついてきた。

相対の赤と黒。

白石の手が大きく揺れた。

躊躇《ちゅうちょ》する時間など、どこにも残されていなかった。

「引き受けましょうか」

絆はパッケージを受け取った。

同時に、白石の手は地に落ちた。

「すまねぇな」

最後に少し、笑っただろうか。

遺体を横たえ、絆は立ちあがった。

蒼天を見上げる。雀がまだ賢《さか》し気に飛び遊んでいた。

真っ直ぐに手を伸ばした。

また救えなかった命、まとうべきひとつの悲しみを摑むとも、抱くとも。

まず、人であろう。泣きも喚《わめ》きもし、けれど、蒙昧《もうまい》を恥じ、未熟をわきまえ、そこから始めるのだ。

「こちらこそ、すいませんでした。救えませんでした」

物言わぬ白石に頭を下げた。

物言わぬからこそ、言葉は決意となって絆に返る。

頭を戻したとき、絆は早、剣士であり刑事だった。

半眼に落とした目で、絆は辺りをゆっくりと見渡した。

かすかに、本当にかすかに、障るものを感じた。

姿はなかったが、誰かが、いた。

「へえ。賑やかなことだ」

駐車場の外から取り巻くように、三つの気配が絆を見ていた。

第二章

一

翌日、絆は池袋ではなく、桜田門にある警視庁本部庁舎に向かった。定時を少し回った頃だった。

出勤のラッシュは一段落したようだが、相変わらず本部庁舎一階ホールは、雑多な賑わいに満ちていた。

本庁職員だけでなく、各省庁の職員や所轄の刑事、他県警からの出張から、ネタ探しのライターや記者までが出入りする。一階ホールを彷徨《うろつ》く人間は、実に多種多様だ。もう少し時間が過ぎれば、これに見学ツアーの一般人が混じってごった返す。

記憶としてというよりは印象的な景色として、絆はその様子を覚えていた。

反響する足音や話し声が降る霧雨のようなホールを横切り、絆は壁際の受付に向かった。

相変わらず、絶えることのない艶《つや》やかな花に彩られた受付。

それも、絆が覚えている景色だった。

「あら。東堂さん。お久し振りです」

立ち上がったのは菅生奈々《すごうなな》という、今年二十四歳になる受付嬢だった。絆が本勤務で組対四課九係に配属された年の春から受付に座る女性だ。お互いルーキーという近しさもあり、下手《へた》をしたら九係以外の四課捜査員より会話は多かったかもしれない。

そう言った意味で、ある程度は気心も知れている。

「ん？」

絆は奈々の、肩口で切り揃えた艶やかなストレートヘアに目を留めた。

「あれ、この前はソバージュじゃなかったっけ」

そんなことを聞き、

「いつの話ですか」

「半年、かな」

「大昔ですね」

と、そんな応酬になるくらいには気安い。

「大昔、ね。そんなもんかい？」

絆は受付に座るもう一人、白根由岐《しらねゆき》に声を掛けた。

「ええ。そうですね」

奈々の後輩に当たる由岐も、もう受付に座って二年になる。ちょうど配属の時期は、絆が本庁研修に来た頃だった。

由岐はにこやかに、入館申請書とペンを受付台の上に用意した。

記入を始めると、奈々が両肘をついて身を乗り出した。

「花の命は短いんです。ここの受付は、出会いも少ないですからね。あの手この手で、少しでも目立たないと」

「へえ。ここは色んな人が通るから、結構、声を掛けられると思ってた」

「声は掛けられますけどね」

奈々は溜息混じりに身を退いた。

「実際に誘ってくるのは、公総庶務の猿丸《さるまる》さんだけですから」

「ああ。小日向理事官のところの」

「ええ。本当にもうそれだけ。さすがに焦ります。このままだったらどうしようって。私もう、五年目ですよ」

「ああ。じゃあもう、大ベテランだね」

申請書の記入を終え、顔を上げる。

「あら」

斜め前で、奈々の目尻が吊り上がっていた。逆鱗《げきりん》の類に触れたか。

「今の、ダメ？」

「ダメです。禁句」

「ごめん」

「そう思うなら誘ってください。東堂さんは――まあ、ＯＫです」

「まあってのは気になるけど、ははっ、なんか俺、昨日から人気者だな」

「え。なんです？」

「いや。こっちの危ないこと。笑えない冗談ってやつ」

言いながら申請書を由岐に渡す。

花瓶に生けられたシザンサスから、柔らかな香りがした。

すぐに、用意されていた入館証が差し出された。

「ありがとう。じゃ」

絆は入館証を首に掛け回しながら、ホール奥のエレベータに向かった。目的は十四階だった。

警視庁本部庁舎の十四階には公安部長室、参事官執務室、公安総務課、それに公安第一課がある。

絆の目的は公安部の参事官、手代木耕次《こうじ》警視長に会うことだった。

事前の予約は、前日の内に特捜隊長の浜田を通じて取ってあった。

まあ、正式な予約と言えるかどうかは実際のところ微妙だが。

「さて」

絆は真っ直ぐ、参事官執務室に向かった。

「組対特捜の東堂です」

まずは前室ともいうべき別室に入る。

「どうも」

詰めていた秘書官が立ち上がった。齢は、絆よりやや年配に見えた。

「どうぞ。いらっしゃいます」

なさ過ぎるほどに無駄のない所作であり、言葉だった。

参事官に馴染むとそうなるものか、元々の資質か。

手代木耕次という男は、よく言えば原理原則、多くの職員は杓子定規《しゃくしじょうぎ》と噂し、苦手とする人物だ。警察庁刑事局から警視庁公安部に配属され、その後一度地方に出たが、また警視庁公安部に戻り、以来そのままだという。

部下は感情のないロボットでいい。

これは、手代木が前公安部時代から公言して憚《はばか》らない言葉だ。

つまり——。

手代木にとって東堂礼子という千葉県警に配した公安マンは、ただコントロールのよく利いた、ロボットの一体だったのだろう。

「失礼します」

絆は参事官執務室に入った。

手代木は後ろ手に組んで外に向かい、窓際に立っていた。

日差しを浴びる立ち姿は、中肉中背がよくわかる、人型のシルエットだった。

影が、ゆっくりと振り返った。

礼儀として、絆は頭を下げた。

「お時間を頂きました、組織犯罪対策部の東堂です」

「五分だ」

堅く、感情を窺《うかが》わせない声で手代木は言い、執務デスクに移動した。

七三《しちさん》に分け油をつけた髪、四角い顔に、常に厳しい表情。

それが手代木耕次という、公安部参事官だった。

ＰＣのモニタとほぼ同じ高さまで堆《うずたか》く、しかし、整然と資料が載ったデスクだった。

席に着いた手代木は、立ったままでなければ見えなかった。

「浜田君には言ったが」

「聞いてます」

「結構」

予約と言えるかどうかが微妙な理由が、これだった。

――五分だってさ。どれだけ忙しいつもりなんだかねえ。自分で抱え込むからか、あるいは融通が利かないか。うちの部長辺りに聞いたら、あのオッサンはどっちもだろうぜ、なぁんてね、言いそうだけど。ま、なんとか押し込んだ。五分で、勘弁するように。

だから、予約の十分前に来てみた。在室なら五分が単純計算で十五分になるかと期待したが、甘かったようだ。なら、その分寝ていればよかったと、これは先に立たないと評判の、後悔というヤツだ。

「皆川《みながわ》部長から定例報告に呼ばれている。それ以上の時間は割けない」

皆川部長とは手代木の上司、現公安部長の皆川道夫《みちお》警視長のことだ。

手代木はそれだけを言って腕時計を見た。見て、そのまま黙った。

絆に与えた五分間の、スタートということが笑えるほどに明らかだった。

すでに数秒をロスしたようだ。

心中で深い溜息をつく。

（おっとっと。これもロスか）

絆は手代木の前に立った。

「白石幸男についてお聞かせください」

すると、手代木はデスクの引き出しから紙束を取り出し、絆に向けて放った。表紙は白だ。

「なにをどうしたいのかは知らないが、白石が私の部下だった頃、つまり、私が知る限りの白石の記録だ。話すよりもこの方が早いと思ってプリントアウトしておいたが、特に変わったことはなにもない」

「はあ」

絆は取り上げ、パラパラとめくった。

細かい文字の羅列だということだけは分かった。五分ではとても読むことは不可能だし、そんな気もなかった。

「有り難うございます」

上着の内ポケットに丸めてしまい、絆は話を続けた。

「白石幸男について、こういう文字に現れない、そう、本人に対する参事官の印象などはいかがでしょう」

「特にない。これは白石幸男という個人に対してだけではなく、だ」

簡潔にして明快にして、味気なかった。

「ありませんか」

「あるわけがない。使えるか使えないか、有能か無能か。部下に求めるのは駒としての能力だけだ。ああ、そういった意味では、白石は、とある夜までは非常に有能だった。そのことは記録にも記してある」

「なるほど。では、部下でなくなってからのことは」

「知らない。いや、あまりいい話は聞かない、ということまでは知っているが」

「いい話は聞かない、とは」

「という噂を聞いただけだ。確度は低い。私が口にすべきではないだろう」

「ええと」

絆は頭を掻いた。

手代木は、どうにも取り付く島がない男だった。

「確度は低いですか」

「低い。上げたければ、自分のところの部長にでも聞け」

絆は、頭を掻く手を止めた。

「は？」

手代木の口元に、ここで初めて寄る皺《しわ》のような笑みを見た、気がした。

「たしか大河原君と白石は、警察学校の同期だ」

「うわっ、って。あら」

大げさに慨嘆してみせる。

それにしても、灯台下暗しだ。

東堂警部補、と付け足しながら、手代木はデスクの上に両肘を載せた。

「メールでデータを送り、部長に聞けと添えれば簡単に終わりだったものを、アポイントを受けたのは、なぜだかわかるかな」

「いえ」

手代木は椅子に深く背を預けた。キャスタが軋《きし》んだ。

「直に見ておきたかったからだ。大河原正平の肝煎り、異例特例」

「そうですか」

絆は両手を広げた。

「見て、いかがでしょう」

「そうだな」

個人の感想でしかないが、と手代木は前置きした。

「無能ではなさそうだとはわかった。若くしてその威圧感は大したものだ。組対向き、と言ってしまっては立場を固定するかな。組織に所属しながら組織を手玉に取り、勝手に動く異端児も公安にはいるが、異例特例は前例がないだけで、ようは飛び級なのだと思っていた。ただし、今はそこまでだ」

手代木は腕時計に目を落とし、立ち上がった。

「時間だ」

「おや。もうですか」

粘っても粘り損、こと手代木という男に対しては、ゴネ得は一切ないだろう。

「お時間、有り難うございました」

背を返す。

執務室から出ようとすると、東堂警部補、と声が掛かった。

声だけだった。

手代木参事官は、資料の中に埋もれていた。

「東堂礼子という部下に対する、私の中での評価は有能だった。有能なまま、彼女は職を辞した」

一瞬、絆の胸の中でなにかがざわついたが、すぐに静まった。

吐き出すにはなぜかあまりにも、手代木という男の言葉は毅然《きぜん》としていた。

「そうですか。では、片桐亮介という警官は」

資料の中で、手代木の頭が揺れるように動いた。

「刑事であったことは知るが、私の部下ではない」

「そうですか。失礼します」

不思議な男だった。原理原則も杓子定規も間違いはない。

ただ間違いないが、人が言うほど絆は、手代木という男に悪い印象は持たなかった。

二

その後、絆は本庁舎内に配属されている知り合いの部署をいくつか廻った。

手代木用に考えていた時間が、見積もりが甘かったようでやけに余った。

常日頃はワーカホリックと自他ともに認めるところだ。時間は作って空けるというより、空いたところが文字通り、〈空き時間〉という感覚だった。

滅多に来ない本部庁舎であり、来るときはたいがい用事が詰まっている。

二時間ほどを掛けて絆は五人と顔を合わせた。

中には、警察学校卒業以来のヤツもいた。

そいつらの何人かと十七階のレストランで昼飯を食い、それから池袋に戻った。

西口に立って、金属フレームのG‐SHOCKを見る。

針は一時五十七分を指していた。

張り込み、尾行、潜入までなんでもありの組対にあって、時間の確認に昔ながらの腕時計は職務上のマストアイテムだ。

G‐SHOCKは、警視庁入職以来の、絆の数少ない趣味だった。ほかに十四個持っていた。バリエーションもさることながら、価格帯がまず気に入って購入した。

　ガサ入れで木刀をガードして壊し、予備も考えてふたつ購入して以降は増える一方で、いつしか趣味と呼んで差し支えない具合になった。

　勤務先である警視庁第二池袋分庁舎はJR池袋駅西口から右方に約六百メートルの場所にあった。マンションや都営住宅、町場の中小企業が混じり合う雑然とした一角だが、民間の依頼を受け付ける署ではないからそれでいい。

　警察署なら同じ西口から左方に出て、メトロポリタンホテルを回り込むように抜ければ、池袋警察署が目の前だった。

　池袋署は警視正が署長に就く、大規模警察署に分類される。

　分庁舎に到着した絆は、ロビーに入る前に一度大きく息をついた。特に急ぐ用事がないときのルーティンだ。

　分庁舎前は道も狭く、マンションや事務所が密集している。だから、例えば尾行や監視の目があった場合、大通りや繁華街に比べてはるかに判別がしやすかった。分庁舎前なら悪意や敵意が感じられなくとも、絆には人の気配が観えた。

「へえ。まあ、ご苦労さんなことではあるけど」

　独り言を残し、絆は分庁舎のロビーに入った。

　本部庁舎や池袋署に比べれば、無人と言って差し支えない静かなロビーだった。差し支えないだけで無人ではないのは、もう馴染んだ守衛と掃除のオバちゃんが、奥から絆に手を振ったからだ。

軽く挨拶して、絆は特捜隊本部に上がった。

ロビー同様、特捜隊本部は静かなものだった。

隊長の浜田と隊員に、内勤の事務職まで加えても十人はいなかった。印象としても閑散としている。

大部屋だからというだけではない。どの部署でも、特捜や機捜といった執行隊とはそういうものだ。

ただし組対特捜隊は、頻発する事件に迅速さをもって当たる刑事部の機動捜査隊や交通部の交通機動隊とは違う。事件というより案件で動くのが組対特捜隊だ。一ケ月、一年と潜ることもある。同じ執行隊でも数ではなく忙しさは水面下の、言わば深さだ。

だから常に、隊本部に隊員はほとんどいない。

そういった意味では、公安機動捜査隊に近いか。

二〇〇三年四月の組織犯罪対策部設立時に、かつての外事特別捜査隊、現在の公安部外事第三課から池袋分庁舎の組対特捜隊に転属になった者も多いのにはそういう理由もあるという。

大部屋に入って、絆は真っ直ぐ隊長席に向かった。

浜田は書類に目を通しているところだった。

「やあ。ご苦労様」

浜田の物言いは常に優しい。しかし、それが浜田のすべてでないことを絆は知っている。

組対に限ったことではなく、特捜や機捜の隊長は階級や処世術だけでは勤まらない。

みな、切れるのだ。抜群に。

だから浜田も、相当に切れる。隊長であることはその証左《しようさ》だった。

思えば、浜田の常日頃の優しさや茫洋とした物言いは、鞘《さや》なのかもしれない。

切れ過ぎる刃《やいば》には、出来た鞘が必要だ。抜き身では危ない。所かまわず他人を傷つける恐れがある。

浜田はそれを弁《わきま》えている、のだろう。

それが四十一歳の、準キャリア警視にして特捜隊長の浜田と、手代木の差、かもしれない。

手代木はキャリアにも拘らず長く公安部参事官・警視正で、同職のまま警視長に昇任したのは、つい前年のことだった。

「どうだったかな。参事官の五分は」

「有意義でしたよ」

「あれ？ 本当に？」

浜田は意外そうな顔をした。

意外そうとはイコール、つまらなそうでもある。

切れる隊長は、案外食えない男だということも絆は知る。

「ええ。俺の母、東堂礼子のことを覚えてましたから」

三度だけ瞬きを繰り返し、なるほどと言って浜田は肩を竦めた。

「それは、上々だね」

それから、前日の埼玉県警での聴取に話は移った。

現状保存から、臨場した川越署の刑事らとの会話、同道した署での聴取まで。

これらに半日以上掛かり、川越署の仮眠室に泊まった。

ただし、川越署では参考人扱いをされたわけでもない。

公園墓地の第十一期分譲の説明会に人が多かったのはラッキーだった。ちょうど第三駐車場側からも、犯人のバイクがバイパスへ猛スピードで走り去るのが大勢に目撃されていた。

だから、半日は拘束ではなかった。帰っていいと言われたものを絆が居座ったのだ。

埼玉県警側にしてみればいい迷惑だったろう。

半日は目撃者であることを盾に取った、言わば絆の独断捜査のようなもので、図々しくも仮眠室まで使ったということだ。

「管轄外だからね。いちおう、色んな面で勘弁してくれと、そんな苦情はあったねえ」

言葉は丸いが、そんな簡単なものではないに違いない。

単純に言っても川越署は大規模署で、署長は警視正だ。

「すいません」

「いやいや。だから現場にも出ないのに、君らより高い俸給をもらってるようなもんだからねえ」

浜田はよくそう言って、あらゆるものを全部呑み込む。

呑み込んでもびくともしない。

浜田の鞘は、やはり良い鞘だった。

「あ、まさか止めるの？　だったら、頭は下げなかったけどねえ」

「いえいえ。下げさせた頭の分は、働きますよ」

「あらら。なんだかそれじゃあ、ニワトリと卵の話みたいだけど、どっちにしても私の頭はニワトリだねえ」

浜田は笑って頭に手をやった。

絆も笑って、首筋を軽く叩いた。

「まあ、止めようにもなんか、背後霊みたいなのが憑《つ》いちゃってますしね」

「ん？　なに」

「昨日の現場からです」

「うわ。本物？」

「ええ。本物の人間です」

「なんだ」

現場から川越署、警視庁、池袋の特捜本部まで。

絆を見る目があった。

ただ、おそらく所在、所作確認程度の遠間からの視線だ。現場から川越署までは三つだった気配は今朝にはひとつになり、池袋の分庁舎前ではふたつだった。

それを絆は、ご苦労さんなことと呟いた。

捕まえるには遠かった。

よしんばひとつを捕らえても、そのひとつが残りのふたつを包括するかは、今のところ曖昧だ。

「だから、しばらく様子を見ます」

「ふうん。それらは成仏、じゃない。いなくなったりしないの？」

「しません」

「その理由は」

「パッケージです」

「パッケージ？」

絆はポケットから、赤いボックス煙草を取り出した。捻《ね》じ曲がっているのは、今際《いまわ》の白石の力、いや、意地だったろうか。

一寸の虫の、意地。

「ははあ。本当に煙草のパッケージだね」

「はい。まあ、実際にはそれだけじゃありませんが」

「ふうん。──なに？」

「詳しくはこれからですけど。なんか人の名前とナンバーとかを一杯、受け取ることになったみたいです」

「ふうん。名簿かなにか？」

「それはこれからです。なにせ詰まってるのは、一寸の虫の五分の魂、白石さんの半生ですから」

絆は簡単に、浜田に説明した。

「で、君はそれをどうすると？」

浜田は目を細め、興味深げにデスクに肘を突いた。

「まずは、これですね」

絆は戻された赤いパッケージを掲げた。

「あのとき周囲にいた連中には、白石さんが俺になにかを話したように見えたんじゃないでしょうか。まあ、そう見えるように白石さんが最後の力を振り絞ったんじゃないかってのもありますが。――だから、引き受けてきたんです。いずれ、なにかが動くでしょうね。これは勘じゃないですよ。その証拠が、ずっと憑いてる背後霊。しかも総数で三体、と」

「ふあ。三体！　へえ。人気者だねえ」

変な感心を浜田がする。

と、隊本部の電話が鳴った。遠くで事務職の女性が取ったようだ。すぐに、少々お待ちくださいという声が聞こえ、浜田の机上の固定電話が内線音を発した。

「はぁい」

ふんふんと聞いて外線につなぎ、はいはいと答え、了解しましたと頭を下げて受話器を置く。

東堂君、と言いながら絆を見る目が、また好奇心に輝く少年のようだった。

「警察庁警備局外事情報部国際テロリズム対策課国際テロリズム情報官のお声掛かりだよ」

立て板に水で言われると、一瞬なんのことだかわからない。

「ええと。どこの、誰ですって」

「うん。警察庁国《サッチョウコク》テロの氏家《うじいえ》情報官がお呼びだってさ」

「ぐわっ」

　絆は天を仰いだ。

「また桜田門に逆戻りですか」

「四時までに来いってさ。――これは、今話していた背後霊絡《がら》みかねえ」

「それ以外、俺が警察庁の国テロに呼ばれると思いますか」

「思わない」

　浜田の答えに迷いはなかった。

「――そうですよね。ま、ちょうどいいや。隊長。在庁なら部長に、白石さんのことを聞いてきます。警察学校で同期だったらしいですから。ああ、これも手代木さんとの五分の収穫です」

　告げても、これに対して浜田の反応は皆無だった。

　すぐにわかった。

「もしかして隊長。これ、知ってました？」

「うん。知ってたよ。って言うか、調べたらすぐわかったねえ」

「失礼します」

　絆は一礼を残し、一路桜田門へＵターンを開始した。

三

警察庁二十階、国際テロリズム対策課のデスクで、氏家利通《としみち》は三台並んだPCの、左端のモニターを睨《にら》んでいた。外部との接続から切り離された一台だ。

今、画面に整然と並ぶのは、一本のUSBに納められた情報のチャートだった。在日マフィアからヤクザ、政財界のフィクサーまで、出所は多岐に亘る。

指示した物も持ち込まれた物もあるが、取り敢えず白石幸男という男の、十八年余の羅列だった。

「ふん。十八年が、一本にも満たないか」

呟き、氏家はすべてを消去した。

白石幸男は、氏家が運用するスジだった。外部協力者・情報提供者の類だが、中でも白石は確度の高い情報をもたらすスジとして信頼していた。

当初は、チヨダ最後の裏理事官が運用していたスジだった。

チヨダとは警察庁警備局警備企画課に属する、日本の公安警察における情報収集の核となる係のコードネームだ。統括はキャリアの理事官だが、秘匿組織でもあり、裏理事官と呼ばれる。

同じキャリアだが、氏家にとってはだいぶ先輩となるこの裏理事官は、入庁したての氏家にこの白石を下げ渡してきた。氏家をいずれ、裏理事官の系譜を継ぐ男と見込んだ、あるいは飼い慣らそうとした、ようだった。

実際、二〇一三年の春に警備企画課の理事官になった際、当時ゼロと呼ばれていたチヨダの後継組織の統括理事官を拝命した。

その際、氏家は組織の名称をオズに変えた。ゼロを超える組織という意味で、〈OVER ZERO〉で、〈OZ〉、オズだ。

かつて下げ渡された白石は、ノガミの魏老五に近いという触れ込みだった。

その昔、裏理事官当時の先輩が湯島の片桐亮介に接触させ、片桐の繋《つな》がりで魏老五に接近させたという。そこから上手く、当時魏老五グループのナンバー4だった陽秀明辺りに食い込んでいた。

氏家が引き継いだ頃からでも、すでに十年は前の話だとこのとき得意げに聞いた。

だが、ただでスジを下げ渡してくれるキャリアなど信じられないし、信じようもない。

――わかってるな。氏家君。

案の定、そんな言葉は漏れなくついてきた。

氏家は、白石に付けられた鈴のようだった。

白石はこの先輩に、だいぶ非合法なこともさせられたのだろう。いずれ裏理事官を継ぐほどの切れ者に繋げてしまえば、氏家に恩も売れるし、白石の動向もわかる、そういうことだろうとは容易《たやす》く推察された。

白石はたしかに、重宝だった。一を聞いて五は確実に理解し動く男で、情報は幅が広かった。

だから去年、三年半の裏理事官職を離れ、警備企画課から国テロに移動になってからも手放さなかった。国テロに必要な男でもあったからだ。

魏老五周辺の話は中国本土の動静を大いに含み、多岐に亘っていた。

それが、死んだ。

殺された。

理由は、氏家にはひとつしか考えられなかった。

(江宗祥殺し、か)

氏家は席を立ち、窓に寄った。

髪をオールバックにした固太り。生地そのものが上等なスーツ。

氏家が動くと、必ず誰かの視線がついてきた。良くも悪くも、自分が目立つということは弁えていた。

白石が食いこんでいる陽秀明が、その殺人を魏老五から指示されたようだ。

陽秀明が直接の指示を部下に出す現場に白石もいた、と本人から直接聞いた。

あろうことか、いただけでなく関わったらしい。

と、そんなことは聞いたが、そこから先は聞いてもいない。聞いたら、氏家も関わることになるからだ。

聞き方や触り方を失敗したら、事は殺人に関することなのだ。いかにキャリアの警視正でも木っ端微塵《こばみじん》に吹き飛ぶ。

これは、なにも氏家一人だけの話ではない。氏家に白石を下げ渡してくれた、元裏理事官殿も巻き込む。

──困るよ、氏家君。そういう愚挙を制止できないのも、こういう報告を上げてくるのも。もう少し君を買っていたのだがね。

こと白石に関してだけは、変わらず定期的に報告を上げていた。

江宗祥の件も報告した。

当然、これは氏家に責任を分散する意図があり、場合によっては巻き込むつもりだからだが、案の定、先輩はあからさまに迷惑そうにそう告げた。

別になにも思わなかった。そんなことを言われることは、最初から覚悟の上だった。ただ、

──裏理事官に着任してから、どうも君は精彩を欠くね。あの警視庁の鬼っ子と関わったからか。ま、私とはもう、関係のないことだが。

この言葉の冷たさは気になった。

それで、白石にもう一度接触した。

この元裏理事官との関係に、少しでもアドバンテージを作ろうとしたのだが——。

今となっては悔やまれる。

白石は江宗祥の殺人に一体、どこまでどう関わっていたのか。

それは五里の霧の向こうだ。

自らの中に封じ込めるカク秘扱いで、改めて聞くつもりだった。

対して白石が口にしたのは情報ではなく、それまで一度として請求されたこともない、法外な金額だった。

——いやぁ。旬を逃した情報には、保管料が掛かりましてね。理事官、いや、情報官。こりゃあ町場の商取引じゃあ、当たり前ですがね。

払えないことはない額だったが、そのまま唯々諾々と従うのは業腹《ごうはら》だった。

といって、聞かずに流しておける問題でもない。

(さて。手段はなん通りかだが)

と、考えている矢先だった。

白石が死んだのは。

死んでくれたのは。

組対特捜の東堂が現場に居合わせ、なにか受け取ったようだと、白石の動きを見張らせていたオズの報告は昨日のうちに受けた。

自身が裏理事官になってから白石の周辺に配したオズだ。

陽秀明以外の白石の情報源を、あわよくば把握しようと放った捜査員だが、そちらは未《い》だ《ま》にうまく機能はしていない。

オズの未熟もあるだろうが、情報を扱うプロとして、白石に一日の長があるということは否めない。

氏家は自身が国テロに異動になってからも、このオズの配置は動かさなかった。

覆面というか仮面というか、相手方に同化し、なり切って動く。オズであってオズでない。

そんな潜入捜査員が何人かいた。

オズだけではない。どの警察の公安や組対も、係長レベルからなら、そういう自分しか知らない秘匿の捜査員がいるものだ。

氏家は異動後も白石を抱え続けたが、中には異動と同時にそう言った捜査員を置き捨てる担当者もいる。

呼び戻すにはそれまでの捜査員の足跡を消す作業が必要で、これは、潜入させるよりははるかにややこしい仕事だった。失敗すればすべてが露見し、累が我が身に及ぶ危険もなくはない。

それで、置き捨てる。

捨てたことが判明すればそれはそれで問題だが、たいがいこちらは警察組織内での問題となる。傷は大きくない。うまく立ち回ればうやむやにもできる。

なんにしても、氏家のスタンスとは相容れないが。

置き捨ては無策、無能の表れだ。

自分ならと考えれば、答えは決まっている。

生きて戻すか、あるいは――。

この、あるいはの先は今まで考えたこともない。そうなる前に手当をする。

それが順当に昇る、キャリアというものだと確信していた。

(さて、東堂という男はどう御すか)

そんなことを窓辺で考えていると、内線が鳴った。組対の東堂が到着したようだった。

予約の応接室に通し、すぐに向かった。

東堂絆という男には、少し前から興味があった。

今年に入ってからキルワーカーという、その世界では有名なヒットマンを撃退したことなどは記憶に新しかった。J、小日向純也が食指を伸ばしているようだという情報もあった。

取り込めるものなら、と考えていた矢先だった。

ノックもせず、応接室のドアを開けた。

人を呼びつけた場合の、それが氏家の常だった。

開けると同時に、氏家は吹き付ける風のようなものを感じた。息苦しいほどだった。

精悍《せいかん》な顔をした若い男が、ソファに座っていた。座った状態で氏家を見ていた。

その目が、白々とした光を放散していた。

その光が風の正体であり、風が光の実体だった。

氏家は無表情を装って足を振り出した。

粘泥《ねんでい》に踏み込むようで、この入室の一歩目がきつかった。

踏み込めば、途端に圧力は掻き消えた。

「お呼びだと聞きました。警視庁組対特捜の東堂です」

東堂絆が、立ち上がっていた。

目の光は霧消していた。

「ああ。国際テロリズム対策課の、氏家だ」

それから、間違いなくなにかを聞いた。間違いなく東堂は答えた。

東堂から先に口を開くことはなかった。もどかしいほどに、会話は氏家に主導権があった。

ただし――。

空間を制御していたのは、間違いなく東堂だった。

光も風も、律動としての声も操り、それでいて自然体の東堂が、この面会の全体を支配した。

わずか十分程度で、氏家はなぜか、疲れ果てた。

「あの」

「ん？　なんだ」

なんだと口にしながら、自身でもわかっていた。疲れた口は重く、質問はもう三十秒は途絶えていた。

「もう帰っていいですか。今晩も忙しいもので」

拒否する理由はなにもなかった。

東堂が去った応接室に、氏家はしばし佇んだ。

「なんだ。あれは」

思わず呟いた。

額には小さな汗の粒が浮いていた。

「警視庁は、いったい何匹の化け物を飼っているというのだ」

小日向と東堂はまったくの別物だ。

小日向が暗なら東堂は明。

東堂が白なら、小日向は黒。

小日向が悪なら、東堂は善。

にも拘らず、小日向と東堂は氏家の中では同一だった。

同一に化け物だ。

おもむろに携帯を取り出し、氏家は白石に張り付けたオズに掛けた。

すぐに繋がった。

「ターゲットの変更だ。これからは、組対特捜の東堂に付け。そうだ。白石の最期に立ち会ったあの男だ。なに？　白石に関する県警の捜査？　そんなものは関係ない。すぐに大人しくなる。場合によってはこっちでどうとでもする。問題は東堂だ！」

捲《まく》し立《た》てボルテージを上げ、応接室に響く自身の声で我に返る。

（なにを怯《おび》えているのだ。なにを、恐れている）

自問しつつ深呼吸する。

「いいか。常に緊張の上にも緊張しろ。失敗は、リセットされない。たとえ扱いに困ってもな――」

呼吸が整えば、いくばくかの自信も戻る。

「東堂は白石と違って、運よく死んでなどくれないぞ」

氏家は警視正から、同期一番で警視長も見えている。

ああいう男を御してこそキャリア、人生の勝ち組というものなのだ。

四

絆は警察庁の外に出た。陽がずいぶん西に傾いていた。

「なんか、今日は色々したやら、まったくしなかったやら」

呟きながら確認する。

追っ掛けの数は池袋から変わらず、二人のようだった。

「俺より、あっちの方が働いてるかな。今日に限っては」

絆は視線と西陽に背を向けた。

そのまま、隣接する警視庁本部庁舎に入る。

「あれ。また来たんですか」

「ん。まあ」

もっとも過ぎる奈々の言葉には特に反応もせず、組対の大河原正平部長の所在を訪ねた。

この日はあいにく、都庁での官民連絡会議に出席で、そのままレセプション・パーティがあるということだった。

「ぐわっ。さらに今日は無駄足の上塗りかぁ」

頭を抱えてみたが、どこかへ移動するのも面倒だった。そこで奈々に古巣の組対四課へ内線を掛けてもらい、空いている場所で仮眠を取らせてもらうことにした。

絆は基本的に、どこでもいつでも眠れる。正伝一刀流、常在戦場の習いと言えなくもないが、単なる慣れでもある。

遅くなったときは、隊のある第二池袋分庁舎の仮眠室で眠るのが絆の常だった。

半年ごとに所轄を渡り歩いた結果でもあるが、都内における絆の住まいは定まっておらず、特捜以前は実際、定めようもなかった。

だから、データベースの登録も成田市押畑《おしはた》のままだが、これは単に登録上だけのことではなく、時間に余裕があれば本当に帰り、そちらから隊に出る。

現警視総監の古畑正興《ふるはたまさおき》にとっても師である典明の家ということと、絆の原点が古流剣術であることにも起因して、これも異例特例の一例だったろう。

「東堂さん、ＯＫだそうです」

許可を貰《もら》って六階に上がる。

刑事部の捜一と同じフロアだから、仮眠を含む寝泊まりに関してはこの階が本部庁舎中、一番充実していると絆は勝手に思っている。

ソファベッドに横になれば、照明や西陽や組対四課のざわつきに関係なく、すぐに眠りに落ちた。

かえって抱える案件に真正面から向き合う刑事連中の意気は、絆にとっては暖かな掛け布団のようなものだった。

次に目を開いたときは、すっかりと夜だった。四課内の雰囲気にはさほど変わりはない。が、G-SHOCKで確認すれば、午後九時を大きく回っていた。五時間近く眠ったことになる。

「さぁて」

大きな伸びをして絆は四課を後にした。

副玄関から出て歩く。

夜空には星の瞬きが賑やかだった。月の出はまだない。

ぶらぶら歩いて筋肉と脳を起こし、新橋で立ち食いソバでも食ってから行こうか。

この夜は三田署刑事組織犯罪対策課が主体となる、クラブの摘発が行われる予定になっていた。

新橋から山手《やまのて》線の終電に乗った絆は、二駅先の田町で降りた。

「おう。東堂」

東口に出た絆に手を挙げて駆け寄ってきたのは、黒革のブルゾンを着た三田署の大川卓《すぐる》だった。今回の摘発の指揮を執る係長で、この年で四十歳になる警部補だ。絆とは、今は亡き金田洋二という教育係に薫陶を受けたという意味でも先輩後輩に当たる。

「こっちだ」

大川は先に立って歩き出した。

東口から芝浦《しばうら》K大学がある芝浦三丁目の交差点に向かう。

摘発についての詳細はメールで確認済みだった。

この夜は、七階建てのテナントビルの最上階を占有する、表向きは会員制高級クラブの摘発ということだった。

クラブは、法的には接待飲食等営業の2号に分類される。つまり、深夜零時以降の営業は出来ない。

真夜中過ぎにも客の出入りがあるというだけでも摘発の対象にはなる。

今回も令状としては風営法違反だが、狙いの実態はそうではない。

大麻の売買だった。

週に一度、深夜零時までの営業を終えた後、クラブはそのまま大麻の売り場になるという。中には、その場でやって帰るのもいるらしい。

情報の出所は、同じビルで通常の飲食を営むどこかという話だった。風紀が悪くなってみな迷惑をしていたらしく、一軒というよりは共同でのようだ。

つまりは一般人からのタレ込みで、クラブのバックは知れない。

絆は大川の背について歩きながら、腕のG‐SHOCKを見た。深夜一時半を回っていた。

山手線の終電は大川の指示だったが、

「少し、遅かったですか」

「なぁに。お前さんの到来は、手配りを終える頃と思ったからな。ちょうどだな」

芝浦K大を過ぎ、旧海岸通りに出る手前で大川は道を右に折れた。

百メートルくらい歩くと、自動販売機の手前に一人の男が待機していた。

醸す雰囲気からして、苦笑が出るほどに組対の刑事で間違いなかった。だいたい頭が、ロッドの細いパンチパーマだ。

「すまないな。どうにも三田は、あんなのばっかでよ」

大川は絆の苦笑を察して、そんなことを口にした。

パンチは大川を認めると、目立たないインカムに口を寄せた。

「係長が到着です」

それから、大川に通信機器を手渡した。

「東堂、ほれ」

受け取った大川は、ヘッドセットとひと揃いのPフォンを絆に差し出した。

パンチの後ろは左に曲がれば、明かりの少ない路地だった。

道幅は路肩を入れれば四メートルほどだったが、一方通行の標識があった。車両は前方からしか来ない。

ヘッドセットを装着しつつ、絆は半眼にした目を路地の奥に向けた。

「ああ。あの辺りですか」

絆は路地の、闇に沈むはるか前方を指差した。

なにもなくただ暗い路地だが、立ち上る湯気のような気配がいくつか、絆には観えた。

ちょうど、路地に面した中で一番間口が広いビルの周囲だった。十五メートルはあるか。

立ち上る気配は捜査員で間違いないだろう。
三、いや、四人だと絆は観た。
「そう。正解だ」

大川は先に立って歩き出した。

「こっちは裏手でな。表側にはうちの八人と品川の六人を待機させてる。人数的には十分だろう。お前もいるしな」

「なるほど」

ビルまで二十メートルを切ると、大川はブルゾンの両袖《りょうそで》を自分で抱えるように摩《さす》った。

「まだまだ、四月は寒ぃや」

たしかに少し、冷えていた。月が東の空に玲瓏《れいろう》として、底冷えを助長した。

ビルに近づくと、ちょうどヘッドセットに若い声が聞こえた。

――表《おもて》一です。係長。どこですか。

少し緊張が感じられる声だった。

「もう真裏に近ぇよ。どうした」

――ビルから顔を出して引っ込んだのがいます。飲食の目つきじゃないです。気付かれたかもしれません。

――すぐ行く。

四人の捜査員が裏路地に姿を見せた。

大川は無言で片手を上げ、ビルの敷地内を表に向かった。小走りだった。

裏より表の方が、やはりだいぶ明るかった。

一階の向こう半分は、大手コンビニのチェーン店だった。

大川が姿を現すと、周囲からゾロゾロと厳《いか》つい男たちが集まってきた。

何人かは絆も知った顔があった。互いに目礼を交わした。

大川は一同を見渡した。

「じっとしてても身体が固まっちまう。ちょうど頃合いだろ。動くぜ」

――おうっ。

低く囁く程度だが、揃った頷きと意気は冷気を払って心地よかった。

五
「よしっ。行くぞ」

絆も交えた十六人は、足早にテナントビルに入った。

すでに午前二時も近い。営業している店は水商売以外に限られるが、限りなく少ないはずだった。

二基あるエレベータのうち、一階にあった一基に目一杯で乗り込み一斉に上がる。途中階で止まることはなかった。

最上階には、〈パルマ〉という店しかなかった。だいぶでかいハコの店だった。

真正面にある店の扉は、一行を誘うように開いていた。

大川を先頭に、十五人が一斉にパルマの中に雪崩れ込んだ。

「警察だっ。動くな！」

けれど、絆一人は動かなかった。

――なんだよ、あんたら。

緊張感のない返答を、絆はヘッドセットに聞いた。

――へ、な、なんだよって。お、こりゃあ。

そんな大川の啞然《あぜん》とした声も、同様にヘッドセットの中だ。

絆は、エレベータホールに出てすぐ観えたものに従って、店に入らなかったのだ。

どう考えても、店の中に気配は二つ、三つしか感じられなかった。

しかも、声に聞こえたように、どれも緊張感のないものだった。かえって余裕さえ感じられた。

絆は細く吐く息吹によって気息を整え、目を閉じて周囲に気の網だけを投げた。

ホールの端にある防火扉の向こう、内階段。

そこに、気配の残滓《ざんし》のような物が観えた。

人がなんとなく感じる予感や違和感、胸騒ぎといったものを、天与の稟質と長年の錬磨によって絆は観る。

残滓には緊張、狼狽《ろうばい》、恐怖、混ぜて荒々しい邪気。

それは絆がいつも相手にする奴らが、ときに垣間見せる本性のようなものだった。

――取り敢えず令状だ。執行!

――了解。

――どこだ！　ブツはっ。

大川たちの焦りが聞こえるヘッドセットを首に下げ、絆は内階段の方に向かった。

階下に、人が移動する足音などは聞こえなかった。

と、かすかなモーター音が聞こえた。

絆は振り向き、エレベータの階数表示に目をやった。

制御されたエレベータは必ず一台が一階に戻る。背後も一台はそうだった。

絆たちが乗ってきた一台が、七階から下に向かって動き始めていた。

直感があった。

絆は階段を駆け下りた。

途中からは踊り場を中継せず、そのまま階段から階段に飛んだ。

そうして息も切らすことなく、絆は一階のロビーに立った。

「ビンゴ、だな。たぶん」

七階から動いたエレベータは四階で止まったらしく、そこから再度下降を始めたところだった。一階にあったもう一台も上昇し始めていた。

絆はヘッドセットを装着した。

大川たちは、まだ騒がしかった。

「裏の方々へ。特捜の東堂です。一階に下りましたが、ビルの作りを理解してません。そっちになにか行ったらよろしく」

ヘッドセットが、一瞬無音になった。

――東堂。どういうことだ。

すぐに、大川の声だけが聞こえた。

「まだ不確かです。そのまま聞いてて下さい」

お、おい、と大川は続けたが、聞き捨ててヘッドセットをまた首に下げる。

すぐにも、エレベータが一階に到着するところだった。

絆はエレベータの真正面に立った。

到着したエレベータの中には、年齢もバラバラな男女が六人ほど乗っていた。

みな一瞬、ロビーの絆に驚いたようだが、それぞれに平静を装って降りてきた。

中に二人、見知った顔があった。

「なんだい。組対の若ぇのじゃねえか」

「おや。本当だ。こんな時間まで仕事かい。それとも、へっへっ。お遊びか」

二人とも、八王子《はちおうじ》に拠点を置く大山組の構成員だった。

一人はたしか若頭補佐のはずだ。岡本《おかもと》と言ったか。それなりに貫録があった。

大山組は旧沖田組の二次団体だ。組長の大山知義《おおやまともよし》は、故沖田剛毅の舎弟頭だった。

「狙いは俺らかい。ま、そっちも商売だもんな。仕方ねえ。ほらよ」

「ま、そっちも商売だもんな。四階の雀荘に行ってただけだが、いいぜ。なんでも調べろや」

二人並んで、絆の前に上着を大きく広げて立つ。
堂々と告げる以上、四階に雀荘はあるのだろう。
そして、きっと大山組の息が掛かっている。
ほかの四人が表に急ぐが、この際そちらはどうでもよかった。
「へっへっ。どうした。ほら。やれよ」
「今日は機嫌がいいからよ。こんな大盤振る舞いは、滅多にねえぜえ。はっはっ」
大山組の二人の声がロビーに響いた。
挑発も嘲笑も、余裕のなせる業か。
けれど、絆の狙いは二人ではなかった。
ちょうど、さきほど上昇したもう一台が一階に到着した。
上がった先がやはり四階であることは確認していた。
こちらも降りてきたのは、年齢も性別もバラバラの五人だった。
エレベータから出て、絆たちの脇を通り抜けようとした。
その瞬間だった。
絆はノーモーションで動いた。
誰にも予想できない動きだったろう。
ヤクザ二人も一瞬、絆を見失ったかもしれない。

後から降りてきた一団のど真ん中、水商売ふうの女とサラリーマン然とした男の間を縫い、絆はナップザックを背負った男の腕を右手でつかんだ。

「え、お、俺。なんですか。あなたは」

地味な眼鏡《めがね》を掛けた二十代の男だった。

絆の手を振り解こうとするが、放すわけもない。

「おい。組対。なにしやがんだ。手前ぇの狙いはこっちだろうがっ」

大山組の岡本が喚くが、滲み出る気配に狼狽は明らかだった。

「なにって、職質です。そのナップザックが怪しいから」

最前からわかっていた。

降りてきた全員の意識が、絆とナップザックへ交互に動く瞬間があった。前後のエレベータに乗っていた全員が摘発直前に、売りも買いも一緒くたになって四階に逃れた連中だろう。

ナップザックの中にはきっと商品、つまり大麻が入っている。この地味な男は店側、売人の一人で間違いない。

「けっ！」

眼鏡の奥に隠しようのない凶暴な光を灯し、男は拳《こぶし》を振り出した。

伸びきる前の拳を左手で受け、絆はひねりながら小さく笑った。

「公務執行妨害」

絆の宣言と、男の苦鳴が重なった。

絆が男の肘を外したからだ。

うずくまる男をそのままに、絆は二歩下がって身構えた。

今のエレベータで下りてきたうちの二人に剣呑な気が脹れ上がっていた。

水商売ふうの女とサラリーマン然とした男の二人は、青い顔で泳ぐように表に逃げた。

入れ替わりに、ロビーに駆け込んでくる二人があった。最初のエレベータで下りてきた中の、チンピラめいた二人だ。

外に出て行った四人が客で、今ロビーに勢揃いしているのが〈パルマ〉の関係者、つまり売人の一味なのだろう。

絆は大山組の二人を見た。両手をポケットに入れ、動く気配はなかった。

後のエレベータの二人が、絆の左右でそれぞれにバタフライナイフを取り出した。

絆は動かなかった。

胆に気を集め、ただ両手を広げた。

剣気が全身を駆け巡り、それで、戦う心の下拵えは十分だった。

「オラッ」

右の男が顔の高さを突いてきた。

わずかに背を反らして前方にいなし、絆は目の前に伸びきった男の前腕を左手でつかんだ。

躊躇することなく、下から男の肘に右手の掌底《しょうてい》を突き上げてぶち折る。

悲鳴を上げなかったのは、上げなかったのか上げられなかったのか。

絆はそのまま右手を男の内側に伸ばした。襟首をつかんで重心を崩し、左の男に向けて投げつける。

今まさに突っ掛けようとしていた男の、出端《でばな》をくじく恰好《かっこう》だった。

もつれて床に転がる二人を捨て置き、先に絆は表からのチンピラに対した。

距離はもう三メートルもなかった。

「野郎っ」

威勢はいいが、走りながらのパンチは絆との距離が合っていなかった。

拳が振り上げられた瞬間にわかった。

それが絆の見切りだった。

高段者の真剣でさえ、今では二センチの内側に見切る。

制止すれば、絆の前を流れていった。

泳ぐような体勢になったチンピラは隙だらけだった。

右足の爪先を思いっきり腹に蹴り入れた。

一瞬でチンピラの目が反転した。悶絶《もんぜつ》というやつだった。

床に伸びたチンピラをまたぎ、見もせず左手で裏拳を振った。

手応えはかすかだったが、それが狙いだった。

前に出たもう一人のチンピラの顎先《あごさき》を、裏拳は正確にかすめていた。

壊れたマリオネットのようにチンピラはその場に崩れた。

そのまま止まることなく、踊るような足捌《あしさば》きで絆は真後ろに向き直った。

バタフライナイフのもう一人が一メートルもないところに迫っていた。

それでも——。

焦りが怒りを越えて怯懦《きょうだ》さえ見える男の懐《ふところ》に自ら飛び込み、絆はナイフの腕をひねりながら担ぎ上げた。

柔道に言う肩車の要領だが、拍子が合えば驚くほど軽い。

高く担いだ男を無造作に投げ捨てる。

背中から床に落ちた男の手からナイフが飛んだ。

床を滑り、ナイフは大山組の二人の前に転がった。

「やりますか」

絆の言葉に一人は無言でそっぽを向いた。

岡本は肩を竦め、

「そんなもん見せられて、わざわざ前に出られっかよ。チンピラじゃあるめぇし」

と諦念を口にした。

エレベータが到着した音がした。

「おい。東堂――って、なんだ、こりゃ」

答える前に、絆は最初の男に寄り、膝をついた。

背中のナップザックを勝手に開く。

中には案の定、ビニール袋に小分けされた乾燥大麻が詰まっていた。

絆は顔を上げ、大川に笑い掛けた。

「こういうことです」

それだけで、捜査員全員が一斉に動いた。

大川が一人、逮捕劇の中で苦笑いだった。

「貸しとけな。東堂」

「なんか、千尋《ちひろ》会と江東《こうとう》署のときも貸したような気がしますけど」

「じゃあ、タップリ貸しとけ。なあ、東堂」

「それって、返ってくるんですかね」

笑うだけで、大川から明確な答えは聞かれなかった。

足早にビルを離れ、駐車場に停めたベンツに乗り込んですぐ、大山組の岡本は自分の駒に電話を掛けた。

「おいおい。どうなってんだ。なんだってんだ。何人かパクられちまったぜ。

なんだ？　特捜の東堂がいただって？

馬鹿じゃねえか、おい。言い訳すんじゃねえよ。東堂がいようが部長の大河原がいようが、問題はそっちじゃねえや。手入れがあるってよ、その日の夕方んなってから言われたって間に合うかよ。

え、不在にしてたのは俺ん方だって？

ほう。言うじゃねえか。四六時中、手前ぇらの連絡待ってろってか。冗談じゃねえや。なら、こっちだって言うがよ。俺ぁ昔っからゴルフんときは終わるまで出なかったよな。今に始まったことじゃねえぞ。

だいたいよ、こんなこたぁ、今までなら遅くとも三日前には連絡があったじゃねえか。

ああ？　急にバタついて？

そんなのは聞けねえや。そっちの問題だろうが。関係ぇねえやな。おい、払った分はしっかり頼むぜ。高え金払ってんだ。

なんだって。金は戻すって。

要らねえや、この糞《くそ》ボケがっ。そういうこと言ってんじゃねえや！　いいか、おい。こんなことが続くようなら、仕入れ先、いつでも変えるぜ。漏洩屋《ろうえいや》なんざ、掃いて捨てるほどいるんだ。ただよ、変えるってこたぁどういうことか、忘れんなよ。金の問題じゃねえ。こりゃあ、命の問題になるんだぜえ」

荒々しく電話を切る。

「クソボケがっ」

声はこの上もなく、不機嫌に聞こえた。

第三章

一

週が変わって、月曜日だった。

週明けのアポは取っていたが、

――おい。鰻《うなぎ》はどうだい。

朝になってから隊に掛かってきた電話で、絆は大河原にそう誘われた。

指定されたのは正午に、晴海《はるみ》通りに面した日比谷公園近くの鰻屋だった。

その昔、金田と一緒に大河原にご馳走になったことがある店だ。

そのときは、公安のJ分室もよく使う店ということで紹介がてら大河原が連れて行ってくれたと思っていたが、どうやら違うようだ。

基本的に、大河原は鰻が好きなようだった。

「おう。先にやってるぜ」

開け放たれた小上がりで、大河原はキモ焼きをアテにビールの小瓶を呑んでいた。

「いいんですか。月曜の昼間から」

「ああ？」

大河原が下から見上げるように顔を振った。

大河原の四角い顔は、えらも張って造作物がすべてデカい。体つきも恰幅がよく、全体として小難しい顔をすると魔除《まよ》けの瓦のようになる。

その分、緩んだときの表情は人懐っこいと評判らしい。

どこで評判かは知らないが。

「昼間っからったって、鰻を真顔で食ってられっかよ」

「じゃあ、鰻にしなきゃよかったでしょうに」

「五月蠅《うるせ》ぇな。カネさんみてえだ。あれ、東堂。お前ぇ、鰻は嫌《きれ》ぇかい？」

「いえ。生まれが生まれです。そんなことはありません」

「ああ。そうだよな。成田だもんな」

大河原も納得するように、成田山新勝寺の参道には鰻屋が多い。

利根川と繋がった印旛沼《いんばぬま》は、昔から鰻や川魚の豊富な漁場だったという。成田詣《もう》でに来る参詣客相手に江戸の頃から、〈成田は鰻〉と評判を取ったようだ。

とはいえ現在では、土産物屋《みやげものや》と鰻屋や旅館ばかりだった間に、アジアンレストランにインドカレー、その他、何語だかわからない文字で書かれた、なに屋だかわからない店まで網羅され、参道はずいぶんカラフルで賑やかだ。

「じゃあ、東堂。なんでもいいな。おう、女将《おかみ》」

大河原は手を叩き、昼セットの梅をふたつと自分に小瓶をもう一本頼んだ。

ちなみにこの鰻屋は、セットのランクがほかとは逆になっている。松竹梅は、並・上・特上の順になる。

「ご馳走様です」

先に絆は、素直に頭を下げた。

「この前ぇは夜中に、活躍だったらしいな」

大河原が言うのは、田町での摘発のことだろう。

絆が押さえた五人は、公務執行妨害と麻薬取締法違反で三田署に現行犯逮捕された。全員が〈パルマ〉の関係者だった。

さらに言えば、〈パルマ〉自体が、その昔〈ティアドロップ〉にも関わった半グレ集団、デーモン絡みの店だった。

前後のエレベータで降りてきた一般客の身元はまだ不明だが、〈パルマ〉の連中の事情聴取は進んでいた。

ただし、あの場でまったく手を出してこなかった大川組の二人には、上手く逃げられてしまった。

実際、二人が四階の雀荘にいたのは本当のことらしかった。なにかのトラブルがあったときのために待機していたようだ。

本当に雀荘にいただけだから、現行犯としてはなにも出ようはない。それで最後には率先して降りてきて、自らを晒《さら》したのだ。

そうして、二人が注視されているうちに、本物の客を安全に逃がす。

考えていた流れは、そんなものだろう。

「ま、大川組がしっかり絡んでるのは間違いないでしょうけど」

「フロントがやってる店か」

「その辺は今、三田の大川係長たちが調べてます。現状はデーモン崩れの半グレが社長のようですが。そこから先、ですね」

「なるほどな」

お待《ま》ち遠《どお》さま、と女将が新しいビールの小瓶を運んできた。

大河原はコップのビールを呑み干した。

「先週は、オズの親玉に呼ばれたんだってな。俺が留守にしてた日に」

手酌で注ぎ、零れそうな泡をすすった。

「そうですね。呼ばれただけじゃなく、以降背後霊が増えた感じです」

「背後霊？　なんだ、そりゃ」

絆は隊で浜田に話したのと同じ話をした。実際的にはプラス・アルファだ。

「背後霊の気配は最初通り、あっても三つです。ひとつやふたつに減ったことはあっても、四つになったことはありません。ただ警察庁に呼ばれて以降、気配の肌合いというか、最大が三なだけで、四の内の三、四の内の二や一という気がします」

「ふうん。なんだか面倒臭えな」

大河原はビールのコップを傾けた。

「そんなもん、千切っちまえばいいんじゃねえのかい。お前なら簡単だろ」

「それも隊長に言いましたけど、しません。もっとも、近づいてきたら考えますけど」

「どういう意味だい」

「霊って呼ぶのは冗談ではなくてですね。かすかなんですよ。それほどの遠間ってことです。こっちから寄ろうとすると逃げられるほどの。本当に見てるだけって言いますか。だから、今のところ放ってあります。危ない感じも皆無ですし。だいたいちぎっても、こっちは池袋とか親父の事務所とかって基点が決まってますからね。毎日元通りなんで、ちぎるのも面倒臭くて」

「ははっ。組対の化け物にも、弱点有りってか」

大河原はさも面白そうだった。それで、さも美味そうにビールを呑む。

「笑い事じゃありませんが。ただそろそろ、必要とあらば千切りますよ」

「てこたぁ、それまでは金魚のフン、つけたまんまかい」

「——なんかそれ、飯時のイメージじゃないですが」

「おっと、そうだな。悪ぃ悪ぃ」

大河原は二本目の小瓶を空けた。

ちょうど、梅の昼セットが運ばれてくる。鰻重に茶碗蒸し、肝吸いに箸休めと小鉢と香の物、季節のフルーツ。

松竹梅は見た目に大きな違いはない。あるのは重箱の中身、鰻の量だ。

「お、待ってたぜ」

率先して大河原は重を開いた。重なった蒲焼《かばや》きで、白米が見えない。

しばらく黙って食った。大河原が黙々と食うからだ。

絆は先に食い終わった。

「で、なんだって？」

大河原が聞いてきたのは、そんなタイミングだった。

「白石さんのことです。手代木参事官が部長に聞けと」

「ああ。手代木さんがね。かぁ、また振ってくれるぜ」

甘めのタレで蒸しの強い鰻を頬張りながらも、大河原の顔が苦い。

あの聖夜の指揮車の中が思い出されるのだろうか。

「白石さんは、なんで警察を辞めたんですか」

「そうだな。――食いながらだ。簡単に言う。忖度《そんたく》して聞け」

「了解」

「まあ、警察官の正義ってのによ、罅《ひび》が入ったなぁ、あの夜だ。間違いねえ。罅が入ってたから、割れたんだろうな」

大河原は重の角から飯を掻き込んだ。

白石にはあの年、本当に生まれた女の子がいた。絆より一つ歳上ということになる。

「生きてりゃあな」

三歳を過ぎた頃、生まれた子供に心疾患が見つかったという。米スタンフォード大学での手術を勧められたらしい。

当然のごとく、手術には大金が必要だった。「それでよ。白石はよ」

流せる物は右から左に、情報でも押収物でもなんでも流した。

「それだけじゃねえよ。自分のな、色んなものを売ったってことだ。矜持《きょうじ》も、時間も、人生も」

大河原は顔を上げず、箸で飯粒を拾った。口に運ぶひと粒ひと粒が、白石幸男の半生になった。

「でもよ、こういう話ぁ、ハッピーエンドにならねえと辛《つれ》ぇが、結果がよ」

失敗だった、と言う。

子供の命だけでなく、妻もスタンフォードから戻っては来なかった。

「奥さんは、事故とも自殺とも、な」

とにかく、それで白石が雑にも自暴自棄にもなり、すべてにおいて襤褸《ぼろ》が出たようだ。

「本来白石ぁ、叩き上げだが俺なんかよりよっぽど切れる男だった。襤褸が出たがよ、当時から警察も不祥事続きでよ、辞めたってえより、辞めさせられたんだな。——なんてぇか、引導を渡したなぁ、俺だ」

「えっ」

さすがにそれは意外だった。

おもむろに大河原は立ち上がった。

「お前が呼んだんだ。お前が払え」

「そうですか。——はぁ？」

だったら梅は、特上は頼まないし頼ませないし、先に礼など口が裂けても言うわけがない。

「片桐の残し金、だいぶ持ってんだろ」

大河原は笑ったが、評判倒れにしか見えない。

「どこから聞いたんです？」

「蛇《じゃ》の道は、蛇《へび》ってな」

「蛇ですか」

「おっと。奢ってもらうんだから、もうひとつやふたつ」

大河原は絆の言葉を、自分のペースの中に切って捨てた。

「なんです？」

溜息で絆は諦めた。

「おう。こりゃあ、別の蛇からだが」

「はい？」

「埼玉の司法解剖の結果な。白石、末期《まっき》の肺癌《はいがん》だったそうだ。保《も》って半年だったみてえだな」

「ああ。そうですか」

「おや。驚かねえのかい」

爪楊枝《つまようじ》を使いながら、大河原は面白そうだった。

絆を試している。そうも見えた。

「俺にもそのくらいの蛇はいますから」

「いいね。だいぶ、刑事の泥に染まってきたじゃねえか」

このときの笑顔は、少し人懐っこく見えた。

この辺は組対の親玉の手練手管《てれんてくだ》か。

「じゃあ、別のもうひとつ」

「なんでしょう」

「白石な。ＧＷの最終日は、新千歳《しんちとせ》までの航空券を予約していたようだな。――どうだい？　こっちの話は」

「有り難うございます」

素直に頭を下げた。

まさか、この分もお前が払えとは言わないだろう。

いや、言うだろうか。

思考を巡らせているうちに、大河原は店から出て行った。

二

初夏めいた日差しが降る次の土曜日は、昭和の日だった。

世の中の多くの人はこの日から、最大九連休に突入するのだという。

絆には今までもこれからもあまり関係ないが、ＴＶやラジオでは、ずいぶん前からこのＧＷを煽《あお》るようだった。

「あのさ。その、まあ、いいんだけどね」

湯島の事務所だった。

絆は片桐のデスクに座り、誰にともなく、なんにともなく、そんな独り言を呟いた。

ただし、この独り言は人がいないという意味ではなく、誰も聞いていないという意味に過ぎない。

この日、絆は夜勤明けの待機非番だった。

待機非番は公休ではなく、自宅待機が基本だ。絆の場合は厳密に言えば自宅は成田だが、遠すぎるので、最初から勤務地の仮眠室を待機場所に使った。

自他ともに認めざるを得ないワーカホリック気味になったのは、この辺の生活サイクルの設定がそもそもの間違いだったかもしれない。

湯島に待機場所を得たのは成り行きだが、得てみるとやはり生活は一変した。時間的に、色々と余裕が出来た。

それまでは、彼女だった星野《ほしの》尚美とのデートにもよく遅れたものだ。成田を起点にすると、例えば五分の遅れでも、都内の待ち合わせ場所への遅延は五分では済まない。

尚美は〈いつも〉、木漏れ陽の中でベンチに座り、文庫本を読んで待っていてくれた。

絆が到着すると、髪に手をやりながら立ち上がり、

「遅いぞ」

と上目遣いに見て〈いつも〉、笑ってくれた。

このいつもを守らなければと思いながら、守れなかった。

知らぬ間に尚美は〈ティアドロップ〉に関わり、〈ティアドロップ〉に冒されていた。

今は故郷の出雲《いずも》に帰り、家族と樫宮智弘《かしみやともひろ》に支えられながら、必死で薬物依存と戦っている。

樫宮は絆にとってはW大ラグビー部の後輩であり、四年間、同級生である尚美に告白し続け、玉砕し続けた男でもある。

樫宮は大手商社に就職したが、現在は松江《まつえ》にある、製造工場を持つ子会社への出向中だった。尚美のために、転勤願いを出した結果だ。

尚美を守れなかったことは絆にとって、慚愧であり、慚愧しかない。

樫宮の大いなる愛は絆にとって、眩《まぶ》しいものであり、絆の未熟さや弱さを照らし出すものでしかない。

けれど絆はすべてを沈めて、受け止める。

それが、自得の域に入った剣士の位取《くらいど》りなのだ。

自分で仕上げてゆく領域、一流を立ち上げる者だけの領域だ。

慚愧、憤怒《ふんぬ》、悲哀、歓喜。

苛《さいな》むもの、奮い起こすもの、惑わすもの、導くもの。

すべてを心の湖に沈め、湖面を動かさない。

明鏡止水。

沈めたあらゆる感情、経験の清濁から芽吹き、心の湖に咲き誇り、彩る蓮《はす》の色はなに
――。

そんなことを片桐のデスクに座って考えるともなく思っていると、

「ＯＨ。若先生、サボリ魔ね」

夢想の湖面はいきなり割られた。

現実に引き戻す声は、ゴルダ・アルテルマンのものだった。

「なに。サボってないよ。休憩中」

「ダメね。私も大先生によく言われる」

ガタイのいい中東Ｉ国の男は、体つきに相応《ふさわ》しい顔を絆に近づけた。

「言い訳してる暇あったら、動けってね」

「――言い訳って言われてもねえ」

ゴルダは本国ではアメリカさえ凌《しの》ぐという世界最高の技術・装備のパラシュート部隊に所属していたと言う。除隊した今は成田で自動車のパーツ屋をしている。

加えて正伝一刀流初の、外国人の弟子でもある変わり種だ。

「OH。若先生。それも言い訳ね」

「いや。だいたい、これは俺の仕事じゃないし」

「NO。家主と弟子は、借り主と師匠には絶対逆らえないよ。それが日本の風習であり契約。通称、〈暗黙の了解〉というものだって聞いたね」

「なにそれ。聞いたって、誰に」

「大先生」

ゴルダは胸を張った。大先生とは絆の祖父、東堂典明のことだ。

「あっそ。でもじゃあ、俺も師匠だけど」

「それもNO。私の師匠、大先生ね。若先生の若先生は、ただのニックネーム」

「うわ。よくわかんないし、なんかとんでもなく面倒臭い」

絆が言えば、三十㎡はある部屋の片隅で朗らかな笑い声が上がった。

「聞いてる分には面白いけど、その掛け合い、後にしてくれない？」

風鈴のような涼やかな声がした。

流しの前には、このエレベータもない五階の、いつも有線で昭和歌謡が掛かっている探偵事務所には不釣り合いな、愛らしい顔立ちがあった。全体としてカモシカを連想させて、愛らしくもスポーティだ。

成田の隣家に住む幼馴染みの、渡邊《わたなべ》千佳《ちか》だった。絆にとっては元カノでもある。

「ねえ。早くしないと、典爺《てんじい》帰って来ちゃうわよ」

典爺とは当然、典明のことだ。今は亡き自身の祖父と区別する意味で、千佳は昔から典明をそう呼んだ。

「帰って来ようと来まいと。いや、帰ってこない方が遥かに楽だし」

「叶《かな》わぬ願いは口にしないの。現実として、もう来ちゃってるんだから」

首を傾げ、三角巾《さんかくきん》を姉《あね》さん被《かぶ》りにして千佳は言った。

やる気は満々のようだった。

そのうなじの白さに、絆はどきりとして天井に視線を逃がした。

邪心が前に立つのは、今しなければならないことに、千佳と違ってやる気が起こらないからだ。

千佳がなんに対してやる気かといえば、掃除の続きだ。

「OH。そうですねえ。大先生だけじゃなく、親分先生も帰ってきますねえ」

成田山新勝寺界隈の香具師《やし》を束ねる大利根組の綿貫蘇鉄も、ゴルダに言わせれば今や親分先生だった。

絆の場合とは違い、こちらはニックネームではない。

正伝一刀流は年度の終わりに、真剣を以ての剣舞を一般に披露する。

伝統ということにしているが伝統などではさらさらなく、典明が編み出した必殺の新規入門者獲得法だ。主に、新入園児と新一年生をターゲットにしている。

普段なら絆の仕事だったが、この年度末はちょうど警務部の小田垣管理官に顎で使われて忙しかった。

それで代理に立った蘇鉄の剣舞に、ゴルダは見惚《みほ》れたらしい。もともと蘇鉄も〈空蟬〉を編み出すほどの剣士ではあった。

犬の序列ではないが、ゴルダの中では典明・蘇鉄・絆の順は定まったようだった。

（それに俺、家主だしな）

苦笑しつつ絆は鼻を擦《こす》った。

この日は、ゴルダの引っ越しの日だった。どこにといえば、この湯島坂上の事務所に、だ。

シェア、といえば聞こえは華麗だが、組対の刑事と元I国のパラシュート部隊は現実として無骨だ。それで千佳が、私も手伝うと手を挙げ、それならとほかに典明と大利根組もついてきた。

これが、三週間前のことだった。

その少し前、都内でバスソルトを売る商売を始めるというゴルダから、しばらく事務所の半分を貸して欲しいと提案があったのだ。

渡りに船と、思わなかったと言えば嘘になる。

片桐の残した八百万で四年は〈タダ〉だったが、半分をゴルダが持ってくれるなら八年が〈タダ〉になるのは単純計算だ。

そのうち、六年くらいも過ぎたら老朽化を理由に、ゴネれば家賃ももう少し下げられるだろう。そうすれば八年が十年も夢ではない。

などと不遜な計算をしていると、

「あら？　なにかしら、これ」

部屋の隅でコロコロを動かしていた千佳がなにかを摘《つま》み上げた。

「あ、やべ」

いつになく慌てた声を出し、絆は千佳の手から奪うように取り受けた。

千佳が摘んだのは小柄《こづか》、いや、笄《こうがい》だった。

笄は小柄と対になる太刀《たち》の付属品で、分けるなら小柄は小刀、笄は小道具となる。一体の地金で打たれた一尺にも満たない棒状装具品で、用途から言えば髪の乱れを直すなど武士の身嗜《みだしな》みを整える道具だが、備前長船《びぜんおさふね》は南北朝時代の作刀だ。太刀が美術品でも工芸品でもなく、純粋に人斬りの道具である時代の笄には、穂先が鏃《やじり》のように鋭利な物も散見された。

千佳が摘み上げた笄は穂先がやや尖《とが》った、東堂家に伝来する備前長船のもので間違いなかった。家には長船と対になるべき藤四郎吉光の脇差もあるが、笄は太刀の装具だ。

東堂家では吉光も長船も白鞘に収め、鍔《つば》や付属品の類は並べて保管してあった。

この三月、ポスターケースに入れ、成田の道場から絆は藤四郎吉光の脇差を持ち出した。

魏老五の額を斬ったときだ。

長船の拵はそのとき、たしかあったように覚えていたが、返却時にはなかった。だから、どこにいったのかとは思っていた。

（爺ちゃんまさか、駅前のキャバ嬢にあげちゃったりして）

そんなことまで思っていた。

典明ならやりかねないところに不思議な信憑性《しんぴょうせい》もあった。

それがあろうことか、自分だったとは。

一瞬でも典明を疑ったことを反省、しないこともない。

備前長船も藤四郎吉光も伝来の名品で、下手をすれば重要文化財クラスだ。その装飾品の紛失は、さすがに典明も知れば怒るだろう。

（やばいやばい。今度、返しとかなきゃ）

ジャケットの内ポケットに仕舞うと、階段に雑多な話し声と足音がした。

典明と蘇鉄と、それだけではない。大利根組から、親が親戚で利根川を挟み、佐原と潮来《いたこ》でともにヤクザだという二十五歳の立石《たていし》と二十八歳の川崎《かわさき》がついてきていた。

大利根組の二人は、なぜか合宿と称していた。

たしかに、エレベータもない五階ではあるが、

「うおぉ。もう駄目だ。大先生。先に行っておくんなさい」

駄目だという割りに、二階辺りからだろうに蘇鉄の声は五階までよく響いた。

「なに言ってんすか。なんのために俺らついてきたと思ってんすか」

これは二十五歳の立石の声だった。

「そうっすよ。俺らぁ、ただGWなのにどこも行くとこがなくて、つまんねえし金もねえからってついてきただけじゃねえです。言わば、親分の足っす」

まあ、なんでもいいが、川崎は素直だ。

「うおぉ。持つべきは暇な子分だぁ」

「おら。邪魔だ。退《ど》け。先に上がる」

一人別格な、巨岩のような気配の典明が、おそらく壁でも蹴って先頭に躍り出る。

「うおっと。大先生。置いてかねえでおくんなさいっ」

五階では千佳が三角巾を取り、

「阿呆臭っ」

と囁き、ゴルダはちょうど有線で流れ始めたテレサ・テンの〈北空港〉に聞き入り、

「OH。沁みますねぇ」

と、誰の話も聞いていなかった。

ゴルダは昭和歌謡が好きなようだった。

千佳を除き、成田の面々はGWの間中、ここにいるらしい。

「ま。いいんだけどね」

絆はデスクで溜息をついた。

特に急ぐ用事もないのは事実だ。

白石の捜査に、特に目立った進展はないようだった。携帯の通話履歴からも目立ったものは出なかったらしい。逆にどうでもいいものばかりで、本命の携帯は別にあるようだというのが捜査本部の見解だった。

練馬高野台の白石の事務所兼自宅マンションも、そういう意図をもって鑑識だけでなく捜査陣も徹底的にやったらしいが、綺麗《きれい》なものだったという。

「一筋縄でいけば、誰も苦労はないけど」

絆は椅子を回し、事務所の外に広がる雲ひとつない連休の空を眺めた。

もうすぐ、白石の死から二週間が経過する。捜査が一段落する頃だった。事件の痕跡がこの頃から薄れ始めるのは、膨大なデータの示すところだ。

だから一段落は捜査の場合、ギアを落とすことを意味する。

建前は別として本音で言えば、大人数でひとつの案件にいつまでも関わっているわけにはいかないのだ。それだけ事件は多く、反比例して、専従で割ける人員は少ない。

その代わり、初動の二週間はそれこそ、寝食を惜しんで捜査に専心する。

それが刑事の矜持というものだ。

だから、二週間。

初動捜査に関わらない絆が二週間動かないのは、そんな俠《おとこ》たちに対する礼儀であり、敬意だった。

三

その、礼儀の二週間が過ぎたのはGWのちょうど真ん中に当たる、五月三日だった。

絆は早速行動を開始した。

組対特捜の遊班にGWなど関係ないという理由もあるが、湯島の事務所に典明やゴルダ、大利根一家の面々がいて邪魔くさいという、もっと切実な理由もあった。

邪険にするのは絆ではない。

どちらかと言えば、結託した向こうの一団だ。

「狭苦しい。早く仕事に行け。ほれほれ」

この日の朝も、そんな典明の手のひらに掃き出されるようにして階段を下りた。

「あと、四日か」

指折り数える九連休は、別の意味で絆にとっても長かった。

事務所ビルを出た坂上で、大きく伸びをする。

坂下辺りに一人の気配を感じたが、顔を向けるとすぐに消えた。このところは、それが二人分になることはあったが、三人にまで増えることはなかった。

「あっちもGWかな」

そんなことを呟き、駅に向かう。

この日の空には、流れる雲が多かった。雨にはならないだろうが、風は冷たい。

絆は湯島から池袋に出た。

といって特捜隊本部に〈出社〉するわけではない。池袋はたまたま、直行で向かおうとする場所への通過点、ターミナルだった。

「さて、ここからは試しに、いったん離れてもらおうか」

JRの改札から出た辺りで感じた二対の目を、まず隊のある分庁舎に向かう振りをして千切る。二対の目がそのあと、隊の方を張ってくれるなら御の字だ。

わずかな遠回りで目を振り切り、絆はそのまま西武池袋線の改札を通った。

絆が向かったのは、練馬高野台だった。白石の事務所兼自宅マンションがある駅だ。

「さて、行きますか」

白石のマンションは駅から徒歩で十分弱で、石神井川《しゃくじいがわ》と笹目通《ささめどお》りの間にあった。

雲雀《ひばり》の鳴き声が響いて聞こえた。

マンションの一階は、正面エントランスの両サイドが店舗になっていた。右側はマンションと同名の不動産屋で、左側がコンビニだった。

側面南側も店舗だったが、こちらは前面が駐車スペースになっており、一番手前に五台分を確保した店舗はクリーニング屋だった。隣が蕎麦《そば》屋で、その奥に駐車スペース二台分ずつの間口で三軒が事務所を構えていた。

白石の事務所兼自宅は、一番奥だった。すぐにわかった。前面の駐車スペースに、川越の公園墓地で見たステーションワゴンが戻っていたからだ。

この連休明けにも捜査本部は縮小され、体制は継続捜査に移るはずだった。事務所兼自宅の周りに、バリケードテープや制服警官の姿はもうなかった。

絆はアルミ製のドアの前に立った。ドアは外開きで、上半分が明かり取りの磨《す》りガラスになっていた。

袖壁には既製品の表札が取り付けられ、お仕着せの住居表示と、小さく黒マジックで白石とだけ書かれたネームプレートが嵌《はま》っていた。

名前はかすれていたが、読むのに問題はないようだった。ネームプレートはオマケのようなものだったろう。

ドアの磨りガラス部に、大きく横長に黒いシート文字が貼られていた。

『(有)バグズハート』

白石の事務所兼自宅で間違いなかった。今更ながらに、白石らしい社名だと思った。

バグズハートは社長の白石と、事務処理の女性社員の都合二人、とは事前に調べた経歴書でわかっていた。

この日は憲法記念日だった。休日だ。社員はいないと思って来た。実際、内部に人の気配は皆無だった。

エントランスの管理人室に顔を出し、警視庁の証票を見せてマスター・キーを頼む。すると、

「あれ。久保寺《くぼでら》さん、今日、来てると思いますけど。朝、見ましたよ」

と、初老の管理人からは意外な答えが返った。

戻ってみた。

変わらず室内に人の気配はなかったが、けれど、ちょうどのようだった。

絆のすぐ近くに、一台の赤い軽トラが停まった。事務所の前に立つ絆を明らかに気に掛け、訝《いぶか》しむ気配が立った。

絆は運転席に向かって頭を下げた。

赤いツナギに白い軍手で、黒いゴム長靴の女性が降りてきた。

丸眼鏡の、ショートカットの女性だった。身長は女性にしては高い方だろう。百七十に

近いように見えた。

「あの、なにか」

久保寺美和《みわ》、二十九歳と、練馬署の調書にはあった。刑事係にいる同期に、バーターで聞いた。バーターの内容も期日も聞いてはいない。絆からのバーターもある。

今のところこのバーターは便利なもので、絆の同期間では仮想通貨のように出回っている。価値が上がりもすれば暴落もすると現実のビットコインで知ったのは最近だ。その辺が怖いところではある。

久保寺美和は、すぐ近くの南大泉に住む女性で五年前に離婚、今年六歳になる男児が一人。四年前からバグズハートに勤務、と調べはついていた。

それだけで簡単明快に、だいたいはわかる。

幼い子供を抱えたシングルマザーが、生活のために働きに出た、というところだろう。調書もその辺で、特に記載に深度はなかった。美和に対する近所の評判も、悪くはない。

実際の見た目にも擦れたところはなかった。二十九歳のシングルマザーと、聞いていなければ美和は遥かに若く見えた。

「あ、すいません。俺は」

絆は美和に証票を見せた。

「ああ。警察さんね。また来たんですか？　あの、初めて来られた方、ですよね」

「そうですね。練馬署じゃないです。──白石さんの最期を看取りました」

「えっ」

丸眼鏡のフレームを上げ、美和は絆の証票に顔を寄せた。

「ふうん。東堂絆さん。そっか。──ねえ、おいくつ？」

二十八と答えれば、じゃあ、私の方がお姉さんねと、美和は鍵を開けて中に入った。

足拭きマットの上で軍手を取り、オープンな下足入れの棚に置く。

だいぶ、土がついた軍手だった。そういえば、ゴム長にもツナギにも土がこびりついている。

その辺を叩いてゴム長を脱ぎ、美和は来客用のスリッパを絆に出した。

「有り難うございます」

2DKのリビングがバグズハート、もうひと部屋が白石の自宅、ということなのだろうか。

PCを載せた事務デスクひとつに簡単な応接セット、キャビネット、ロッカーとプリンター。それだけの簡素な部屋だったが、少なくとも美和がいるからか、血の通った感じがした。事務デスクも白石のものではなく、美和のもので間違いない。

写真立てに笑顔の美和と、美和によく似た男の子が写っていた。

「ちょっと、奥の部屋に入らせてもらっていいですか」

「どうぞ。でも、特になにも出なかったみたいよ」

「ええ。いいんです。見たいというか。観たいというか」

「なんか、よくわからないけど」

絆は美和に断り、白石の部屋の扉を開けた。

パイプベッドがひとつ。

それだけだった。

「ふうん」

実に殺風景な六畳だ。暮らしはまるで観えず、部屋にわだかまる白石の感情の残滓にも、温《ぬく》もりは感じられなかった。

例えば成田の道場なら、剣の道に夢を懸けた兵《つわもの》の霊威も染み込み、入っただけで心身が浄化され背筋が伸びる気がしたりするものだが、白石の部屋はただ、寒かった。

冷たくはないが、温かくもない。気持ちが悪くなるような邪気もないが、胸に沁みるような希望もない。

寒さに感じるイメージは哀悼《あいとう》、悔恨、懺悔《ざんげ》。そんなものか。

まるで留置場だった。留置場の一室。

白石はそこにおそらく、二十年ほど住んでいる。

「なるほど」

絆は白石の部屋の扉を閉めた。

「あら、もういいの」

「ええ。有り難うございます」

白石は魏老五を知り、奥に越えちまったという場所に生き、殺された。

だが、今この場所で絆が観たものに、嘘と悪はなかった。

ならば絆は、全力で白石を襲った悪意と戦える。いや、刑事であれば戦わなければならない。

覚悟を練る。

練るために来た。

「なにもないけど。はい」

美和がコーヒーを応接テーブルに置いた。

「バグズハートはなんでも屋って聞いたんですけど。間違いないですか」

美和に聞く話はたいがい、調書に載っている。進展を期待したわけではない。美和の人となりを観る、茶飲み話だ。

「そうねえ。当たらずといえども遠からず、なのよねえ。今、なんでもやるのは私だから。まあ、力仕事のときはたまに社長も手伝ってくれるし、それにしても出来ることは限られてるけど」

美和はマグカップを持ち、自分のデスクに座った。

絆が年下と知ったからか、ずいぶん気安い。もともと話し好きなのかも知れない。

「だいたい、バグズハートって社名がいけないのよね。変だし。社長はよく一寸の虫にもって言うけど、初めての人にはよく勘違いされて。東堂さん、わかる？」

虫の心臓、心。

「いえ」

「ノミの心臓よ」

「……ああ」

なるほど、と思わず心中で唸る。

「センス、ないと思わない？」

そうですね、と言っていいのかは迷うところだ。

「バグズライフとか映画があるでしょ。で、昔は駆除系の話がよく来たらしいわよ。スズメバチとか。今でも来るもの」

「あ、それを久保寺さんがやるんですか」

「まさか。業者さんを手配して回すわ。――ああ、そうそう。社長に言わせると、その辺がこの会社の初めだって言うけど」

美和はマグカップに口を付けた。

「だから本業は、手配師って言うのかしら？　社長はメチャメチャ顔の広い人だったし、なんかわからないけど、ここでしてる電話がいつもそんな会話だし。斡旋《あっせん》、かな」

「斡旋ですか」

様々な会合への人数出し、企業や個人双方への口利き。

要は右から左に、電話一本で出来ることはなんでも。

それは会社の帳簿でも確認されていた。

入出金に怪しい個人やヤクザのフロント企業がないわけではなかったが、手配師、興行師の類ならむしろ少ない方だろう。

金額もたかが知れているというか、マネロンやクスリなどの法外の金額ではなかった。

なんにせよ、関わり方は一般の企業や個人でも知らずに触る、その程度に近かった。

調書によれば、作業としての入出金は美和の仕事のようだが、入金があるとまずそれに関わる支払いをし、残金の半分を多寡によらず、必ず現金化して白石に渡すのが決まりだったという。そして、その使い道までは美和は知らない。

「でも、久保寺さんはこれからどうするんですか。バグズハートも」

それなのよね、と美和はマグカップを玩《もてあそ》んだ。

「社長、虫の知らせでもあったのかな。ここのお家賃は半年先まで払ってあるみたい。続けろってことかしらねぇ。実際、今日みたいな家庭菜園のお手伝いがポツポツあるのよねえ」

　なるほど、それであちこちに土がついていたのか。

「この辺もお爺ちゃんお婆ちゃんがずいぶん多くなってきててね。区役所とかは、開放菜園は作るんだけど、作りっ放しって言うか、開放しっ放しっていうか。私が入ったときから手伝ってるお爺ちゃんやお婆ちゃんも多いし、私が手を掛けたお野菜も、結構一杯あるのよねぇ」

「ああ。続けたいと思ってるんですか」

　久保寺は頷いた。

「社長がいないこと以外、なにも変わらなくて。いえ、だから勝手にってわけじゃないのよ。でも、そろそろプチトマト植えるよぉなんて連絡もらうと、行けませんなんて言えなくてね。ちょうど季節もいいし。それで社長が亡くなってから今も、ズルズルやっちゃってるのよね。今日も今日で。だから、休みは決まってるようで、決まってないんだ。息子には悪いと思うんだけど」

　ここにももしかしたら一人、ワーカホリックがいた。

「好きなんですね。この仕事」

「好きって言うか。でもこんな仕事、私もここに勤めてからよ。ただ`さ、しがらみがね。——あ、でも、やっぱり好きかな。ふふっ。わかんないわ」

「それを好きって言うんじゃないですか」

さて、と絆は立ち上がった。コーヒーを飲み終えたからだ。

「また、寄らせてもらいます」

「そう？　あ」

美和はなにかを思いついたようで手を叩いた。

「ならさ、寄るときには手伝ってくれない？　男手が必要な作業って多いのよね」

「ああ。了解です。じゃあ」

絆は脳裏にカレンダーを思い浮かべた。

「来週の月曜、なら」

「あら。早いわね」

「ちょうど休みですから」

成田で千佳が、たしか裏の畑を手伝ってくれと言っていたような気がするが、まあ、いいだろう。

月曜ならGWが終わっている。典明以下の全員が、湯島から成田に帰っているはずだ。

多少後ろめたい気持ちがなくはないが、絆としてはどちらでも土いじりをするという行為に代わりはない。

「そう。男手は有り難いわあ。しかも若いし」

「段取りとか道具とかはよろしく。無腰で来ますから」

靴を履く。

外に出ると背後で、

「雨天決行よぉ」

ドアから顔だけ出した美和が、にこやかに手を振った。

四

五月五日、端午の節句。

この日の午後、絆は本庁舎十七階の武道場にいた。

さすがに不眠不休の警視庁本庁舎であっても、GWは閑散としている。

この日は〈十人の弟子〉のうち、高遠《たかとお》と宗方《むなかた》、二人の弟子に前々から切願されていた。

いわゆる、出稽古の日というやつだった。

キルワーカー事件の折り、キルワーカーを誘い出す餌《えさ》として、人里離れた場所で偽の公安講習を行った。そのときの教練教授が絆であり、〈十人の弟子〉だった。全員が公安外事第二課員で、絆にも小日向純也にも深く関わる漆原《うるしばら》警部補の部下だ。

〈十人の弟子〉との師弟関係は当初贋物《にせもの》だったが、絆の技量に心酔した全員とすぐ本物の師弟になった。

高遠と宗方は、〈十人の弟子〉の中でも若い二人だった。どちらも齢は絆より二歳下で、階級はともに巡査部長だ。二十六歳で本庁公安外事第二課は、飛び抜けて優秀な部類だろう。

「なんかこのところ、ホンシャに来る機会が多いなあ」

刺子の稽古着に身を包んだ絆は、弟子らの掛かり稽古を見ながら呟いた。

ホンシャとは警視庁職員が使う隠語のようなものだ。警視庁本庁がホンシャ、所轄がシシャだ。


「これってもしかして、俺のGWってやつかな。毎年の恒例になったりして」

冗談のつもりで口にしてみたが、笑えなかった。

言葉にしてみると、案外ありそうだ。

本庁の武道場は当然、普段なら本庁課員が汗も血も涙も流す場所だ。絆にして、気構えもなく気軽に足を踏み入れていい場所ではない。


「まさかね、って言うか、そんなGWは絶対やだなあ」

雑念に揺れる絆を余所《よそ》に、道場では高遠たちだけでなく、もう二人の刑事が掛かり稽古に若々しい声を出していた。

高遠たちと同期だというが、絆にとってはどちらも知らない顔だった。

一人は捜査一課で、もう一人は赤坂署の刑事課だという。

第一方面所属の赤坂警察署は大規模署で、いずれ女性初の警視総監と目されるキャリアの女傑・加賀美晴子《かがみはるこ》警視正四十一歳独身、が支配する署だ。

余談だがこの「加賀美晴子警視正四十一歳独身」という〈呼称〉は近々、加賀美晴子警視長四十二歳独身に変わるという。

これは一言一句揺るぎのない事実として、広く認識されていた。

二十六歳の若々しい四人に、

——よろしくお願いします。

と揃って頭を下げられはしたが、今のところ絆はまったくよろしくなどしていなかった。雑念に揺れ、イマイチ身が入らない理由もそこにあった。

「おほ。久し振りに来たが、変わらず熱い気が満ちてるな。畳の下からも立ち上ってくるわ」

絆と違って気軽にこの武道場に足を踏み入れてよく、絆の芯に身が入らない理由が、稽古着に着替えて真っ先に道場に進み出たからだ。

典明だった。

なんと言っても典明は、剣の世界では今剣聖とも称《たた》えられるほどの実力者だ。

その腕を以て千葉県警だけでなく、昔から警視庁にも武術教練の師として招聘《しょうへい》されている。現警視総監の古畑正興も弟子の一人だ。

典明にとってはこの武道場も、言えば自分の道場に等しいものだった。前から決めてあった出稽古だったので、絆は湯島に来る成田の一行に、着慣れた自分の稽古着を持ってきて欲しいと頼んだ。

これがいけなかった。

「さすがに、若い猛者《もさ》たちが稽古している姿は修練場、教練場と呼ぶに相応しい。それに引き換え、まったく、うちの道場は」

爺ぃと婆ぁと子供ばかりでなぁと、典明は道場のど真ん中で嘆息した。

「いや、ごもっともで」

典明は冷ややかな目で隣を見た。

「阿呆。お前もだ。そう、言い直そう」

うちの道場は、爺ぃと婆ぁと子供と、ヤクザばかりでなぁ、と典明は嘆息した。

「いや。わざわざ言い直さねぇでも」

そうだそうだと脇で騒ぐのは大利根組の若い衆二人だ。

「あら。まったく」

絆は慌てて二人に向かった。

仮にも警視庁の武道場で、ヤクザのくだりはまずい。

うっかり稽古着を頼んだのが運の尽きだった。この日帰るはずの一行は、最後のレジャーに最初から警視庁を組み込んでいたようだ。

蘇鉄は本庁舎の道場に興味があり、他の若い衆は同じフロアにあるカフェレストランに興味があるということだった。

絆も当然、店があることは知っているが、それほど有名だとは知らなかった。いつも混んでいるイメージがあり、滅多に入ったこともなかった。

「だって若先生。大盛りで有名なんですぜ」

言ったのは立石だが、後ろで川崎も大きく頷いた。

同じ穴の狢だ。

「え、そうなの」

「そうっす」

「なんで知ったんだい」

「食＊ログ」

「――ああ。そう」

載っていることの是非は、この際置く。

とにかく、帰り掛けの駄賃に寄って行こう見て行こう、食っていこうと一行の話は昨日の夜から勝手に盛り上がった。

一旦は駄目だと、絆は渋った。

するとすると、

「さすがにお前のようなぺーぺーでは駄目か。なら俺が、総監に直々の許可を貰ってやろう。なんなら古畑自身、呼ぶか」

と言い出したので、大河原部長止まりで内々の許可を出してもらった。

「爺ちゃん、おやぶ――綿貫さん」

絆は竹刀を二人に渡した。

「武道場に来たなら稽古。それしかないよ」

それもそうだと、典明は肩を回して竹刀を受け取った。

「俺も少し身体を使うか。この休みで、だいぶ鈍《なま》っただろうしな」

「へっへっ。色々、三昧《ざんまい》でしたからね。じゃあ、あっしも」

典明と蘇鉄が中央で構えに入った。防具はつけない。

なにを言ったわけではない。が、高遠たち四人は途端に掛かり稽古を止め、道場の端に退いて防具を取り、正座した。

そうせざるを得ない、格とでもいうべきものが、本気になった典明にはあった。蘇鉄にもある。蘇鉄も正伝一刀流を学んでもう六十年の高弟だ。竹刀を構えて煙り立つ気が、比べれば警視庁の若者とは雲泥の差、圧倒的だった。

「大先生。いざっ」

「おうさ。来いっ。古狸《ふるだぬき》！」

生き生きとした二人だった。

風を巻けば龍、地を蹴れば虎。

竹刀は唸り、打突は武道場を揺するほどに響いた。

絆から見れば肩慣らし、身体解し程度だったが、警視庁の四人は目を丸くし、息を飲んで正伝一刀流の頂点と六十年の竹刀捌き、足捌きに見入った。

ヤクザの親分に見惚れる刑事、の図。

「いいのかな。――ま、いいんだろうな」

写真でも撮っておくかと絆が思ったそのとき、筒袖股下の道着に着替えた一人の男が道場に入ってきた。無手だった。

三十代か、四十代だろうか。絆をして年齢はよくわからなかった。中肉中背で、細面《ほそおもて》に弛《たる》みもないからだろうか。

足の運びからは、よく鍛えられていることだけは窺い知れた。

真っ直ぐな黒髪の切り方は典型的な調髪だ。中学高校の頭髪検査でも、まず引っ掛かることはないだろう。

「誰？」

一方の端で典明たちを眺め、忘我の域にいた高遠と宗方を現実に引き戻し、確認する。返ってきたのはどちらからも、知りませんという答えだけだった。

男は上座に一礼し、絆が立つ場所とは真反対に進んで端座し、睨むようにした。まるで対抗戦の大将同士の位置取りだった。

暫時のときが過ぎ、典明と蘇鉄の稽古が終わった。

十五分は休みなしだったか。

「うむ。やはり鈍っていたな。少し身体が軽くなった」

「でぇ。どこがだよ。大先生、やっぱり化け物だなあ」

今にもステップを踏みそうな典明と、板の間に大の字になって今にも踏まれそうな蘇鉄の並びは、成田の道場を思わせた。普遍の光景だった。

すると、やおら立ち上がった対面の男が真っ直ぐ絆に寄ってきた。

「一手ご指南、頂けますか」

不敵とは言い難いが、不遜ではある。

「それは」

宗方が腰を浮かし掛けた。

師の前に弟子が立つのは古来からの習いだが、絆は手で制した。

「いいですよ」

「先生」

高遠も口を挟むがまあまあと宥《なだ》め、絆は道場の中央に進み出た。

「ほほう。余興か。ま、蘇鉄のとこの若いのには、見るだけでもいい勉強になりそうだ」

典明がそんなことを囁き、蘇鉄を引きずるように上座に退いた。

絆は真ん中に立って振り返った。男は後についていた。

「そろそろ、そうやってついて歩くのにも飽きましたか？」

男はにやりと笑うだけで、答えなかった。

五

道場の中央に立って、絆は大きく息を吸った。

どこの道場も、いいものだ。創建以来の武道家たちの霊威が染み込んで、絆に遥かな夢を見させる。

「じゃ、お相手しましょうか」

絆の呼び掛けに頷き、男は右足を引き、ボクサースタイルに構えた。

拳を握ると、拳頭に綺麗な拳ダコが出来た。

近代空手はスピードとスナップだというが、過ぎた衝撃には拳も足も耐えられない。鍛えるのは基本であり、綺麗なタコはそれだけで上級者の証《あかし》だった。

防具の類はなく、つけようともしない。

フルコン、格闘空手、総合空手か。

「いざ」

立ち上るような闘気が、男の全身に濃く観えた。それだけでわかる。

ほう、と上座で唸ったのは典明に違いない。

蘇鉄はあからさまに、ありゃあ結構出来ますねえと喚いていたからだ。

絆が無言で腰を沈め、左手を鯉口《こいぐち》の位置である腰撓《だ》めに沈めると、男が軽いステップで左に回り始めた。

左という狙いはいい。利き腕が右手の場合、左に回られると攻撃の幅はだいぶ制限されるものだ。

回りながら男は拳を握った両手を軽く振った。

フリッカーほどではないが絆にフェイントとして見せるためと、余計な力を抜くためだろう。

実践的だった。場馴《ばな》れ、というやつに違いない。

「せっ！」

絆の左方で床板を踏み、男は鞭《むち》のような左回し蹴りを始動させた。

いい角度のいい速度の、必殺と言っていい回し蹴りだった。

ただし、当たればの話だ。

絆は男の蹴り足が床を離れると同時に右方に飛んで半間離れ、空を切ってゆく男の足の軌道を一見した。

男は動じることなく、振った左足をそのまま返して後ろ回しに変化させた。

絆はそれも、わずかに半歩下がるだけで一見した。

「ならっ！」

なんの手応えも生まない二動作から先に、男は躊躇することなく連続攻撃を選択した。

着した左足を軸に右足刀を繰り出しつつ、男は絆に飛び寄った。

絆はまた、半歩下がった。

足刀はフェイントで、男は飛び寄ったそこから右の裏拳を振った。

唸りを絆は顔の近くに聞いた。

だが――。

聞くだけだった。

目を逸らすことなく、絆は右から左に流れゆく拳を一見した。

「くっ」

男は顔に、屈辱をベースにした怒りを上らせながら、自ら退いた。

攻撃のことごとくが空を打つとは、それだけで恐ろしく不気味なものなのだ。
「下がるだけですかっ」
言葉は荒いが、絆を詰《なじ》るというより、それで自身を鼓舞しようとするものだったろう。
意気や、良し。
男の言葉には応じず、絆は目を閉じ、一見を集めて脳裏に観た。
それで、絆にとっての戦いはほぼ終了だった。
男のすべてを観た。
もう蹴りも拳も、どちらも二センチ以下で見切ることが可能だった。
一を見て十を知る、ではない。
間を飛ばし、一を観れば百を知り得る。
それが絆の領域、〈自得〉というものだ。
「それじゃ、お言葉に甘えて、前に出ましょうか」
絆は言うと同時に、真っ直ぐ前に出た。
位取りもなにもない。
男の目に朱が上った。
侮《あなど》られたと思ったかもしれない。
「おおっ」

闘気の奔出がまず絆を襲った。

目を細めて絆は受けた。

その間に、対抗するように男が前に出た。

出たが――。

男の姿は絆の視界から消えた。

ステップの妙というものだった。鮮やかなものだ。

「へえ」

素直に絆も感嘆を漏らした。

ただし、素直な感嘆は余裕の産物、でもある。

絆には観えていた。

男は絆の右方に飛んで沈んだところから、全身を使って右の拳を突き上げてくるところだった。

絆は見ず、右掌で男の拳を押さえて包んだ。

驚愕の眼差《まなざ》しを近くに見て、絆は笑い掛けた。

「いいですね。でも、ちょっと緩いかな」

拳を放す。

男は虚に落ちることなく身を沈ませ、左足を軸に大きく回転した。絆の足を刈るつもりだろう。

それも、観えていた。伸ばされる右足の半径をミリの単位で見切る。

引いて即出る絆の動きは、男にまた空振りを強いるだけでなく、見えなかったはずだ。いるのに触れないとは、ゴーストだ。

「なんだそりゃっ」

男はさすがに狼狽を見せて一歩退き、そこから問答無用の右回し蹴りを放ってきた。

「ああ。それは悪手だ」

隙も体勢の乱れも観える蹴りに、付き合う義理はなかった。

絆は真っ直ぐ踏み込み、蹴り足の内側に右手を添えながら外から左腕を絡ませた。

足に対するクロスカウンターだ。三センチ以下の見切りが可能なら出来る。

左の拳が男の脇腹に突き刺さった。

カウンターによって倍増しの手応えは十分以上だった。

「ぐ、あぇっ」

男は悶絶し、その場に崩れてもう動かなかった。

わずかに乱れた稽古着の襟元を直し、絆は居並んで声もない一同に顔を向けた。

「さ、続けようか」

――うおっしゃ。

——へぇい。

すぐに返事をしたのは立石と川崎、大利根組の面々だけだった。

(この辺は、あとで褒めてやろうかな)

絆の動きに動じない、呑まれない。

それだけの研鑽《けんさん》を積んでいる。

大利根組の面々は警視庁の猛者と比べても見劣りしない、絆にとっては誇らしい弟子たちだった。


二十分後。

稽古を終えようとする一同から離れ、絆はまだ動かない男に寄って活を入れた。

男は一瞬、なにがどうなったかわからない風情だった。

「一手指南は終わってます。全体も、もうすぐ終わりますよ」

「……ああ」

目に光が灯った。理解したようだった。

口の端にわずかな笑みが寄りつく。

「魂消《たまげ》ました。いや、もう少しいけると思ったんですが、ここまでとは。お恥ずかしい限りです」

苦笑は羞恥と照れ隠し。混ぜた複雑な表情で男は頭を下げた。

「いえ。十分でしょう」

「あ、やっぱりそうですかね」

バネ仕掛けのように男は頭を跳ね上げた。

「自信は、あるっちゃあるんですよ。その辺のには負けないって。いや、あったっていうのが正しいですかね。貼り付くにも撒《ま》かれて、どうやっても上手くいかないんで、ここは堂々と直接の一手だと思いましたが、ここまでとは。凄いの一言に尽きるってもんです」

勝手に納得して、勝手に頷く。

惚《とぼ》けた男だった。

だが、砕けるとずいぶん憎めない感じになる。

「ええと」

絆は男の脇で、板壁に寄り掛かって座った。板間では全員が、クールダウンに入っていた。

「どこのどちらさんでしょう」

「ああ。これは、遅れました」

男は絆に向けて正座で威儀を正した。

「所属は、公安第一の第三の第六です」

「第一の第三の第六。それってたしか」

公安第一課第三公安捜査第六係はたしか、日本赤軍の係だったか。

「今や、部署としては有名無実です。どこかを手伝って成り立ってると言ってもいいかもしれません。だから、現状の作業は人によって違うはずです。同じ係でも、私はほかの奴がなにをしているか知りません。ほかに誰がいるかも知りません。辞めた奴、異動した奴、新しく入った奴なんかが、きっといるはずなんですけどね」

手塚《てづか》と言います、と最後に言って、男は頭を下げた。

「手塚さん、ですか」

「はい。一の三の六の警部補で、今はこういう作業についてます」

手塚は絆を真っ直ぐに見て、そして、

「白石氏からなにか、預かりませんでしたか」

真っ直ぐに聞いてきた。

「ああ。やっぱり、そういう話になるんですね」

「ははっ。仕事ですから」

手塚は頭を掻いた。

「どの辺の依頼ですか？」

「いやあ、言えません。それも含めて、職務の内ですから」

「——ごもっとも」

「それで？　答えを頂けると、漏れなく周囲をちょろちょろされる煩わしさから解放されますが」

「うわ。悩みどころですね」

実際、少しだけ本気で絆は悩んだ。

「でも、例えば手塚さん。なにも預らなかったって答えもあると思いますが」

それはいけません、と手塚は顔の前で手を振った。

「たとえそれが本当でも、答えとしてはいけません」

「なるほど。絶対になにかがあると」

「あったときのことを、私の上は危惧しています。ないなら、ないことの証明が必要でしょう」

ううん、と腕を組んで絆は考えた。考えたが、答えはひとつだ。

「……なんか面倒臭いですね」

「なら、仕方ありません」

「どうしますか」

「いつまでもついて歩く、と。ま、たとえ撒かれ続けるだけだとしても、私に出来るのはそのくらいですから。いつまでかはわかりませんが、東堂警部補とは、それなりのお付き合いになりそうだ」

膝を打ち、手塚は道場に立ち上がった。

絆はそのままだ。下から見上げた。

「おっと」

見上げたところで絆も膝を打った。思いついたことがあった。

「手塚さん。ただついて歩くのも詰まらないでしょうし、こっちも煩わしい。どうです？　今度、ちょっとした農作業を手伝ってもらえませんか？」

「農作業、ですか？」

「そう。ついて来られるだけより、こちらとしては具合がいいもんで」

絆は笑った。

手塚はおそらく、考えるまでもなかったはずだ。すぐに頷いた。

「わかりました。私としても撒かれるよりは。そう、どうです？　ギブアンドテイクとして、言える限りに所在を常に教えてもらえるなら、いくらでもお手伝いしますが」

「おっ。それはラッキーかも」

「では。ご連絡は確認も兼ねて一の三の六にどうぞ」

稽古の全員のクールダウンが終わったところだった。

ゴチャつくのを避けるように、手塚は一礼を残して去った。

武道場を出るまで見送ると、高遠たちが寄ってきた。

「どうです」

「どうもこうも、お仲間だった。括《くく》りとしてはね。まあ、だいぶ食えない感じではあるが」

絆は高遠と宗方を交互に見た。

「そろそろ世の中も田植えの時期だし、いくつかの苗も手に入ったし。君らには、今日の束脩《そくしゅう》ということでちょっと田起こし、いや、掘り起こしを手伝ってもらおうかな」

「え、田植え？　田起こし？　農作業ですか」

「いいや。そっち用の人員は取り敢えず確保した」

「はあ」

「同僚の素行調査だ。――これって君らの本業かな」

「素行調査ですか。いえ。でも、嫌だってわけじゃありませんが、同僚なら監察官室に」

「そう、だよな。わかってる」

絆は手で次の言葉を制した。

「こっちも貸しがあったから、ギブアンドテイクで半分くらいは手伝ってもらおうと思ったんだけど。なにか企んでるようであっさり門前払い、っていうか、牧瀬《まきせ》係長以下が、頼むのもかわいそうな状態だったたんで」

「なるほど」

立石と川崎が、これで食＊ログだぁ、大盛りの大盛りがイケるぜぇと騒いでいた。

たしかに絆も空腹を感じていた。

ただし、大盛りの大盛りが食えるとは思わなかったが。

「俺らも、腹減ったな」

言ったのは高遠だったが、

「ああ。君らは大盛りの大盛りって、イケるのか？」

——当然です。

なぜ胸を張り、鼻を膨らませるのかはわからなかったが、高遠も宗方も自信たっぷりに声が揃っていた。

「あ、そ」

自分もそろそろアラサーかと思えば、それだけで胃凭《いもた》れと胸焼けがしそうな気が、絆にはした。

第四章

一

「いっ痛々々っ」

ＧＷ明けの、二日目だった。

池袋駅から隊本部への道すがら、肩を回した絆はそんな、滅多に出さない声を発した。

「なんか、やっぱり変なところが鈍いな。農作業、恐るべしだ」

そんな反省とも後悔ともつかない呟きとともに肩のストレッチに勤《いそ》しみつつ、絆は隊に入った。

前日が非番だった。バグズハートで美和と約束した通り、絆は開放農園に向かった。

農園の正式名称は〈第三石神井区民農園〉で、場所も高野台ではなく三原台一丁目にあった。目白通り分岐の北側で、三原台もくれん緑地の近くだった。

駅では練馬高野台より、ひと駅先の石神井公園の方が近かった。

「ＯＨ。どこ行きますかぁ。休みですねえ。休みに動く若先生、怪しいですねぇ」

で、千佳さんに報告報告と喚くゴルダが五月蠅《うるさ》いので連れ立ち、手塚とは石神井公園の駅で落ち合った。

都合六本の男手、だ。

「あら。またずいぶんバラバラな三人ね。でも、有り難いわ」

美和を始め、居並ぶ老人たちが手を叩いて喜んでくれた。

この春の募集で権利を勝ち得た十四組だという。つまり、手を掛けなければならない区画は、十四区画ということだった。

ひと区画がだいたい二十㎡で十四組では、二百八十㎡だ。八十四坪強は、立派な家が建って庭で犬が駆け回れる。

三人で日がな頑張った結果、取り敢えず除草と掘り起こし、酸度調整まではどうにか済ませた。

手塚が今日どうなっているのかは知らないが、今朝のゴルダのベッドには『起こさないで』と英語の白旗が揚がっていた。

絆にしてからが、腰と背筋の一部が凝った感じだ。

それで、思わず言葉が口を衝いて出た。

農作業、恐るべし。

腰をさすりながら特捜の大部屋に入ると、全体としてばたばたと浮き足立っていた。

「なんすか」

近場にいた年次五年の先輩に聞いた。わからねぇとだけ言い、やけに尖った気配を漂わせつつ、先輩はそのまま外へ出て行った。

この先輩が職場に復帰することは二度となかった。

別の先輩が、

「監察と捜二がタッグを組んでよ、内外でなんだかを大掛かりに始めやがったらしいぞ」

と言って喫煙場所に消えた。

さらに別の、庶務の女性が、

「なんでも、QASっていうらしいわよ」

と、声を潜めて教えてくれた。

クイーンズ・イージス・システム。

女王の盾。

一連を聞いただけで、なにか合点がいった。

絆の脳裏で、監察官室の小田垣観月が無表情にピースサインを出した。

一度見学させて貰った巨大な、外部委託型押収品・証拠品倉庫、通称〈ブルー・ボックス〉。小田垣観月警視の城。

そこで小田垣観月警視の職務にして、警察の自浄作用が爆裂したようだ。

やがて現れた隊長も、そわそわと浮ついた感じだった。イメージはデパートの迷子だ。

「隊長。どうしました」

いちおう、聞いてみた。

「なあ、東堂。私は、なにかしたかねえ」

「え。なにかしたんですか」

「いや、なにもしていないとは思うんだが」

「じゃあ、大丈夫でしょう」

「けれど、自覚がないのが一番危ないって言うしねえ」

「自覚はないけど、行動としてどうかなあと覚えてる事案はあるんですか」

「いや。全然ないけど」

「聞けば聞くほど、警官の鑑《かがみ》ですね」

というか、鏡でしかない。なにもない。

「東堂。君は大丈夫かい？」

自身についてはひとまず胸を撫で下ろす浜田に逆に聞かれた。

「えっ」

考えていなかったが、そう言えば――。

特殊警棒を振るった取り締まりは数え切れない。

魏老五の事務所では、真剣を閃《ひらめ》かせたこともある。

勝手に片桐の金で、片桐名義の事務所も更新した。

直近では、竜神会の五条国光の拠点に許可なく顔を出し、少し暴れた。

「あ、でも、あれは監察官が一緒だったからOKか。いや」

とはいえ、魏老五にはフカヒレの姿煮やらなにやらを……。

「大丈夫かな。俺」

「しっかりね」

浜田が絆の肩を叩いて自席に戻った。

しかしこのあと実際、組対本部がある第二池袋分庁舎も、午後になって揺れ始めた。

「どうも。ここのところ、よく会うな」

警務部監察官室から主任の牧瀬が、若い馬場《ばば》を連れて顔を出した。

絆を見て、遠くからだが片手を上げた。

齢も階級もこちらが下だ。絆は会釈を返した。

牧瀬たちはそのまま、浜田と一緒になって別屋に入った。順次、大部屋から二人が呼ばれ、一人は憮然《ぶぜん》とした顔でいったん戻ったが、もう一人はそのまま牧瀬たちと本庁に向かった。戻った一人は同僚に根掘り葉掘り聞かれたが、内容について口を開くことはなかった。

結果として絆に累が及ぶことはなかったが、身に覚えが有り過ぎる絆にとっては、なんとなく落ち着かない一日になった。

代わりに、特に監視の目を感じることはなかった。そういう日もある、ということだ。

夕刻は、いつもより少し早めに隊を出た。早めとは言っても、〈絆タイム〉の早めだ。九時に近かった。こういう日は成田にも帰れるが、足は自然と湯島へ向いた。

監察に引っ掛からなかったということとイコール、黙認あるいはOKだと勝手に勘違いしてひと息つくと、かえって湯島の事務所が気になった。

政治家の禊《みそ》ぎ後。

いや、事件現場に戻る犯人、いや、放火魔。

「なるほど。こういう心境なのかな。勉強になるなあ」

金田や片桐が生きていたらなんというだろう。

――勉強の仕方が、だいぶ斜めになってるね。

――寝言は寝て言え。

少し笑えた。

どっちもありそうだった。

山手線で上野へ出て、不忍口《しのばずぐち》から上野公園前へ向かい、最近馴染みになりつつある路地裏の飯屋で夕食を摂った。

馬達夫の来福楼を始めとする池之端の店は、日に日に魏老五の力が増している界隈にある。

監察官室が騒がしい、こんな日だから避けた。

と、細心の注意は払ったものの――。

店を出たのは、十時過ぎだった。一度、中央通りに出てから上野公園に入り、不忍池方面に向かった。湯島にはその方が近道だった。

けれど、弁天堂から時計回りにぶらついてすぐ、絆は足を止めてガクリと肩を落とした。

知らず、溜息も出た。

「勘弁して欲しいけど。無理だよな。きっと」

向かう方向のあちこちに、ゆっくりと盛り上がって嫌な気配があったからだ。

最近よくついて回る、監視の視線や気配と言ったものではない。

もっと剣呑なものだった。棘《とげ》のある、冷えたものだ。

絆は頭を掻き、来た道を戻り始めた。

遡行する弁天堂方面は上野公園の奥に向かう方向で、すでに人通りは絶えていた。

不忍池を時計と逆回りに進むと、やがて工事のフェンスが立ち塞がって行き止まりとなる。
気配はぞろぞろとついてきていた。しかも、次第に物騒な気が濃くなっていた。
絆は目を閉じ、静かに佇んだ。呼吸を沈め、心胆の底に戦う気を練る。
次いで、深呼吸をひとつ。闘気を純化し、全身に巡らす。
手足から余計な力は霧散した。
それでも残るわずかな手足の強張りは、農作業による筋肉痛の残滓だ。
笑えた。笑える余裕が出来上がっていた。
綺麗な月が、夜空にあった。
剣呑にして物騒な気配は、すぐに黒々として絆の前にわだかまった。
六人だった。
「なにか用ですか」
声を差してみた。
気配がわずかに動いた。五人が一人を意識したようだ。
その一人が前に、冴《さ》え冴《ざ》えとした月光の中に出てきた。
「ちょっと顔を貸せ。そう言われてる」
見覚えも聞き覚えもあった。
およそ二ケ月前、絆は監察官室の小田垣管理官を連れ、五条国光の根城、平和島の〈かねくら〉に顔を出した。そのとき五条を取り囲む輪の三段目、旧沖田組の二次団体、千目《せんもく》連《れん》の竹中《たけなか》の後ろにいた男だ。

匠栄会《しょうえいかい》の若頭、高橋《たかはし》だった。

匠栄会は美女木《びじょぎ》辺りをシマにする小さな組だが、武闘派で鳴らしている。旧沖田組の沖田丈一が動くときには、よく周りを固めるガードでもあった。

「顔を貸せ？　こんな時間に？」

絆は苦笑した。

「普通、誰だって嫌だって言いますよね」

「なら、力ずくってことになるが」

月影の中でも浮き上がらない、重い声だった。

「へえ。匠栄会の若頭が直々に？　こんなとこで顔晒して、しかも力技って。いいんですか」

絆も少し、声を落とした。

落としても抜けるように通る。そういう声だった。

「潰れますよ」

高橋の気配が一瞬、揺れた。

揺れは絆に向かっていなかった。

夜空か。

「どうでもいいや」

笑ったようだ。

「どうせお前ぇを連れてく以外、前も後ろもねえんだ」

「なんです」

高橋は道に唾を吐いた。

「お前ぇ、叩いたよなぁ。〈かねくら〉からの帰り道でよ」

頷いて見せたが、わかったかどうか。

小田垣管理官を京急大森海岸の駅に送った後、寄ってきたチンピラらを小田垣の部下の牧瀬係長とともに撃退した。

「大猿組の連中だった。遊んでこいってな具合にな、総本部長に軽く言われて出たんだ。そんくれぇだと俺らも思った」

「大猿組。ああ。千住《せんじゅ》の」

絆の認識は、匠栄会と規模もシノギも大して変わらない組だ。

「解散だよ。あの夜のうちにな。大阪者も大阪弁も、俺らにゃあよくわからねえ。タガログしかしゃべれねえフィリピーナよりわからねえ。——お前ぇを連れてこいってよ、言ってんだ。その総本部長様がよ。だから、面貸せ。来いや」

「いやだね」

「そうかい。——そう言うだろうな」

一拍置き、高橋は手を振った。

高橋以外の五人の気が固く尖った。

殺気に近かった。脅しではない。そんな証明だ。

絆は、待たなかった。

ゆらりと真っ直ぐに出た。

広がろうとする直前の塊を割る。

それぞれの初動は観えていた。

先頭の高橋は右の拳を繰り出し、触れるほど近くにいた二番目の男は左足を振り上げた。

その間にも、三番目と四番目の男の意識がそれぞれ、絆の顔と腹に先行した。

五番目と六番目も同じようなものだ。喧嘩《けんか》慣れはしているのだろうが、慣れ過ぎてもいるようだ。最後尾の油断だろう。殺気も体勢も緩んでいた。

高橋の拳や二番目の足が起こす風の隙間を、絆は流れた。

三番目と四番目の動きも、絆の足捌きの緩急を上回ることはなかった。五番目と六番目などは、さらにだ。

「おらっ」

「このぉ」

慌てて振られる雑な拳は、たとえ左右からほぼ同時であってもどうということもない。大きく広げた両腕の先で、絆はそれぞれの手のひらに拳を摑んだ。摑んで手前に引き、重心を崩して逆に捻って捨てた。

それだけで大の男が二人、簡単に宙に舞った。

天の気に合する、合気の技だ。

アスファルトの地面から鈍い響きが上がった。くぐもった呻《うめ》きも地べたを這いずった。

絆はゆっくりと振り返った。

残る四人の殺気がブレた。

一瞬、なにが起こったかわからないようだった。

絆はもう一度、四人になった男たちの間に割って入った。

ただし、今度は流れることをせず留まった。四つの殺気の中心にだ。

殺気はそれぞれに熱く凝《こご》った。最前より強固にだ。

「舐めんなよ、コラァッ」

高橋が吠《ほ》えた。

──手前ぇ。

──クソボケッ。

誰が誰かは置き、それぞれが狂気を絆に振り掛ける。

――うらぁっ。

絆の右横で青い光が撥《は》ねた。

匕首《あいくち》の類、四番目の男だ。背後にも金属音があった。ジャックナイフか。

四番目の男が、すぐに突いてきた。慣れているようだ。刃物を持って、殺気に一段の芯が入った感じが観えた。

だが、絆は負けない。剣士の覚悟は、すべての悪意に勝って崩れない。

「おおっ！」

渦巻くような四人の殺気を一声で跳ね返し、絆も背腰から特殊警棒を引き抜いた。

抜いた状態で右足を差す。

それで、正面にいた高橋が絆の剣域に入った。

摺り上げた特殊警棒の唸りに高橋の顎を掛ける。

そのまま左足を引けば、四番目の男が直近で驚愕に目を引き剝いた。

「遅いっ」

天に伸びあがった特殊警棒を雷に落とし、拳を打つ。

「ぐあっ」

匕首を取り落とし、前にのめってくる男が進路として邪魔だった。

顔面に左の膝を入れて排除する。

次いで、地に落ちた匕首を踏んで戦いの外に滑らせ、さらに左転した。

絆と男たちでは、格が違った。

荒ぶる男たちの間で、絆は一人、静かに舞い踊った。

特殊警棒を左手で逆手に持ち替えた。

ジャックナイフを構える男の動きは分かっていた。

真左から突いてくる男の凶器を前方にいなし、特殊警棒のグリップエンドを突き入れる。

男は悶絶した。

二番目の男が背後に回っていた。観えていた。

跳ねて振り返りざまの一撃を男の首筋に落とし、気の流れを断つ。

二番目の男はなにも出来ずなにも言えず、白目を剝いて気絶した。

月影の中、絆はうっそりと立った。

地べたにわだかまる六つの呻きを聞きつつ、立ち位置を確認する。

「まあまあ、かな」

ひとまずの満足を、月に投げ上げる。

絆が立つ場所は、初手に自身がここだと待ち構えた場所から、二歩とズレてはいなかった。

二

絆は高橋に活を入れた。

「五条は、どこに」

意識を取り戻した高橋は、地面で肩を落としたまま立ち上がろうとはしなかった。

「手前ぇ。よりにもよってよ、なんで今日、ここにいやがったんだ」

投げ上げてくる視線は、光に乏しかった。

「ああ、やっぱり、俺じゃなかったんですね」

そんな感じはしていた。

少なくとも、飯屋から中央通りに出るまではなかった気配だ。最初から、ターゲットを絆に絞った襲撃とは思われなかった。

「当ったり前ぇだ。本気で手前ぇを殺《や》ろうと思ったら、あと五十は掻き集めるぜ」

「へえ」

絆は冷ややかな声を落とした。

「掻き集めの五十が増えれば、俺をどうにか出来ると」

高橋の目は彷徨《さまよ》った。

ただ、化け物が、と吐き捨てた。

「褒め言葉だとしようか。で、五条は」

高橋は声なく、弱々しく通りを差した。

「どれどれ」

目を凝らせば、薄暗い上野公園の外には、見渡す限りに六台の車が数えられた。

そのうちの一台、五十メートル先のライトの下に停まっていたのがリムジンだった。

車体も窓もほぼ反射をしない黒。ハザードは点いていない。夜に沈む感じだ。

「なるほどね。ゴリゴリのヤクザ車だ」

近寄ると、匠栄会の連中とは明らかに格が違う男が助手席から降りた。

中肉中背だが、ダブルのスーツがよく似合う男だった。硬質の雰囲気と、体型のバランスがいいのだろう。鍛えている、とひと目でわかる男だった。

堂々と近寄ると、その男がまず立ち塞がるように前に出た。

顔は覚えていた。竜神会の東京進出でやってきた取り巻きの一人だ。たしか兵庫の二次団体、〈芦屋銀狐《あしやぎんぎつね》〉の舎弟で、若狭《わかさ》と言ったはずだ。

「あれ。俺を呼んだのは、そっちじゃないんですか」

窓がゆっくりと開いた。気配はわかっていたが、リズムの悪い拍手が徐々に大きく聞こえた。驚くほどの防音、そして防弾ということだろう。もしかしたら真下からの爆弾にも耐えるかも知れない。

「せや。呼んだで」

完全に開いた窓の中で、磨き抜かれた銀縁眼鏡が街灯の明かりを撥ねた。

整えた髪、整えた眉、細い顔。生地から上等なスーツ。毒々しいほどの洒落っ気。

洒落た蛇。

五条源太郎に甘やかされて育ったと噂の次男坊、五条国光が後部座席でゆったりと足を組んでいた。

「いや、面白いもん見せてもろたわ。あんだけやれたら、喧嘩も楽しいやろな。まるでゴミ掃除やったで。けったいな腕前や。いやらし」

「へえ。褒めますか。でも、さすがに竜神会の総本部長ともなると褒め方も歪《いびつ》だ。ああ、例の遊び惚《ほう》けたって有名なフランス留学で、日本語がおかしくなってるとか」

少し感情に触ろうと試みるが、このくらいではさすがに動かせなかった。

国光は眼鏡の奥で、目をほんの少しだけ細めた。

「なんや。平和島のときと言い、無粋で礼儀のないやっちゃな」

「すいません。竜神会系のヤクザの言葉に、真実を聞いたことがないもので」

「ははっ。言いよる。けど、遠からずや。ゴッついホンマも言わんけど、真っ赤な嘘も言わん。少なくとも、竜神会本部のヤクザはな」

「そうですか。では、改めて」

絆は踵《かかと》を揃えた。

「少しでも真実があるなら、その分の見料くらい、もらいましょうか」

国光はおそらく、笑った。

「払うてもええが、やめとき。今ぁ、警視庁ん中が大変になってるみたいやんか。――あの姉ちゃんやろ」

「おっ」

絆は手を打った。

あの姉ちゃんはアイスクイーン、小田垣管理官のことだ。

「早いですね」

「当たり前や。飼うてる数が違うからな」

飼うてる数、とは警視庁内に竜神会側のスジがあるということだ。驚きはしない。あるだろう。

しかし――。

「その飼うてる輩《やから》って、今回の大変の中に巻き込まれてませんか」

素直に考えればそうなる。

小田垣管理官が始めたＱＡＳは、警視庁内のそういう闇に光を当てる。

「阿呆らし」

五条は指で自分の頭を指した。

「ここの出来がな。尻尾《しっぽ》つかまれるんは、腐っとるん違うかな」

絆は耳を掻いた。阿呆らしいのは、こっちだ。

「で、今日はなにをしに？」

ああ、と国光はつまらなそうに頷いた。

「独立のチャイニーズが、ノガミで気儘《きまま》しとるようなんでな。この目で見ておこうと、ま、遊びや」

「それでわざわざ、ノガミ見物に」

「まあ、ひと挨拶くらいは、とは思うとったけどな。それで噛《か》ませ犬《いぬ》、連れて来たんやが。今まさにっちゅうタイミングであんたの姿ぁ見掛けてな。近々、声掛けようとは思っとってん。むしろこれまで遠慮しとったくらいやねんで」

「遠慮？　なんだそりゃ」

「ＧＷやったやんか。警官なんちゅうもんは基本、みぃんなワーカホリックやろ。連休くらいはってな、それで遠慮してん」

「ワーカホリックはまあ、違わないですけど。人のこと言えるんですかね。そっちだって、ＧＷを気にする商売には思えませんが」

「そないなことないわ」

　国光は足を組み替えた。

「私なんか昨日、蟹三昧《かにざんまい》の北海道から帰ったばっかりやで」

「へえ」

「いつでも狙えるクソチャイニーズより、あんたの方が大事やからな。それで声掛けたんや。私にしてみれば、あんたが歩いとった方が意外やで。――ああ。そういえば片桐とか言うのんの事務所、この辺やったな」

　何気なく国光は言うが、言葉通りには受け取れない。

　まさにゴッついホンマと、真っ赤な嘘の、その間《あわい》の言葉だ。

「なんでもいいけど、物騒なのはご免だ」

「こっちから無理押しはせぇへんで。けど、先にしくじりチャイニーズを、平和島の辺りに浮かべたのは向こうやし」

　平和島。江宗祥の件だ。

「抗争、かい」

「なるかもなあ」

「やるならやれよ」

　絆は静かに、国光を見詰めた。

それだけで風が吹く。冷えた風だ。

芦屋銀狐の若狭がまず反応した。

「やれよ、五条。俺が止めてやるよ」

国光が震えた。

「冗談やがな。通じんヤツは、お姉ちゃんにもてへんで」

「面白くない冗談は笑えないだけじゃなく、信じられない。で？」

やらんわ、と国光は吐き捨てた。

「今はな。私もまだ、東京に来たばっかりや」

「ああ。それは信じられそうだ」

絆からの風が止んだ。踵《きびす》を返した。

ヤクザとの立ち話は、これ以上は胸焼けがする。

「そや。おい、東堂」

国光が呼んだ。

「ついでに聞くけどな。あれや、お前白石っちゅうのから、なにか貰ったんか。あるいは、なにか聞いたとか」

絆は月に笑った。

そういうことか。

「あら。竜神会も絡んでるんですか。さすがに、全国組織は忙しいことだ」

国光はシートに沈んでそっぽを向いた。

「さあな。そう、ついでに聞くなら、捜査の方はどうなってん」

本当についでだろう。意味は観えない。

「知らない」

「ふん。ま、ええわ。埼玉にも、聞きよる先はいくらでもある。今の警視庁より仰山な。

――おい」

芦屋銀狐が助手席に戻った。

国光が閉めようとするウインドウに、今度は絆が手を差した。窓に顔を寄せた。

「なんや」

「あの匠栄会、どうするんですか」

「匠栄会。ああ、噛ませ犬か。よう知らんわ。さて、どうしようか。リクエストでもあるなら、さっきほざいとった見料代わりに聞いたってもええで。はっはっ。こないな見料なら、あの姉ちゃんにも引っ掛からんやろ」

「潰してもらうと助かります。大猿組のように」

「ああ?」

「いえ、東京は細かいのが多すぎて。竜神会本部がどんどんやってくれるなら、申請してもいいですよ」

「申請？　なにをや」

「本庁に感謝状」

かすかに、国光の口元に冷笑が浮かんだ。

「そんなんもろたら、裏と表、闇と光が逆転するわ。——止めとこか。リクエストは無しや。あのチンケな組も潰さへん。あんたが喜ぶだけのようやし」

「じゃあ、商談は不成立ですね。いずれ頂く見料は、もっと高い物になりますよ」

「ふん。いくらでも、踏み倒すのがこっちの商売や」

会話はこれで終わりだった。

絆が身を退くと、国光は無言でウインドウを閉めた。リムジンが静かに動き出す。

見送って絆は、首を鳴らした。

「竜神会の総本部長も、あんなものか。なら、切れ者って噂の兄ちゃんもどうかな」

匠栄会のことは鎌を掛けた感じだ。

ヤクザの組が潰されることに異議はないが、潰し方は問題だ。

警察が潰すときは根本からしっかり刈る。

同業が潰すときは、すべてが野晒しにして野放しだ。

自棄《やけ》になった連中は始末に負えない。面倒臭い。

臍曲《へそ》がりなら裏を取れば表に返す。

国光は乗ってきた。

それだけではない。

「北海道ね。まあ、いい季節だけど」

そんな、余計なことも口にした。

余談に過ぎないのだろうが、余り物の中にだけは真実が観える。

「小者だな、五条。リムジンは、贅沢だ。五条国光」

絆は呟き、池之端に歩を進めた。

満腹だったはずの腹は、適度な運動でほどよくこなれていた。

三

窓を閉めたリムジンの中で、国光は腕を組んだ。

「出します」

助手席の若狭清志《きよし》がそれだけを言った。

若狭は、取り巻きとして大阪から連れてきた八人の内の一人だ。国光の直属だが、正確には竜神会本部の人間ではない。

竜神会本部から連れ出したのは二人で、芦屋銀狐からは若狭のほかにもう一人、桂欽《かつらきん》一《いち》がいる。あとは関西方面の、関東に色気のある他の二次団体から、それぞれ精強なのを一人ずつ募った。

芦屋銀狐からだけ二人なのは、竜神会内での存在がそれだけ大きいからでもある。

芦屋銀狐は竜神会の顧問筋で、前会長の来栖《くるす》長兵衛《ちょうべえ》は竜神会会長、五条源太郎とはもともと、兄弟盃の間柄だった。

若狭は国光が東京に出るに当たり、

——総本部長。もう一人、つけますわ。

と、現会長の来栖健造《けんぞう》がわざわざ二人目として差し出した男だ。主に警察関係、特には警視庁に太いパイプがあるようで、なるほど重宝だった。

それにしても来栖が推薦してきたのは別に、国光のことを思ってのことではない。

いずれ関東は、大阪から連れてきた連中に按分《あんぶん》で振り分けられるのだ。そのときの数合わせであり、つまらない奴なら国光が突き返すと、そんな辺りも考慮しての人選だったろう。

滑り出したリムジンの中で、国光は大きく息をついた。

「あの餓鬼も白石も、関東者はやっぱり好かんわ」

白石は国光にとって、方々で運用している中でも、一番の情報屋だった。

正確にはその昔、芦屋銀狐の来栖長兵衛が使っていた男だ。

二十二歳で関西の有名私立大学を卒業した国光は、そのままフランスに留学した。まだ遊び足りなかった国光が源太郎にねだったのだ。

父の源太郎は相好《そうごう》を崩した。

――ほうか。そしたら、どこがええんじゃ。これからぁヤクザも頭や。留学はええ。箔《はく》がつく。

実際、留学で箔がつくかどうかは知らない。ただこの少し前に、国光は神戸の外人バーで働いていたフランス娘に熱を上げた。同じ大学に通っていた娘で、顔も身体もたいそうよかった。国光の好みだった。それで、なんとなくフランスに決めた。

その後、二年ほども遊んでフランスから帰り、正式に竜神会で役付きとなったとき、長兵衛が連れてきたのが、白石だった。

――最初は警視庁の中に居ってん。重宝しとったら辞めくさっての。そんでも警察やら、ノガミのチャイニーズやらの情報持って来よる。なかなか目端の利く男や。ワシが見る限りにも、いずれ国光坊ちゃんは東京やろしな。目ぇのひとつやふたつ、あっちに持っといた方がええやろ。だから、やるわ。役付き祝いや。

以降、もう二十年の付き合いになる。

平和島の〈かねくら〉に現れた東堂と小田垣に深川署の闇を教えてやったが、その情報も出所は白石だ。

長兵衛が太鼓判を押す白石は、なるほど使えた。

その白石から、先々月下旬、二十五日だったか。国光の携帯に連絡があった。専用の携帯だ。

時間はまだ朝のうち、十時過ぎだった。

——江宗祥を、ノガミの命令でそっちのほうに浮かべます。

京浜運河に、と白石は言った。

「京浜運河て、ノガミの狙いはこっちか」

——まだ忠告程度のアクションですが。

「千尋会を切り飛ばして、ティアドロップの再流通を潰したことか」

——それもあります。

「なんや、煮え切らんな」

——小蠅《こばえ》って言いましたか。魏老五のことを。

「ああ?」

言った覚えはある。

東堂と小田垣が帰った後の〈かねくら〉で、オン・ザ・ロックを舐めながら、ナッツ代わりに関東者を嬲《なぶ》ったときに。

──よけいな口を叩くな。……これは警告みたいなもんですね。

「けっ。ケツの穴の小っちゃい男や。けど、よう知っとるな」

──総本部長が捨てた大猿の連中が、腹いせにチクったかもしれません。何人か、擦り寄ってるのがいます。千住と上野は近いんで。

「ふうん」

──で、魏老五が怒ってます。勝手に台湾のシンジケートとティアドロップの取引をした江宗祥と同等か、それ以上に。

「ふん。ほんで、浮かべて来いってか。お前に」

──はい。

「お前、あっちではゴミ掃除もさせられるんか。酷《ひど》い扱いやな」

　すると、電話の向こうで白石がかすかに笑った。

──いえ、買って出たんですよ。俺が引っ付いてる陽秀明が命じられたんです。もともと陽は日本人嫌いなところにもってきて、片桐と片桐の倅がぐちゃぐちゃにしてくれたもんで。こういう汚れ仕事もたまにしておかないと、俺が浮かべられちまうかも知れませんから。なので、大井の火力発電所の近く、八潮北のテニスコート辺り。

　と白石は続けた。

──一人なんで、手伝ってくれるとなお有難いですが。近くなったらまた、連絡します。

そんな話になり、流れで大阪からの直属だけ連れて自ら赴き、新平和橋を越えた。

最初は芦屋銀狐の二人と、岸和田の四方会、堺の井筒組を行かせるつもりだったが、

「総本部長も失脚チャイニーズの顔、見ときませんか。覚えとくだけでも、なにかの折りに使えるかもしれまへんで」

と、若狭に促される形で同行となった。

そういう場面を、実は国光は極端に嫌いだ。卒倒しそうになる。だからこそ、かえって舐められないよう、昔から請われれば断らなかった。

最終的に白石と落ち合ったのは、京浜運河緑道公園だった。都道三一六号と森と、運河に挟まれた細長い遊歩道のような公園だ。

道路は、平日は大型トラックの待機スペースになっているくらいだから、車の往来は常に閑散としている。土曜の午前ならなおさらだ。それでも念には念を入れ、離れたところに車を停めて国光たちは歩いた。

公園はなるほど、遊歩道の百メートルほどをサングラスの強面《こわもて》で遮断してしまえば、日中の闇のようなものだった。

「お待たせしました」

白石は、国光たちがいる近くの路上で車を停めた。

すぐに桂と二人で、トランクからばかデカい段ボールを引きずり出す。

その間に、若狭と井筒組が左右百メートルの警戒に散った。

運河沿いに運んで段ボールを広げる。と、バレーボールのように腫らした顔で、口の外に出てこない呻きを漏らすだけの江宗祥が転がり出た。

全裸だった。手足が気持ち悪いほどに捻じれていた。人に近い、別の生き物のようだった。

「動くって、おい。生きてるやんか」

吐き気を誤魔化し睨んだが、白石は頭を掻き、平然としたものだった。

「息を吹き返しちまったかも。すいません。――ああ。車、あのままだと怪しまれるかも知れねえんで、ちょっと動かします。ブツ、運んどいてください」

桂が頷き、四方会と二人でさらに樹木が密な辺りに運んだ。

「人が来ると面倒ですわ。どうします？　投げちまいますか」

聞きつつも承諾を得ようとしているわけではない。桂の腹は決まっているようだ。手にはすでに抜き身のナイフがあった。

「お、おう。せやな」

江の消滅は願ったり叶ったりだが、これも舐められないよう、勿体《もったい》をつけた。

「こんなもん、大事に寝かしとってもなんもならんわ。ゴミはゴミ。トドメさして、放り。

流れが良ければ、〈かねくら〉の方に流れるやろ」

「へい」

顔色ひとつ変えず、桂はナイフの刃を根本まで江の胸に潜らせた。躊躇は一切なかった。江の身体が精一杯の痙攣《けいれん》をした。

やがてナイフを抜き、桂は江だった物を運河に蹴落とした。

「おや。始末ついちまいましたか。こりゃ楽でいいや」

ちょうど白石が帰ってきた。流れてゆく江だった物を眺めて笑った。

「なんや白石。気持ち悪いで」

「いえ。実際にヤツを浮かべたのが、ノガミのボスが警告したい、当の総本部長ってのがね」

「阿呆か。私じゃないで。桂や」

「いやいや。一蓮托生《いちれんたくしょう》でしょう」

そう、この辺が、どうにも好きになれないところだ。

すかした関東言葉で淡々としゃべるかと思いきや、ときおり妙に馴れ馴れしい。

だが、間違いなく使えた。

だから白石とはもう二十年、芦屋銀狐の来栖長兵衛の顔ももちろんあるが、切れることなく関係が続いていた。

その白石が四月に入り、

「総本部長に、折り入って買って欲しい物があるんですがね」

と言ってきた。

〈かねくら〉で盛大に開いた、花見の会のときだった。旧沖田組がやっていた銀座《ぎんざ》のクラブから呼んだ大量のホステスを侍《はべ》らせた。

目当てのナンバーワンを、ちょうど口説いている最中だった。

「なんや？　おう、例の件、目鼻がついたんか」

「まあ、それもありますが」

聞いても真っ直ぐ答えない。

国光の周辺にいるヤツで、そんな舐めた真似《まね》をするのは白石ぐらいだった。

「けっ。相変わらずグチグチと。それも、ってなんや」

「例の件は保険で。目玉は別です。総本部長が欲しがる物でも持ってなきゃあ、なかなか見せられない代物《しろもの》で」

「なんでもええわ。で、なんなんや」

「ここではどうも」

「好きにせぇや」

タイミング的に、どうにも邪魔くさかったから適当な返事をした。

それで本来なら近々北海道で会うはずだった。

特に極端な遠方でも、特別なことでもなかった。

〈例の件〉について白石とは近年、度々バカンスにかこつけて会っていた。

落としたナンバーワンを北海道に連れて行くか、向こうで調達するかどうかを考えている矢先だった。

白石が死んでしまったのは――。

死にやがったのは――。

しかも殺されたとなると、それはそれで気になった。

不機嫌な顔はされたが、結局ナンバーワンは帯同しなかった。向こうで適当に調達した。

組対特捜の東堂が現場に居合わせ、なにか受け取ったようだと、そんなことを耳打ちしてくるスパイや情報屋はいくらでもいる。

若狭も自分のスジから、すぐに同じことを言ってきた。

そんな関係で、白石と東堂の件は若狭に任せてあった。

だから、この夜に東堂と遭遇したのは偶然であり、このことについて聞いたのも本当についでだ。あの男が簡単にしゃべるわけがないことはわかっていた。

結果としてはそのことと、関東者はいけ好かないということを再確認しただけだった。

「けっ。クソ餓鬼が。今に見とれよ」

吐き捨て、ドライビング・シートの背中を思いっきり蹴った。

「総本部長。真っ直ぐ戻りますか」

助手席から若狭が無表情に聞いてきた。感情を表に出さない男だ。

「ふん。せやなあ」

国光の芯に、黒い落ち着きが戻った。

「あの組対のクソ餓鬼が、白石からなにを聞き、なにを知ってるのかは知らんけど、そもそもが邪魔や。なあ若狭ぁ」

「はい」

「組対のクソ餓鬼。殺りぃや。その方が簡単やでぇ」

暫時の間があった。

「――えっ」

能面は簡単にひび割れた。

「――あの、私がですか」

所詮、若狭もただの人間ということだ。化け物の相手には足りない。

「阿呆くさ。冗談や」

国光はスモークウインドウの外を眺めた。

ノガミの明かりが、流れていた。

「まったく、面倒いこっちゃ」

四

翌日午前、若狭は湯島に向かった。目指すのは片桐の探偵事務所だ。

　車は一キロ以上離れた、御徒町のコインパーキングに停めた。好天に誘われてぶらつこうなどという殊勝な健康志向はない。万が一のことを考えてのことだ。

乗用車は〈かねくら〉同様、黒川組の島木《しまき》に調達させたものだった。不測の事態に遭遇しても、竜神会とのつながりを特定される証拠は一切残さない。それが、若狭が身を置く芦屋銀狐の基本だった。

湯島坂下の交差点で歩行者用の青信号が点滅した。

他人は走って渡っても、若狭は止まった。

行動を起こす際、念には念を入れるとはそういうことだ。恰好もこの日は、作業着タイプの青いブルゾンにベージュのスラックスを穿《は》き、ベルトにフック付きの5・5mスケールを付けていた。

どこに行っても紛れる服装だった。

「それにしても、いきなり東堂を殺れはないで。ビビったわ」

信号を待つ間に呟き、若狭はサングラスを外した。

湯島坂下はビル群が作り出す影が多かった。そういう場合には、サングラスも青信号の点滅と同様だ。

若狭はこの日、東堂が寝泊まりしている片桐の探偵事務所に侵入するつもりだった。

前夜、国光が呟いた本気を、冗談だと言わせてしまった結果だ。

口にした以上、国光は絶対本気だったはずだ。常に他人に舐められないということを第一に考える、その程度の器量の男なのだ。冗談で冗談を口にする男ではない。軽く言っても軽くすまさない。東堂に仕掛けて失敗し、潰された大猿組がいい例だ。

それを冗談の冗談に格下げさせたのはすなわち、若狭の弱気であり、呈した無能だ。

まさか、警視庁の化け物を単独で殺れと命じられるとは思っていなかった。自分は芦屋銀狐から貸し出されているという油断があったのも事実だが、意表を突かれた。さすがにビビった。

国光は間違いなく、若狭に失望したはずだ。

このままなにもしないでいれば、国光はきっと若狭を冷遇する。下手をすれば不用品、あるいは不良品のレッテルを貼るだろう。

そうして虫の居所が悪ければ、なにも言わずにそんなシールを貼り、芦屋銀狐に返品するに違いない。

手下は玩具。

壊れたら終わり。

壊しても終わり。

このルールが適用される範囲に、若狭は改めて自分も入っていることを思い知った。

国光の冗談を気持ちのいい冗談で済ませるには、なにかできちんとした成果を上げなければならない。

——おう。冗談ででも尻ぃ叩くと、一生懸命働くやないか。色々、あんじょう頼むでぇ。

そのくらい言わせれば上々か。

今の現状で言えば、白石と東堂の関係の件だろう。

だから、多少の危険を冒してでも若狭は東堂の部屋に潜入すると決めたのだ。

この日が非番でも公休日でもないことは調べてあった。

後は成田から来て同居を始めた、やけに陽気なアラブ系の商売人さえ外出すれば、そもそも古い雑居ビルは防犯とは無縁だった。

ピッキングで侵入し、痕跡を残さないよう注意しつつ家捜《やさが》しして、出来れば盗聴器の類を仕掛けるところまでやる。

若狭には造作もないことだった。そのくらいの技術は叩き込まれていた。

片桐探偵事務所は、湯島坂上から狭い変形十字路から一方通行を逆に入り、およそ百メートルくらい行った右手だった。

ゆっくり歩きながら行く手に目的地を見据え、何気なくを装って様子を確認した。

古びた細い、五階建ての雑居ビルだった。各階はワンフロア貸しだ。

見る限り、外からわかる看板類はなにもなかった。狭い道上から見る一階と二階の窓に、会社名とわかるシートが貼ってあるくらいだ。

どちらも堅気の会社だとわかっていた。

三階と四階は、去年までは入居者があったようだが、今年になってからは空き室だった。それも調べはついていた。

――今の組対、東堂と言うたか。なあ、若狭。奴のこと、調べ。

三月の、あの夜だった。東堂が〈かねくら〉に小田垣という女監察官とともに現れ、ともに無粋の極みを尽くした夜だ。

傍若無人な若造のことを国光に命じられた。

――警視庁に強かったなあ。お前のパイプなら、すぐやろ。

実際、すぐだった。この翌日には、もう東堂の来歴はすべてが丸裸だった。家族構成や墓の所在、通った学校は幼稚園までわかっていた。雑居ビルの五階に流れる、有線のチャンネルもわかっている。〈懐かしの昭和歌謡〉というやつだ。

細長い雑居ビルは、そんな歌が沁みるほど似合いの一九八二年の竣工だった。一九九五年の建築基準法改正以前のビルだ。

当時の五階建ての建築物にはエレベータの設置の義務はなく、当然のようにこのビルにもエレベータ設備はついてはいなかった。それが面倒だが、とにかく一階と二階にさえ細心の注意を払えば、五階まではなんの問題もなく上がれるはずだった。

ビルに入った若狭はまず、気配を極限まで消した。

絶対の化け物のような隠形《おんぎょう》はどだい無理な話だが、普通の人間にはわからないくらいのレベルまでは若狭にも出来た。そういう鍛えはあった。

ゆっくりと階段を上った。

音も立てず、二階を通過した。それでもう、五階までオールクリアのはずだった。あとは五階に上がって気配を探る。いるようなら引き返し、外で出掛けるのを待つ。出ないようなら日を改める。難しい話ではない。

それが――。

三階の踊り場から、四階に向けて階段を上ろうとしたときだった。

四階のフロアから、ドアの軋みが聞こえた。と、ほぼ同時に、階段の下に向けて突き出される顔があった。

人などいなかったはずだ。

若狭も人並み以上に察知する。気配はなかった。

動揺に若狭は身を固めた。狭い階段だ。隠れ場所もない。

動かないこと。

それしか出来ることはなかった。

「誰ですねぇ」

四階から顔を出したのは、五階に住み着いた例の、アラブ系の商売人だった。

なぜ空き部屋のはずの四階に、しかも若狭に気配も感じさせず存在するのか。

加えるなら、なぜ白い割烹着《かっぽうぎ》と三角巾を身に着け、手にハタキを持っているのか。

突如、湯島の古い雑居ビルが異界に変わった感じだった。

「あ……」

意表を突かれ過ぎ、それで若狭のすべてが一瞬、停止した。

「OH。工事屋さんですかぁ。雨漏り、ナッシング。壁のクラック、無視でOK。その他の押し売りなら、間に合ってまぁす」

「いや。あの、あなたは、なんでこの階にいるんですか」

思わず、疑問がそのまま口を衝いて出た。

狼狽の証だが、イントネーションには気をつけた。大阪弁はさすがにマズい。

「OH。なんで、とお尋ねですかぁ。私はですねぇ」

男は一瞬考えたようだ。

「私は五階の間借り人で、出来たら四階を借りようかと思ってるですねえ。それで、お掃除の合間に、見学ですねえ」

　自分の答えに満足がいったようで、男は一人で頷いた。

「私は五階の人。それであなたは、どこの人ですかぁ」

「あ、その、ですね」

　一段、二段と上がりながら思考を巡らす。降りることも考えたが、身体はなにもせず逃げ去ることを拒んだようだった。

　上がり始めると、男は乾いた笑いを発してハタキを動かした。

「OH。問答無用ってヤツですねぇ」

　楽しげだった。

「OK。私が下りましょう」

　男はいきなり階上から飛んで、若狭の目の前に音もなく着地した。

　角度のある階段上だったが、男の姿勢には微塵のブレもなかった。

　目の前で、笑った。

「くっ」

　次から次へと、間断なく虚を衝いてくる男だった。

　咄嗟《とっさ》に若狭は手が出た。出てしまった。

これは、今生きている世界の哀しい習性か。

しかし、届きはしなかった。

突き出した拳は、男のハタキの柄でもって痛打された。

「痛っ！」

よろけた。

たかが三段だったが、段上だということを忘れていた。

足は空を踏んだ。無様に転がった。

「ははっ。怪しげに気配を消す人はやっぱり、工事屋さんでも押し売りさんでもなく、空き巣さんでしたか」

男はまた、ハタキをパタパタと動かした。どこか、楽しげな犬に見えた。当然、大型犬だ。

右の拳は裂けて血が滲んでいた。ヒビも入ったかもしれない。

若狭は奥歯を噛み、片膝立ちで階段上を睨んだ。

このまま、終わるわけにはいかない。

「うーん。惜しい気合ですねえ。まあ、今日は良しとしましょうか」

男は、ハタキの回転を逆にした。

見ようによっては、去《い》ねと告げていた。

いや、手で階下を示した。

本当に、去ねと言っているようだった。

「な、なんだ。悪い冗談か」

「NO」

男は首を振り、片目を瞑《つぶ》った。

「実は私も、オーナーさんには言ってませんねえ。四階には、無許可で入りました。ピッキング。だから、空き巣さんと、大して変わりませんねえ」

「――はっはっ」

ここまでくると、笑えた。

「外人さん。名前は」

「OH、これは失礼」

男は三角巾を取った。

「ゴルダ・アルテルマン。ゴルちゃんです」

と、ゴルダは空き巣に向かって丁寧に腰を折った。

なんとも、余裕というか、度量に完敗だった。

「私、名乗りました。お名前は」

若狭は立ち上がった。

「空き巣が言うと思うか」

ゴルダはまた、ハタキを動かした。

「それもそうですねえ」

じゃあよ、とだけ告げて若狭は階下に降りた。

ビルの外に出ると、五月の日差しがあった。

陽光に手をかざした。

身体が強張っているのがわかった。

「陽気な外人やけど、なんや、ありゃあ、本職やんか。どこが商売人や」

首を回しながら呟いた。

完敗だったが、気分は悪くなかった。

一方通行の出口まで歩き、振り返った。

「阿呆と違うんか。あの外人」

若狭の口から、苦笑が漏れた。

探偵事務所の窓から顔を出したゴルダ・アルテルマンが、手を振っていた。

「阿呆やけど、いい番犬や」

呆《あき》れながらも、若狭も手を上げていた。

事務所への潜入も盗聴器の設置も出来なかったが、情報として最新の物を手に入れた。

組対のクソ餓鬼は変な外国人の、いい番犬を飼っていた。

五

金曜の夕刻、絆は中野にいた。人混みのサンモールからブロードウェイを抜け、早稲田通りを渡ったすぐのビルだ。

けばけばしい装飾の細長い、まるで鉛筆のようなビルだった。七階建ての上から下まで、全部が個室のネットカフェだという。少々値段は高いが、全室占有面積七㎡確保の完全防音で、なおかつハイスペックマシンの複数台設置を謳い、オタクの間では地味に〈聖地〉として有名だという。

〈自堕落屋〉

それがビルの名称にしてネットカフェの社名であり、このときの絆の目的地だった。

白石の事件からはすでに、三週間以上が過ぎていた。これといって新しい物証が出るわけでもなく、捜査本部は迷走状態に入っているという話を聞いた。いずれ近いうちに、さらに縮小されるようだ。

絆にとっては捜査の自由度が増したわけだが、別に自分が全能だと思っているわけではない。一人で出来ることには自《おの》ずと限界があることは、金田や父の死で思い知っていた。

「ここか」

中野のネットカフェは、絆にとって初めて来る場所だった。

監視の目は池袋の隊本部を出てすぐに千切った。

ご苦労さんというほかはないが、白石の死から三週間ということは、絆に対する監視も同じく三週間続いているということだ。

もう、大して気にはならなかった。馴染んだと言い換えてもいい。

ちぎっても必ず、基点の隊か湯島に監視の気配は復活した。融《と》けてなくなることはなかった。

言い方は変だが、安心して千切ることが出来た。

ただ、必ずあるが、複数であることがほとんどなくなったことだけは訝しいことだった。

タッグを組んだ、とはまさかと思いながら、ない話ではない。注意を怠ることはなかった。

おそらく監視の誰もが、絆が白石から受け取った、一寸の虫の五分の魂、その行く果てを見定めようとしている。

絆も同様に、一寸の虫の五分の魂、その安息の地を模索しながら、白石の未練を成就《じょうじゅ》させようとしていた。

いずれ、交錯する。

これは絆の勘だが、片桐の血を、金田の教えを受け継いでいる。外れることは、ないと信じていた。

愛嬌《あいきょう》のある事務方の女性に案内されたのは、四階の一室だった。

「ええと」

案内されながら多少戸惑った。四階には客用の個室が並ぶだけだった。

「うちの社長室は動くんです。毎日というか、一時間ごとにとにかく、プレートのある場所が社長室です」

事務方の女性は笑いながらそう言った。たしかに案内された部屋には、ドアに安易な〈社長室〉のマグネットプレートが貼られていた。しかも文字は、手書きだった。

「はあ。社長室が。なんか、軽いですね」

言いながらドアを開けた。

「ときに、それだけ危ない情報に触っているということだ。マシンを特定して調べに来る輩もいる。移動は保身だ。保身の程度は、それだけ扱う情報の深度を表す」

廊下にまで響くほどの声だった。もとからデカイというより、音量の調整が上手くいっていない感じだ。一日の会話量の問題か。

「お前がカネさんの後継か。話はカネさんから聞いてる。そうじゃなかったら、会わんがな」

ビルの四階の一室で絆を迎えたのは、そんな挨拶はしながらも顔のわからない男だった。なぜなら、複数台置いたPCの画面から決して目を離さないからだ。

細身の割りに声が大きく、癖毛の頭髪がほぼ真っ白だということだけはわかった。

それが〈自堕落屋〉の社長であり、金田の協力者でもあった、奥村金弥《おくむらきんや》という男だった。

その昔、警視庁のハイテク犯罪対策総合センターに招聘《しょうへい》されたこともあるという。

性格が災いして長続きはしなかったようだが、そのとき出会った金田とは馬があったようだ。

――そう見えないけど、あいつは人好きなんだろうねえ。じゃなかったら、一回五万円で引き受けてはくれないと思う。癖はだいぶ強いけどね、失せ物や人捜しは、べらぼうに強いんだ。ハッカーとしてね。

金田はそう、奥村に太鼓判を押した。

その癖の強さがさて自分と合うかどうかは、今のところ絆にも五里霧中だ。

連絡を入れたとき、

――人に物を頼みたいなら直接顔を見せろ。右から左に済まそうとする人間を俺は信用しない。

ということで中野まで見せに来たが、最後まで奥村は画面から目を離さなかった。

絆もネットカフェは利用したことがある。〈自堕落屋〉には初めて入ったが、なるほど他店よりたしかに室内は広かった。ただし、設備で埋め尽くされ閉塞感は変わらない。よく言えば、広さとマシン類の相関によってコックピット感は明らかにこちらの方が上だった。

〈自堕落屋〉には一階から七階まで合わせて、同じような部屋が三十あるという。絆は、最後まで立ったまま話をした。愛嬌のある事務方の女性がコーヒーを運んでくれた。それも当然、立ったまま飲んだ。

四階のこの一室は、四時間前から社長室だという。その前は二十時間ほど六階にあったらしい。

奥村の社長室とは、単に自身の所在を明らかにするための記号だった。逆に言えば、〈自堕落屋〉に在社のときは常に手書きのマグネットプレートと一緒に動くという。

ただし、社長室と言うネームは記号だが、マグネットプレートはそうではない。内蔵のICセンサーによりこのプレートは、廊下を移動中は半径五十センチ内外を、ドアに貼られた時点からはその室内を、防犯カメラの記録から除外する。

つまり〈自堕落屋〉にいる限り、奥村金弥という男はデジタルの中のみの存在になるらしい。

聞けば聞くほど、見れば見るほど、金田が引き継がせようとしたのがわかる、なかなかの曲者だ。

「わかった。一週間待て。連絡する」

説明を終えると、奥村は片手を上げてそう言った。

「一週間ですか」

頼み事は基本、三十人を少し割る程度の人物照会だ。まずその存在自体、次いで裏も表も、という茫漠《ぼうばく》とした頼み方にはなったが、それにしても少し長い気はした。

「不服か」

「いえ」

「不服そうだな。だがな」

一週間は、頼まれ事の難易度ではないのだと奥村は言い切った。

「一週間あればなんでも出来る。逆に言えば、一週間でわからないことは二週間あってもわからない」

「なるほど」

取り敢えず、頼み事が通ったことだけはわかったが、まだ付き合いの距離感がわからない。

奥村の上げた片手は、指が外向きの矢印のように変わった。

「ああ。はいはい。では、よろしく」

ひとまずそれでよしとしたが、顔は最後までわからないままだった。

「いや、忠告はされていたけど、実物はみんな凄いや」

ビルから出て、絆は苦笑した。

実はこの自堕落屋を訪れる前、絆は秋葉原で鴨下玄太《かもしたげんた》に会って同じようなことを頼んできた。

鴨下は金田から引き継いだ協力者二号だが、

〈これからもどんどん私の協力者を渡していくよ。どういうわけか癖の強いのが多いんだ。扱えるかどうかは君次第〉

金田にはそう言われていた。ちなみに第一号が片桐だ。

鴨下は俗に言うプラカード持ちを生業《なりわい》にした男で、絆でさえ目を見張るほどの隠形《おんぎょう》を身につけていた。四十年間、雨の日も風の日もプラカードを持ち続け、いるだけで様々な人の話や姿を聞くともなく聞き、見るともなく見てきた男だった。

この日は秋葉原だったが、風俗から闇金まで、必要とされる時間帯が違う業種のプラカードを持って鴨下はあちこちの繁華街を動く。動くだけでなく、場所を指定してさえ普通の人には見つけづらいという。

どこの街にいるかだけで鴨下を見つけられるのは、絆ならではだ。

「さて」

自堕落屋ビルの前から動こうとした絆の携帯が振動した。

高遠からだった。

――申し訳ありません。なかなか捗《はかど》りません。

会話は、そんな謝りから始まった。

QASの余波は、高遠らの公安外事第二課にも及んでいるようだった。

頼んだことに対するいくつかの回答はあったが、大半は手つかずと言うことだった。

――稽古の束脩には足りませんよね。あとは四人で出し合って、なんとか。

「いや。それほどがめつくやってるつもりはないけど」

けど大先生が、という高遠の言葉ですべては納得だった。

警視庁の武道場でも、典明は成田同様の営業を掛けたようだ。

「爺さんの戯言《たわごと》なんかは、一切気にしなくていいから」

――いえ。そういうわけには。

高遠は実に真面目《まじめ》な弟子だった。

「大丈夫。束脩を現金で毟《むし》り取《と》る標的は他にあるんで」

――は？

「君らがわかる範囲、出来る範囲で十分。よろしくな」

長く話せば話すほど、どうにも身内のボロが出そうだった。

「それじゃ」

有無を言わさず電話を切る。

切った携帯をじっと眺めた。

白石の事件に関する埼玉県警の捜査は滞っていたが、警視庁は組織全体からすべてが滞っていた。

絆はおもむろに、電話を掛けた。コール音は長かった。

——なんだ。

「おっと。苛《いら》ついてますか」

——いや。そういうわけじゃないが。

相手は、監察官室の牧瀬係長だった。

「お願いしたいことがあります」

——すぐか。

「はい」

間があった。かすかに聞こえたのは溜息だったか。

——東堂。うちが今、忙しいのはわかってるよな。

「わかってますが、そのせいでこっちの作業が滞ってるってのもわかってもらえると有り難いですが」

——ああ。ま、それを言われると多少の後ろめたさはある。仕方ない。聞こうか。

「いえ、大した手間にはなりません。今やってるQASに、付加してもらえればいいんですが」

──ほう。なんだい。

「QASに引っ掛かった警官に聞いて欲しいだけです。情報の売買をしたかどうか」

続けて絆は狙いの大枠を説明した。

興味深げに牧瀬は聞いてくれた。

「どうです」

──いいんじゃないかと思う。それにしても、俺の一存じゃあな。お前ぇ、今どこだ。

「中野ですが」

東西線か、と牧瀬は続けた。

──どうだい。時間があるなら、自分で行って頼んでこいよ。

「え。なんです？」

──七時から神楽坂《かぐらざか》で呑み会だと。今夜は軽いぜ。赤坂の加賀美署長と、生安の増山《ますやま》課長の二人だけだ。

増山課長とは、増山秀美《ひでみ》生安部生安総務課長のことだ。三十七歳の警視正で、警視庁では加賀美署長に続くキャリア女子だった。

「呑み会、ですか」

――そう。まあ、ＱＡＳに関する、魔女の中間報告って感じかな。

嫌な予感がした。

いや、訂正する。

嫌な予感しかしなかった。

「それって、あれですよね。ああ、でも噂は聞いてますが」

――どんな噂か想像はつくが、お前は竜神会の根城に平然と乗り込めるんだ。なんてことねぇだろ。

「お言葉ですけど、次元が違います」

――まあ、そう言うなよ。わからないでもねぇけどな。正伝一刀流も、警視庁の魔女らにあっちゃ形無しだな。

電話の奥で、牧瀬さぁんと、縋《すが》るような馬場の声が聞こえた。

――場所は聞いて、あとでメールすらあ。じゃ、しっかりな。

通話はそれで、一方的に切れた。

絆は、腕のＧ‐ＳＨＯＣＫを見た。

メタルな文字盤の針は、五時五十七分を指していた。

中野の駅から、メトロで神楽坂までは十五分も掛からない。

「なんか、計ったようにちょうどいい時間だけど」

足取り重く駅に向かえば、到着前に牧瀬からメールが入った。

忙しいと騒ぐ割りに、こういうところはマメにして迅速だ。

なんにしても――。

「今夜は長くて、深いんだろうな」


結果としてこの翌日、決して酒に弱いわけではなくむしろ強い方だが、絆は有休を浜田隊長に申請することになった。

――ははあ。加賀美さんたちと。そりゃいい経験っていうか、東堂、いいかい、懲りるんじゃないよ。あの呑み会も、悪いことばかりじゃないから。

どうやら浜田も、魔女の洗礼を受けたことがあるようだった。

とにもかくにも、この一連に物語はなく、むしろ絆にとっては体験したことのない二日酔いを含む地獄絵図だったが、翌朝、

――おはよう。いい朝ね。昨日の件、引き受けてあげる。

定時きっかりに、同じ量だけ呑んだはずの小田垣管理官のデスクから絆の携帯に電話があり、依頼を引き受けてくれるというささやかな進展はあった。

「ありがとう、ございます」

と言ったつもりだが、言えたかどうかは定かではない。

その後すぐ、メールも鳴った。公安の手塚からだった。

〈本日はどちらですか〉

どのルートの指示かは未だにハッキリしないが、農作業とのバーターにして、定時連絡になりつつあった。

〈湯島〉

そこまで打つのが精一杯で、後は姉さんかぶりのゴルダに甲斐甲斐しく世話をされ、丸一日寝込むことになる。

この日一番の収穫は、ゴルダの作るお粥《かゆ》が純和風で、五臓六腑《ごぞうろっぷ》に染み渡る美味さだということだった。

第五章

一

週が変わって火曜日、絆は夜の九時を過ぎてから馬の店に入った。

チャイナドレスのホール係に案内されたのは、最奥からふたつ手前の個室だった。

最奥の個室は扉に龍虎の彫り物があるが、ふたつ手前は象だった。

ひとつ手前がパンダで、これらは近所にある上野動物園の人気者にあやかっている。

「おう。思ったよりは早かったじゃねえか」

円卓の個室には、先客が三人いた。

声と共に手を上げたのは、円卓の一番奥に陣取った、渋谷署の下田だ。その右隣に同署捜査課強行犯係の係長、若松《わかまつ》が座る。下田と若松は警察学校の同期だ。

さらに手前には三田署刑事組織犯罪対策課の大川卓係長が座り、下田の左隣に座ってい

るのは、

「ヘイ。若先生、遅いね」

ゴルダ・アルテルマンだった。

「ま、わかってたから、勝手気儘に、先にやってるぜ」

若松は呑み掛けのグラスを高く上げた。

大川とゴルダはまだジョッキでビールだが、下田と若松は早くもグラスの紹興酒に移っているようだった。

円卓上にはもう前菜はなく、麻婆豆腐やら小籠包《ショウロンポウ》やらが載っていたが、こちらも皿底は見え始めていた。

たしかに、主催者である絆が指定した時間は八時だった。一時間以上遅れた。

「すいません。色々とゴチャゴチャしまして」

「いいって。お前のゴチャゴチャはいつものことだろ」

下田は掌を払うように動かした。すでに微酔《ほろよ》い加減のようだった。

この夜はガサ入れにひと区切りついた下田と大川が、何度か手を貸した絆に自腹で飯を奢ってくれる約束だった。

そこに絆が乗っかり、ゴルダに食事を奢る約束をした。

――若先生。今日、なんか妙なのが来たよ。

ゴルダからはそんな報告を先週水曜日に受けた。

——空き巣、じゃないね。ビルに入ってきたときからわかったけど、意識はずっと五階にあったね。五階狙いね。それも、ちゃんと鍛えた感じ。

白石事件の絡みで間違いないだろう。ただ、顔はわからなかった。

ゴルダはどうにも、日本人の顔を覚えるのは苦手らしい。たいがい同じ顔に見えるという。

——NO。でも大丈夫。大先生と若先生と、親分先生の区別はつくよ。

それだけわかれば、なにも困らないと胸を張る。

とにかく、不審者を撃退し、以てゴルダは五階の平穏を守った。絆が夕飯を奢るのは、そのご褒美だ。

それと、五臓六腑に染み渡った粥の礼もある。

下田と大川が絆を労《ねぎら》い、絆がゴルダを労う。若松はちょうど暇だったようで、おまけだ。

この夜は主客が混在のワチャワチャとした、そんな集まりだった。

今後、絆が寝泊まりの拠点に使用する以上、下田も大川も若松も湯島の片桐事務所に来る機会が多くなる。間借りのゴルダとは顔合わせしておいた方がいいと、そんな考えもないではない。

互いに知見がなければ、騒動になって撃退される危険性もある。

もちろん、下田や大川がゴルダに、だ。

下田や大川がゴルダの顔を覚え、ゴルダが二人の名前と声や雰囲気、匂いを覚える。今後の展開において、これは大事なことだった。

絆が席に着くと、大皿料理が四品ほど運ばれてきた。

オー、これはなんですか、とゴルダが給仕係に聞いた。

絆の前には、店に入ってすぐ注文しておいたビールが同時に運ばれ、置かれた。

挨拶代わりに目の高さに上げてから、すぐひと口やった。

「遅かったのは、なにかトラブったからかい」

ビールを追加注文し、大川が聞いてきた。

「いえ。トラブルじゃないんですけど。――でもまあ、トラブルですかね」

監察官室のQASがまだ尾を引いていた。特捜からまた本庁に引っ張られる隊員が出て、急遽《きゅうきょ》その尻拭いと引き継ぎがあって大忙しになった。

どうにもQAS発動以来、ストップ&ゴーというかタッチ&ゴーというか、仕事全体が目まぐるしい。

「うちの刑事課でも二人ばかり引っ張られた。文句は言えねえが、しっかし凄ぇよな。あの監察のアイスクイーン」

若松は紹興酒のグラスを傾けながら言った。誰も異を唱えない。ゴルダは一人、卵白と蟹の炒め物について聞いていた。

絆はその、蟹の炒め物を皿に取った。蟹の味が染みた卵白が実に美味かった。

「東堂。で、お前ぇが引っ掛かってる埼玉の発砲殺人はどうなってんだい」

「どうもこうも」

絆は丸鶏の塩蒸し焼きに菜箸を伸ばした。ゴルダが聞き始めたところだった。

「QAS台風のお陰で、捜査前線は停滞中です。少しずつは進んでますけど」

「――どこも一緒だな」

そのときノックの音がした。

「やあ。どうにか、今日の戦争が終わりました」

店主の馬達夫が顔を出した。下田と大川を見て頭を下げる。

「どうも、その節は」

「や、こちらこそ」

二人の警官も、神妙な面持ちで頭を下げた。

その節とは、金田がキルワーカーに撃たれ命を落とした事件のことだろう。下田も大川も同席だった。大河原組対部長も特捜隊長の浜田も、父もいた。

絆はいなかった。届かなかった。

改めて自分の無力を思う。

ビールが少し、苦かった。

「東堂さん。店からなにか、サービスしましょうか。その代わり、大河原部長さんによろしく」

達夫は商売人だ。一人で来たときの絆にも、よく部長によろしくと繰り返し言う。

組対の大河原は、高い料理もチップも奮発する上客らしい。

取り皿の丸鶏に箸を伸ばそうとして、ふと絆は顔を上げた。

「馬さん。今日のことも、やっぱり知らせたの？」

「当たり前です」

達夫は胸をそびやかした。

「嘘も隠しもないのが、父から教わった商売のコツですから」

「なんでぇ。東堂。どうかしたか」

下田が聞いてきた。

絆は宙を彷徨う箸の先で、達夫の後ろを示した。

姿を現したのは魏老五グループのナンバー2、陽秀明だった。

「お前ぇは、陽秀明」

下田が呟いた。

渋谷の組対にも、魏老五グループの何人かは名前が通っている。

陽は顔を動かした。

「渋谷の下田さんと、若松さんね。こっちは三田の大川さん」

光栄でもなんでもないが、と大川は肩口から声を投げた。

「飯が不味《まず》くなる。用件があるなら、とっとと済ませて消えろよ」

こういうとき、大川は割りと凄みがあった。

ゴルダが面白そうに見ていた。

「まずは、差し入れね」

おい、と陽は背後に声を掛けた。

入ってきたのは陽の右腕の、林芳だった。両手にビール瓶を持っていた。

「爺叔の息子。先週は池の近くで、暴れたらしな。相手、美女木の匠栄会。けしかけたの、竜神会か」

陽は絆に話し掛けた。

「おっと。さすがに早いですね」

「当たり前。この辺はもう、ボスのシマね」

林芳が円卓に瓶を置き、一度部屋の外に出た。他にもなにか、運ぶつもりのようだった。

「爺叔の息子。埼玉の墓で、なにかあったか。なにか聞いたか」

唐突に陽が聞いてきた。

なるほど、その辺が狙いか。

たしかに白石は、父と同じくノガミの闇に触れてきたと言っていた。

そのまま魏老五を指すのだと思っていたが。

「へえ。そっちが関わりあり、ですか」

「さて。で、どうなんだ。なにかあったか。聞いたか」

「言うと思いますか?」

ふん、と陽は鼻を鳴らした。

林芳が大皿を運んできた。香ばしい香りがした。伊勢海老のチリソースのようだった。

絆のすぐ近くに大皿を置き、林芳は陽の脇に退いた。

目立たない男だが、動きには常に無駄がなかった。

「爺叔の息子。相変わらず威勢、いいな。でも若い。なあ、林芳」

陽の呼び掛けに、林芳はかすかに頷いた。

「今日は忠告。ほかの話、蛇足。ボス抜きで直接一度は忠告。そう思ってた。私も、ナンバー2ね」

成り上がりだろ、と大川が言ったが、陽は無視した。

「若いままでいたら、長生きできないよ。爺叔の息子。お前の強さ、見た。そのうえで言ってる。だからなんだ、とね」

陽の声は、下手な日本語の奥に刃を持って響いた。

「上には上、いるよ。頭《こうべ》を垂れることね。百人でダメなら千人、千人でダメなら万人、万人でダメなら百万人。今が無理なら明日、明日も無理なら明後日。明後日が無理なら一年後、十年後。本気になった中国人は、そういう民族。四千年の歩みは伊達じゃない。四千年は、未来永劫《えいごう》と同意ね」

部屋の空気が、わずかに冷えた気がした。

大川は成り上がりと腐したが、魏老五のグループのナンバー2には、伊達ではなれないということだ。

触発され、下田が立った。

若松が動き、大川も立とうとする。

部屋の空気が一気に緊迫の度合いを増す。

「普通だね。普通のことも、魏老五の片腕が口にすると大げさになる」

緩めたのは絆だった。

「百人も一人。千人も万人も、一人の集まり。今日は今。明日も一年後も、今の続き。常在戦場の位取り。それが正伝一刀流」

ゆらりと立ち、絆はビールジョッキを高々と掲げた。

部屋の空気を掻き混ぜる。

「ガンペイ、だっけ」

「ふん」

受けて陽は、冷笑を浮かべた。

「あれれ。滑ったかな」

「日本語、面白くないね」

陽は手を振った。

終《しま》いのようだった。

林芳が先に部屋を出た。

「忠告はしたよ。もう、知らない。どこからなにが飛んでも、私のせいじゃない」

背を向けようとして、陽は一度、目を止めた。

不安げな馬が立っていた。

「おや、私としたことが。驚かせてたね」

今までが嘘のような笑顔で、陽は大きく両手を広げた。

「心配ない。安心、安全ね」

陽は馬の肩を抱いた。

「ノガミは安全。ノガミにいる限り、なにも起こらないよ」

馬の背越しに、陽は円卓に向けて笑った。

「きっと。そちらの面々にも」

壮絶な笑顔だった。

ベールを脱いだ、本式の闇の顔だ。

「ノガミは、大人のパラダイスだからね」

下田の奥歯が鳴った。

「OH。パラダイス、素敵ですねぇ。ただ、インフェルノと背中合わせですけど」

ゴルダが平然と受け、伊勢海老のチリソースを頰張った。

二

〔さて、林芳。私たちも飯にしようか〕

来福楼を離れ、テリトリーの上野仲町通りに戻った陽秀明は、鉄板焼きの店に入った。

行きつけの店だった。高級店の部類に入る。

少なくとも、ノガミでは一番の店だ。

でかいカウンターの奥まったところで、先に入っていた二人が手を挙げた。

グループ内で、特に陽が自分の手元に置いている二人だ。馬達夫が魏老五の親戚筋なら、こちらは陽秀明を頼って日本に渡ってきた、母の妹の息子たちだった。

〔どうでした〕

兄の方が聞いてきた。

〔どうもこうもない。言うべきことは言ってきた。舐めるな、とね〕

店の蝶ネクタイが引く椅子に陽はどっかりと座った。

二人も続き、最後に林芳が陽の手前の席に座った。

――いつもの東堂さん、今夜来ますよ。

馬から連絡があったのは昼過ぎだった。

今、魏老五はビジネスで上海《シャンハイ》に行っていた。その間はすべての業務を、ナンバー2である陽が引き継いだ。

爺叔の息子のあしらいも、言えば業務の内だと考えた。聞ければ聞きたいこともあった。

ただ――。

〔あれ？　舐めるなって。それ、目的でしたっけ？〕

弟がカウンターに身を乗り出し、奥から聞いてきた。

無粋な物言いは耳にざらつくが、仕方ない。桂林に残した母からは、向こうでも札付きでどうしようもない二人だが、くれぐれも頼むと言われていた。

〔ボスが不在な今は、爺叔の息子を睨むのは私の役目だ。個人の目的は、グループの役目の前には隠れる。覚えておけ〕

兄弟は揃って肩を竦めた。

わかっているやら、いないやら。

ボスである魏老五には、グループ内に魏洪盛《こうせい》という甥っ子がいた。出来が悪く、いつも魏老五は頭を痛めていたが、〈ティアドロップ〉事件に絡んで死んだ。

魏老五は報復を口にしたが、どこか胸を撫で下ろした感もあった。長い付き合いの陽にはわかった。

少しだけ、羨ましくもあった。

指を鳴らすと、すぐに紹興酒のビール割りが運ばれてきた。陽の定番だ。この指のひと鳴らしで、あとは黙っていてもちょうどいい頃合いに、ちょうどいい加減の料理が饗される。

陽にとっては、至福の時間だった。

(それにしても)

ビール割りを呑み、天井を睨んだ。

片桐の息子を、本当はもう少し問い詰めたかった。

馬からの連絡を簡単に流してしまった。詳しく聞かなかった。

あんなに警視庁の面々がいる席だとは思わなかった。

——爺叔の息子。埼玉の墓で、なにかあったか。なにか聞いたか。

それで曖昧になった。かえって口にしない方がよかったかもしれない。

(私の迂闊《うかつ》、だな)

もうひと口呑み、陽は自嘲した。

実際、白石は陽秀明のスジだった。

胡散臭いとはわかってスジにした。もう二十年になるだろう。

最初はたしか、片桐と同席だった。その後、自分から魏老五に売り込んできた。

日本人は爺叔だけでいいと魏老五が言い、下げ渡されるような感じで自分に振られた。

〔秀明。あまりギスギスするな。これから日本で、このノガミでやっていくなら、お前も日本人を扱ってみるべきだろう。使え。そして、使いこなせ〕

魏老五にはそう言われた。

もっともだった。使ってみることにした。

それにしても扱いは、スジというより便利な情報屋だ。

純粋な日本人が擦り寄ってくるとき、純粋な心はたいがい見えない。少なくとも、陽秀明は見たことがない。

だから、陽は白石と、おそらくは魏老五が思う、魏老五と片桐の関係にはなれなかった。

片桐は魏老五の恩という名のバリアに包まれていた。だから爺叔なのだ。

が、白石はそういうわけにはいかない。白石は爺叔ではない。今でもだ。

だから、金の関係だけに終始した。扱いは、情報の売り買いをする下請けの一業者だ。
カウンターの中から前菜盛りとサラダが饗された。
サラダを桂林からの兄に、前菜を弟に回す。いつものことだった。
今は、昔ほどの量は要らない。
好きな物を、適量に。
それが、五十を過ぎてからの陽の好みだった。
〔俺たちで殺っちまいますか〕
奥から弟が、箸をくわえたままそんなことを言った。不作法極まりない。
〔そうです。みんな、ビビりすぎですよ〕
兄もサラダを頬張ったまま言葉を添える。まるで駱駝《らくだ》のようだった。
この二人は、爺叔の息子が魏老五の事務所で舞った、あの雛祭りのときは不在だった。
横浜まで、向こうのチャイニーズと半グレの抗争をからかいに行っていたらしい。
〔おい。今の言葉、他で言うなよ〕
聞き流そうとも思ったが、言葉の方が先に出た。
放っておくと、この兄弟は調子に乗る。
飯の時間、至福の時間の邪魔はご免だった。
〔え、でも。陽さん〕

〔黙って食え〕

自分で言って、笑えた。

下げ渡された白石と初めて二人で会ったときだ。初めて情報を買ったときだったか。とにかく、リニューアル前のこの店のカウンターだった。

――飯の間は、黙って食べるね。

そう命じた。

以降、白石は会食のとき、常に静かだった。

心は見えなかったが、白石は陽の言ったことを忠実に守り、履行した。

今回も、そんな流れのつもりだった。

〔名刺代わりといこう。秀明、竜神会の坊ちゃんの近くに、この役立たずを晒しておけ〕

江宗祥の始末を魏老五に任されたときのことだ。

どうしたものかと、陽は林芳に相談した。林芳は切れる。信頼していた。

すぐに段取りの提案してくれた。十年前に新宿のチャイニーズから流れてきた男だが、拾い物だった。

その日、ちょうど白石が姿を見せた。

「なんです。陽さん、どうかしましたか」

難しい顔をしていたかもしれない。

「江宗祥の馬鹿が、下手を打ったね」

それならと、白石は自分から後始末を買って出た。

買って出るとは、もちろん無償ではない。

買った奴に金を払う。

日本語は難しい。

「そうねえ」

白石も使える男だが、林芳ほど信用は出来なかった。日本人なのだ。

すると、

〔いいじゃありませんか。最後で手を汚さないで済むなら、やらせましょう。日本人に〕

すぐに林芳が段取りの変更を提案してくれた。

江宗祥は、すでに生きて戻れないところまで追い込んであった。

ただ最後に、ほんのちょっとだけ殺さなかった。そこからがたしかに、俗に言う危ない橋の本番ではあった。

白石に任せることにした。

任せたはイコール、かぶせたでも同じだ。

なにもしないでもいい。真っ裸の江を平和島付近の川に浮かべるだけでいい。

そんな話で振ったが、それでも共犯、いや、結果としては、最後に手を下した立派な殺人犯だ。

すべての最終確認は、林芳自身が行った。

経過はどうあれ、江は無事に運河に沈んだという報告は受けた。

白石への報酬は、週明けの二十七日に振り込んだ。

すると、月をまたいで白石がまた事務所に顔を出した。

「色を付けてくれませんかね」

珍しいことだった。

金額を取り決めてあったわけではないが、今までもそうだった。振り込んだ金額に対して、白石が文句を言ったことなど一度もない。珍しいことだった。

もちろん、言わせないだけの額を常に支払ってきたという自負もある。

たかが日本人の情報屋に、だから中国人はと言われるのは我慢出来ないことだった。

ただ、今回は実際には殺しだ。金額は破格にはなるだろう。

破格は、たしかに格を突破する、つまり青天井を意味するかもしれない。

日本語は難しい。

「いくら欲しいか」

聞いてみた。けち臭いことは言いたくなかった。

「じゃあ、お言葉に甘えて」

白石の口から出た額は、法外だった。

「白石さん。足元を見る気かね」

白石は笑った。

「そんなつもりはない。陽さんには、世話になったと思ってるよ」

引退しようと思ってな、と白石は続け、煙草を取り出した。

赤いボックス煙草だった。

「陽さん。退職金だと思ってもらえると有り難いんだがね。そんなつもりで、江宗祥の始末を引き受けたんだ」

付き合いは長くなったが、真に受けるほど深くはない。

白石はたしか魏老五や片桐より少し上の、まだ五十六、七歳か、それくらいのはずだ。

退職金、引退。

冗談ではない。

枯れるにはまだ早い。

いや、白石のような男は、死ぬまで枯れない。

日本人は、信じられない。

「わかったよ。近く、一杯やろう。そのときまでに用意するよ。退職なら、なにかプレゼントも用意するよ」

それから、林芳に見張らせた。

そんな折りだった。

白石が死んだのは。

けれど、事態はなにも変わらない。

なんといっても、白石は日本人なのだ。

死んだからと言って、油断はできない。

日本人は、死んだ後も信用できない。

三

絆の元に〈自堕落屋〉の社長、奥村金弥から連絡があったのは水曜日だった。

――明日で一週間だ。来い。じゃあな。

簡単な電話だった。

いや、簡単過ぎると、かえって面倒臭いと知る。

「ちょ、待った」

――なんだ。

「いつ来るかとか、聞かないんですか」

――すぐ来ないのか。

「行けません」

実際、書類の整理が終わらなかった。

絆のではない。ＱＡＳに端を発する引き継ぎの、前任者が溜め込んだ分だ。

普通、コンビで動くことが捜査のルールであり、本庁に引っ張られた捜査員にもバディはいた。

が、ステレオタイプというか、悪徳とずぼらは相関かも知れない。溜め込んだ書類は、バディ一人一人では到底終わらない分量だった。

かくて、金田亡き後は基本、フリーで動く絆に白羽の矢が立つ。しかも、実はこの件だけではない。

聴取を受けている捜査員は何人もいた。それらのすべての残務に、おそらく絆は関わらされていた。

「第一、奥村さん。俺だって出張とかで、遠方に行ってることだってあるかも知れませんよ」

――ん？　出張で遠方なのか。

「いえ。池袋ですけど」

──なにを言いたいのかわからんな。だから人間は難しい。

だったら会おうとしないで、この電話ででもメールででも情報をくれればいいと思うが、直接来ない奴は信用しないと、これは奥村の信念のようだ。

──そう見えないけど、あいつは人好きなんだろうねえ。

金田の言は、的を射ているのだろう。強引にしてマイペースなのは玉に瑕《きず》というものか。

やけにでかい瑕のような気はするが。

「とにかく、明日の午後にはなんとかお邪魔します」

──わかった。

「時間はですね」

──気にするな。いつでもいる。

と、そんな約束だけはした。

実際に、時間を決めていたら危ないところだった。

午後には、という言葉は嘘ではないが、夕方になった。

普通なら怒るところだ。

（いや。怒らないでいてくれる人もいたっけ）

〈ティアドロップ〉の犠牲になって療養中の星野尚美は、かつての絆の彼女だ。

いつも遅刻の絆を、文庫本を読みながらいつでも、いつまでも待ってくれた。

そんなことを思い出すのも、中野のサンモールとブロードウェイに絆が観るノスタルジーのせいかもしれない。

〈自堕落屋〉の七階にあがってマグネットシートを探す。

社長室は、奥にふた部屋ばかり移動していた。

「来たか」

奥村も良いか悪いかは別にして、怒らない男だった。

相変わらず顔は見えず、絆が座るスペースもない。

前回同様、愛嬌のある女性が淹《い》れてくれたコーヒーの立ち飲みも変わらなかった。

「で、なんです」

「そこに置いた」

奥村が指差す方には、分厚い紙の束があった。それが、頼んだことに対する答えのようだった。

「拝見します」

パラパラと確認する程度だが、個々人の来歴に関するデータは表も裏も広く、特に人物に裏があれば、驚くほどに深かった。

正確には二十六人の照会を頼んだ。不明として返されたのは余智成《よちせい》、向浩生《こうこうせい》という、おそらく中国人二名分だけだった。残る二十四人分はすべて揃っていた。

興信所に頼めば一人分だけでも数万は取られるくらいのボリュームだった。

これで一回五万円は激安だ。

というか、金田に言われていなければ、一体いくら掛かるのかと空恐ろしくなるほどの内容だった。

「有り難うございます。凄いですね。これなら一週間待てと言われたのも納得です」

「――はあ?」

奥村が肩口からほんの少し、絆の方に顔を動かした。

高い頬骨と、なお高く尖った鼻梁《びりょう》が見えた。

「なんだ、それは」

「え? いえ、なんだっていわれても」

「こんな物に俺が一週間掛けたとでも思っているのか。一週間は頼まれ事の難易度ではないと言ったはずだ」

「ええと。――すいません」

よくわからないが、付き合いの距離感がつかめない以上、頭を下げた。

わかればいいと言う奥村に五万円を渡そうとして、ふと思い出す。

奥村のペースに巻き込まれ掛けていた。

「別にお願いした件はどうでしたか」

これは、白石と五条の件だ。

――白石な。ＧＷの最終日ってぇかな。新千歳までの航空券を予約していたようだな。

少し前、大河原がそう話していた。

ＧＷの最終日は五月七日だ。

――私なんか昨日、蟹三昧の北海道から帰ったばっかりやで。

五条国光はそう言った。

国光の言った昨日はすなわち、五月八日だった。

同じ北海道。七日の晩なら会うことが可能だ。

白石が新千歳行きの航空券を予約したのは、五条国光に会うためかもしれない。

絆が奥村に頼んだ別件は、このことの実証にして目的の確認だ。

「わからん」

実に堂々とした物言いだった。

言葉とは裏腹に、なにかわかった気にさせられるから不思議だ。

それで反応が少し遅れた。

「――え？」

「わからんと言った。聞こえなかったか」

「いえ。聞こえはしましたが。凄いはっきりと」

「だから、まさにそのことなのだ」

一週間掛かったのは、と奥村は天井を睨んで腕を組んだ。

悔しげだった。そんな表情は垣間見えた。

目は二重で、わりとドングリ眼だった。

「お前に頼まれた人物照会などは、あの日のうちに大半のことを終えていた。余智成と向浩生か。不明なのもいたが、それはもうその通りだ。偽名か表記が間違っているか。とにかく情報がないものは追えない。そんなものではなく、俺が一週間掛けたのは、この別件の方に目鼻を付けるためだ。こっちはあるところまでは追えた。だから五年前まで遡ってみた。その間に白石が飛行機や新幹線に予約を入れた目的地と、五条国光の周辺が取った旅館やホテルの日時が何回か重なった。けどな、そこまでだった」

奥村はまた、顔をPCのモニターに向けた。

「収穫はなにもなかった。その後のそれぞれの行動にも、色々とキーワードを入れてみたが共通項が少ない。だから、なんのために会ったのかがまったく見えない。逆算として、本当に会ったのか自体が怪しいくらいだ。会ったのだとしたら、極秘の極秘か、大したことない気紛れ、よほどの仲良し。いや、この最後のはないな。冗談だ。笑ってくれていいぞ」

「はあ」

「とまぁ、俺の潜ることが出来る階層までじゃあ、五条国光には少し浅いようだ。うっすらとしか触れなかった。さすがと言えばさすがだが、白石という男は逆に、ネットの世界ではそもそも薄い。生身で生きている昭和の人間だな」

「ああ。そういうものですか」

すまない、と奥村は正面に向かって頭を下げた。

よくわからない動きだ。

モニターの中、あるいは壁の向こうに仏壇でもあるのか。

「ただ、俺で駄目なら日本国内のハッカーじゃあ、たいがい駄目だ」

「へえ。凄い自信ですね」

「実績だ」

眩暈《めまい》がする。

どうにもまだ、会話の緩急はつかめなかった。

「俺を超えるのは、そうだな。この国でも、さらに狭い領域になら何人かいる。フリークってやつだ。自衛隊、陸自にいる小太りの変態なんかはいい例だな。お前がどうしても五条の深部に拘《こだわ》るなら、まあこの国では、ダニエル・ガロアにつながる筋が一番強力だろうが、チャンネルはそう多くない」

「うわっ」

瞬間的に絆は仰《の》け反《ぞ》った。

聞いたような名前は、闇への呪文のようなものだった。

「俺もひとつしか知らない窓口、紹介しようか。金は俺の百倍以上掛かるが」

奥村はあっさり言ったが、絆は即決で断った。

金の問題は別にして――いや、重要だが、例えばそんな呪文を唱えたとして、魔方陣から現れるものは想像できた。

往年の大スター、芦名《あしな》ヒュリア香織《かおり》によく似た、中東の風が匂うような色男だ。

――呼んだ？

絆は大きく首を振り、奥村の脇に五万円を置いた。

奥村は特に、見もしなかった。

ただ――。

「カネさんは、一ケ月に一回は五万をくれたな。いや、これは金の話じゃあないが」

「有り難うございました」

絆は一礼し、奥村の部屋を後にした。

鴨下の方も回るかと考えながら一階に降りれば、〈自堕落屋〉の外には鮮やかな夕景が広がっていた。

「一ヶ月に一回か」

五万円は痛いが、それが奥村との関係を作るのだろう。

金の話ではないと奥村は言った。金の話ではなく機会、触れあい、目的、もしかしたら、生きがいにまで通じる話かもしれない。

奥村は頼まれ事が、つまりは人と会うのが好きなのだ。

「あれもこれもだけど、仕方ない。大利根組の束脩は、断固とした値上げ交渉といこう」

と呟き、絆は別のことも思い出した。

ちょうど、歩行者信号が赤に変わったばかりだった。

携帯を取り出し、メール画面を起動した。

二日後の土曜、絆は非番の予定だった。

喫緊の事案がなければ、バグズハートの久保寺美和と約束した、家庭菜園の手伝いの日だ。

〈第三石神井区民農園〉

絆は送信先に手塚とゴルダを設定し、少し考えて高遠と宗方のアドレスも加えた。

なにごとも効率化の世の中だ。

一斉メールを送信すると、信号が青に変わった。

渡り切る前に携帯が振動した。

〈結局、農作業もですか〉

異様に早い、高遠からの返信だった。

四
〈第三石神井区民農園〉への集合は、朝の六時半だった。

午後には天気が崩れる予報だったので、全体の作業スケジュールを朝方にシフトした恰好だ。

その分、午前中はよく晴れて暑いほどだとニュースで言っていた。

「ええと。本日はお日柄もよく――」

お日柄がよくないから朝七時からなのだが、集まった面々を前にして絆は頭を下げた。

軍手に麦わら帽子がやけに板に付いたゴルダと、区民農園の駐車場まで車で来たスウェット姿の手塚と、徹夜作業のまま来たというスーツ姿の高遠が並んだ。

公安外事のもう一人、宗方は来ないわけではなく、朝方のスケジュールにどうしても都合がつかないということで、昼前には顔を出すと聞いていた。

そのほかには十人以上のご老人がいたが、こちらは早起きが基本だ。五時半過ぎには大半が農園に入り、絆たちの到着前に、ラジオ体操やら散歩やらで、すでにひと汗もふた汗も掻いたらしい。

ちなみに、このラジオ体操は本放送ではなく、スマホの録音データに軽量スピーカをつないだという。

昨今の老人はとても元気にして、ハイテクだ。

美和の姿はまだなかったが、まったく問題はない。土曜で保育園が休みということもあり、一人息子を連れてくるという連絡はあった。それで少し遅れるという。

絆が朝の挨拶となぜか手順の説明をするのは、そんなわけで美和の代理だ。だいたいの流れは、電話で説明されていた。

「では、今話した通り、今日はまず腐葉土のすき込みから始めます。そのあとは畝《うね》作《づく》りになるって聞いてますが、それまでには久保寺さんも来るって言ってました。畝は植える物の種別によってぜんぜん変わるんで、勝手にやらないようにっていう注意があります。特に、斉藤《さいとう》さん、斉藤真三《しんぞう》さん」

はぁいと腰の曲がった老爺の手が水平になった。上がったということだろう。

「ええ、特に斉藤さんは気をつけて、人の言うことを聞いてって伝言です。周りの人も、よろしくお願いします」

ではご安全に、と工事現場の朝礼のように挨拶を締めれば、ゴルダが率先して畑に入った。

「ヘイ。ブラザー&シスター。こっちですよぉ」

ぞろぞろと老人はゴルダに従った。

二回目の気安さもあるだろうが、

――農業には、ストローハットですねぇ。ステイタス。出来る男に見えますねぇ。

と、前回の後、ゴルダは一人でペンギンマークの〈激安の殿堂〉に出掛けた。

出来る男かどうかはさておき、麦わら帽子は目印にはなった。

旅行会社の添乗員が持つ手旗のようなものだろう。

「おい」

みんなについて行こうとする、赤い目の高遠に絆は声を掛けた。

「はい?」

「その恰好でやる気か?」

「え?」

高遠は一瞬、怪訝な顔をした。どうにも、会話自体の反応が鈍かった。

「お前、いつから寝てないんだ」

「はあ。そうですねぇ」

高遠が考えながら、指を二本折ったところで絆は遮った。

「わかった。取り敢えず久保寺さんが来るまで管理棟のベンチで寝てろ。たしか軽トラに、白石さんの作業着とかが載ってたはずだ」

了解です、と高遠はふらふらと管理棟に向かった。

もう一人、手塚だけが残った。こちらは特に目も赤くなければどこか具合が悪そうでもなかったが、動かなかった。

「あれ。手塚さん。なにか」

「いえね。まあ、なにかといいますか」

頭を掻き、手塚は絆に寄った。少しだけ気が尖っていた。

「ギブアンドテイクの方ですがね。警部補の居場所というか、スケジュールの更新、ちょっと少なくありませんか？」

「あれ？　そうですか？」

空っ惚けはしたが、言われれば、ああやっぱり言われるかと思う。

――ギブアンドテイクとして、言える限りに所在を常に教えてもらえるなら、いくらでもお手伝いしますが。

この〈常に〉というところが、手塚に取っては重要な部分なのだろう。

対して絆はたいがい毎朝一回、その日の概略を送って、送りっ放しにした。日がな池袋で概略通りの日もあるが、当然、急遽変更して動き回る日もないではない。

「もう少し頻繁に知らせてもらえませんかね。いや、全部と言ってるわけではありませんよ。この言い方も、警部補、私はだいぶ譲歩してると思いますけど」

「あ、朝一回じゃダメですか」

「ダメと言いますか、ギブアンドテイクは結局、ギブとテイクの釣り合いだと思うんですが。警部補はこの農園の作業が、朝一回で釣り合ってると思います？」

考えどころだった。

「手塚さんは、この間の作業の次の日、九日ですか。どうなりました」

「筋肉痛で公休申請でした」

なるほど。朝一回ではさすがに恨み節も出るか。

「せめて午前午後で二回。出来れば夕方からもう一回。これくらいは連絡を貰わないと、これ以上はなかなか」

と、言いながら手塚は首を振り、下から見上げるように目を動かした。

この辺は交渉術の優劣ということになるだろうが、絆には手持ちの札はない。

単純に、農作業の男手が減るのはとても痛かった。

まだ何回かは手伝わなければならない気がする。

とすれば、せめて大物の植え込みが終わるまでは。

「全面的に、わかりました」

諸手《もろて》を挙げた。完敗ポーズで了解した。

それでようやく、手塚は畑に向かった。向かえば二回目の作業はゴルダと同じで、しなければならない手順も老人との付き合いも、すでに弁《わきま》えているようだった。

一時間も作業を進めると、ママチャリで美和がやってきた。後ろ用チャイルドシートに、荷物のように息子を乗せていた。

南大泉からは五キロ近くあると思うが、昨今の老人だけでなく、シングルマザーも元気だ。

「あら、また増えたのね。助かるわぁ。この調子でどんどん増えると、あっという間に終わるわね」

案の定、来るなり美和はそんな不吉なことを言った。

「東堂君。これ、うちの息子よ。大樹《たいき》」

抱え上げ、美和は子供をチャイルドシートから下ろした。

戦隊ヒーローのTシャツに半ズボン、Gマークのキャップを被った少年だった。半ズボンのポケットに両手を突っ込み、少し斜《はす》に構えていた。

「ほら大樹。ご挨拶しなさい」

美和に促され、大樹は右手をポケットから出し、キャップのツバに触った。

「うっす」

少しどころか多いにスカした感じだったが、美和は特に気にしなかったようだ。

「大樹、言っておいた通りに、お爺ちゃんお婆ちゃんの言うことをよく聞いてね。あなたも手伝いよ。ママはママで忙しいから」

自分がしなければならないことの方に気が行っていたというのもあるだろう。

「東堂君。今のところ大丈夫？」

「ええと。問題なく進んでますが」

「怪我《けが》とかは？　誰も？　具合が悪くなった人は？」

「いえ。まったく」

どうにも、重役出勤の現場監督と主任のようだ。

いや、名主の名代《みょうだい》と小作か。

「そう。なら、私はこのまま会社に行って、軽トラでＤＩＹに行くわね」

「了解です」

この段取りも聞いていた。今日植え込む種苗《しゅびょう》を買ってくるという話だった。

この季節ならシシトウや茄子《なす》、枝豆などの実野菜がいいという。葉野菜は、初心者には害虫対策が難しいらしい。

高温多湿に弱いプチトマトや胡瓜《きゅうり》も、春から夏に掛けての栽培は初心者には難しいようだが、

――これはね。家庭菜園のステイタスだから。

と前回のとき、美和は自分にも言い聞かせるように強く言っていた。

家庭菜園イコールプチトマトは、なるほど聞く限りに絆にも定番に思えた。だから、外せないらしい。

「出来るだけ元気なのを吟味しないといけないから、少し時間が掛かるわ。そうね——」

美和は時間を確認した。八時過ぎだった。ＤＩＹの営業開始は、休日は八時半だった。

「ちょうどいいわね。行ってくる。あ、ついでに十時のお茶も調達してくるわ。もし遅れるようだったら連絡入れるから」

じゃあよろしく、と手を振って美和はママチャリにまたがった。

大樹を下ろしたせいか、来たときよりスピードが上がったような気がした。

「じゃ、畑に行こうか」

声を掛けるが、大樹はポケットに手を入れたまま動かなかった。

「ん？　どうかしたかい？」

声を掛けた。

「なあ。白石のオッサン、死んじゃったんだろ」

「え。さ、あねえ。どうかなあ」

どう答えていいものか、一瞬の判断はつかなかった。

「嘘、下手だな。お前」

口元に浮かぶ微笑み《ほほえ》は少し、大人びたものだった。

「じゃあ、俺が頑張らないと」

大樹は下を向き、小さな手に拳を握った。

「頑張る？　なにをだい？」

「オッサンとの約束だから」

勢いよく振り上げた顔は、真っ直ぐ絆を見上げた。

いい目だった。男の目だ。

「お前。ママに手を出すなよ」

思わず、笑えた。

戦隊ヒーローのＴシャツに半ズボン、Ｇマークのキャップで、少年は少年なりにママを悪の手先から守ろうとしているようだ。

「さぁてな」

キャップのツバをつまんで、押し下げた。

大樹がよろけた。

まだ幼く、その程度の力しかない。

「なんだよ」

大樹がキャップを直し、睨んできた。

「ママに手を出されたくなかったら、身体を鍛えることだ。畑はいいぞ。一生懸命手伝えば、すぐに強くなれる」

「本当に」

大樹は素直に反応した。

本当だ、と答えることに抵抗はなかった。

黙っていても、子供はすぐに大きくなる。

よく動けば腹が減る。眠くなる。

そうなれば自ずとよく食べ、よく眠る。よく育つ。

健《すこ》やかに伸びやかに、真っ直ぐ育て。

それが子供にとってはなによりの強さで、親にとってのなによりの願いだ。

五

週明けの日曜は、夜明け前からの雨が昼過ぎまで降り続き、少し肌寒い一日だった。

(天気がなあ)

隊本部で書類整理に没頭しつつも、雨が気になった。

前日の区民農園での作業は順調に進み、種苗もいくつかは仕込み終えた。老人たちも水遣りやら、これからは日々の作業が忙しくなるはずだった。

（みんな、風邪引かなきゃいいけど。地植えしたばっかりのトマトも）

そんな気掛かりを思うくらいには、土と美和と、区民農園に集まる老人たちに馴染んだ気がした。

この日は浜田の指示で雑務に応援があり、絆のデスクの上も一気に片づいた。

夕方までに片づけると、他に急ぎの案件はなかった。

東脩、というういやらしい言葉が頭に浮かんだ。明日の朝がやけに早出になるが仕方ない。目の前の現金をおろそかにしては、剣の師は出来ない。

やおら、壁に掛かった時計を見る。六時過ぎだった。

携帯を取り出し、まずはメールを打った。約束通り、手塚にだ。

〈今から成田。明日は始発で赤坂署に出て早朝稽古です。来ますか〉

送信したが、特に手塚からのレスポンスはなかった。

「隊長。遠い方に帰ります」

立ち上がってジャケットを羽織った。

胸の内ポケットにまだ、備前長船の笄が入ったままだった。

これもついでに、帰ったら忘れず返そう。

「ほぉい。ご苦労様ぁ」

浜田の間延びした声に送られ、隊を出る。感じられる気配は、ひとつだけだった。

「もしかして、成田までついてくるかな」

実験的な好奇心が湧いた。

駅に向かいつつ、電話を掛けた。大利根組の事務所だ。さすがに、組対本部でヤクザの事務所に電話をするのは気が引けた。

――はいよ。大利根。

日曜でも変わらず、いつもの野原《のはら》が出た。

暴対法以降、〈組〉まで言わないのは親分の蘇鉄に叩き込まれている。文字通り、言うと叩かれた。今年四十一歳の野原は大利根組では代貸格になるが、事務所の電話番でもある。

この電話番は他の若い衆に言わせれば野原の別称だが、叩かれて覚えた野原以外、蘇鉄に言わせれば、

――叩いても覚えねえんだ。野原以外はよ。

と言うことだった。

「野原さん。これから帰る」

「おっ。若先生っすか」

「いつも通り、手の空いてる者集合ってことで」

「了解っす」

大利根組の稽古は、常に時間が不定期な絆の都合次第だった。

それでも大利根組の面々は、律儀にきちんと来る。ヤクザの模範というか、良いヤクザの鑑《かがみ》だ。

池袋から山手線に乗り、日暮里《にっぽり》で京成線《けいせい》に乗り換える。

JRを降りた瞬間から、後追いの気配はなくなった。諦めて去ったか、成田と見極めて離れたか。

京成線のホームは混雑していたが、ちょうど来た快速特急に間に合った。

絆が成田に着いたのは、八時をだいぶ過ぎた頃だった。乗り継ぎも順調でなんの問題もなかったが、ここまで二時間近く掛かった計算になる。

やはり、成田と池袋は遠い。辿り着いた成田の駅から、押畑の我が家もまた遠い。

絆は駅に隣接の月極駐輪場に向かった。契約のロードレーサーが停めてあった。G‐SHOCKで時間を確認する。

「うん。頃合いだね」

家までは、長い上り坂を計算に入れても二十分程度だった。慣れた道だ。到着はちょうど、成年組の稽古が終わる頃になるだろう。

成年組には、手を動かすより口を動かす方が忙しい薙刀《なぎなた》の婆さんが多い。会わずに済むなら、それに越したことはない。好き嫌いの問題ではなく、会って話が長くなると大利根組の稽古時間に関わり、もって絆の束脩に響く。

ちなみに、この日は日曜だから確実に少年組と成年組の稽古はあった。

金曜と土曜は、少し前までは典明のキャバクラ通いによって稽古はなかった。昔はあった。いつ頃までかと言えば、祖母が健在だった頃までだ。最近は、どうやら不定期だと聞く。

少しだけ典明が改心したのかと思えば、そうではない。

月々単位で変わる、典明お気に入りのキャバ嬢の出勤スケジュールが、正伝一刀流の稽古日を決めるのだ。

急ぐ理由もなく、五月の夜風に吹かれてペダルを回す。

雨の余韻はどこにもなかったが、近く、小橋川の匂いは強い気がした。

竹垣が組まれた玄関口の冠木門《かぶきもん》から、ロードレーサーを敷地内に滑り込ませたのは九時が近い頃だった。

家は土地に這いつくばるような木造平屋建ての古民家だ。築七十七年は経つ。

時間的には、成年組の稽古も終わってだいぶ経つ頃合いだった。婆さん連中の気配はなかった。

その代わり、竹刀を打ち合う小気味いい音も聞こえない。

聞こえないが――。

家の奥が、なにやら別の意味で騒がしかった。バタついていた。

「俺じゃねえって言ってるじゃねか！　って何度言ったらわかんだっ。ですかねえ。このクソ爺いの大先生っ」

なぜか必死に訴える蘇鉄の声が響いた。

怒りは十分に聞こえたが、言葉は無礼と礼儀が混在して無茶苦茶だった。

「あれ？」

絆は稽古着への着替えもそこそこに、奥へと急いだ。

果たして道場の入り口では、刺子の道着に着替えた大利根組の面々がオタついていた。

野原と二十二歳コンビの吉岡《よしおか》と永井《ながい》、それと半農半ヤクザの今時珍しい四十過ぎの東出《ひがしで》の四人だった。

声が聞こえた以上、そこに蘇鉄を加えて、今日の大利根組は五人だった。

一人一回の東脩は五千円だから、締めて二万五千円かと即座に計算してしまう自分を、絆は反省はしないが自覚した。

剣技武技はどう言葉を言い繕っても、成立の昔から武芸者の身過ぎ世過ぎでしかない。

「どうしたの？」

絆は一番手前にいた野原に声を掛けた。声を掛けなければだいたい、道場に入れなかった。

「あっ。こりゃ、若先生。いえね、どうもこうもねえってもんなんですが」

代貸格にして大利根組の電話番は、実に簡単に事態を説明した。

備前長船の笄がない、と典明が騒ぎ始め、蘇鉄コラどこにやった、と問い詰めている最中だという。

「ほら。年度末にうちの親分が、若先生の代理として剣舞披露ってんで真剣使ったじゃねぇですか。そんときしか有り得ねぇってんで、大先生が怒ってんです」

「うわっ」

どうにも、絆の背筋に冷や汗が流れ落ちる事態だった。

蘇鉄が疑われるのは小田垣管理官に絆が顎で使われたとばっちりだが、そもそもの原因、備前長船の笄は絆が持っている。返すつもりではあったが、今さっき自室に脱ぎ捨てたジャケットの内ポケットの中に入ったままだ。

「だから、だ。コラ蘇鉄。こっちだって何回も言わせるな」

典明の怒声が響いた。

鍛えた声だ。張らなくても人の心胆に響くから始末に悪い。

絆はビビり捲る子分衆を掻き分けて前に出た。

正座で対峙する、稽古着の典明と蘇鉄がいた。

「今なら許すと言っているのだ。正直に出せ。オラ。ここに出せ」

典明は言葉をつなぎ、床板を手でバンバンと叩いた。

「知らねえったら知らねえんだ、っすよ。呆けっ、大先生っ」

子分衆と違い、言葉は変だが蘇鉄も負けない。さすが高弟だ。

いや、そんなことはこの際、置く。

「おい、蘇鉄。〈サンシャイン〉のマナちゃんか」

典明の言葉に、蘇鉄がわずかに反応した。

「し、知らねえ。知らねえよぉ」

「ぬっ。ならば〈トロピカル〉のアスカちゃんか。アスカちゃんだな！」

「知らねえ。言わねえ」

「おっ。ならまさか、〈バンビーナ〉の恵子《けいこ》ちゃんか。いや、あれはやめておいた方がいい。化粧の魔術だ。黒服の健二《けんじ》に拠《よ》れば、うちの絆よりでかい息子がいるらしいぞ」

「げ、そんなのが。――い、いや。そんなのがじゃねえ。そんな話じゃねえでしょう」

蘇鉄も力任せに床板を叩いた。

「なんだ。単純に失くしたのか」

典明は腕を組んだ。

蘇鉄は床板を叩き続けた。

「だからよぉ。大先生、疑うってのがそもそもふざけんじゃねぇやってお話のお話で」

「喧《やかま》しい。床板を叩くなっ」

「叩かせてるのはどっちだ、大先生！」

一触即発の、実に面白そうな雰囲気だった。

どうにも、正伝一刀流と成田駅前のキャバクラの繋がりは切っても切れない。

絆も湯島で発見するまでは、典明がキャバ嬢にプレゼントでもしたのではと疑ったものだ。

「わ、若先生」

東出が声で背中を押した。

そうだった。面白がっている場合ではない。

絆は道場に進み出た。

剣の道に夢を懸けた兵の霊威も染み込んだ道場だ。踏み込んだだけで心身が浄化され、背筋が伸びる気がする。

(正直に言うか)

そう決めた、矢先だった。

渡邊家の勝手口からエプロン姿の千佳が顔を出し、

「ねえ、典爺。これ食べる？」

と、湯気の立つ鍋を抱えてこちらにやってきた。

セミロングの黒髪を後ろで束ねた、愛らしい顔立ちがエプロン姿で際立った。

「あら。帰ってたの？」

絆を認め、千佳は縁側に鍋を置いた。

そのまま、黒目がちな瞳が左右に大きく動いた。場の雰囲気を察したようだった。

「ねえ、絆。なにかあった？」

口を開き掛けるが、道場の外からする、野原の声の方が早かった。

「うちの親分が弁を失くしたってんで」

「俺は失くしてねぇぞ。こん畜生。それでも子分か。俺を信じろ」

「親分、うるさい。ねえ、野原さん。弁ってなに？」

千佳が聞いた。

いやな予感がして、すぐに確信に変わった。

そう言えば、湯島で弁を発見したのはコロコロを転がす千佳だった。

野原が千佳に状況を簡単に説明した。

「え。ねえ絆。それってこの前、湯島でゴルちゃんの引っ越しのときの――」

なに、と典明を始めとする、全員の目が集まった。

続く千佳の言葉は、なんとなく絆にはわかっていた。

絆の決心は消し飛んだ。

「ああ。そうだ、そうだった」

千佳の口を封じるように絆は言葉をかぶせた。

「ゴルさんが持ってたっけ。なんか荷物に紛れちゃったみたいでさ。はは」

咄嗟に出る嘘、いや、可愛い出任せは人の弱さ。

いや、孫の弱さだ。

負い目引け目は、典明の本気の怒りを叱りに聞き、よく怒られては泣いた幼い頃に絆を引き戻す。

――こら。絆！　またお前はっ。

祖父はいつまでも祖父であり、絆はいつまでも孫だ。

すべてを理解した千佳の白い目。これも懐かしい。

「へえ。ふうん」

おしゃまな世話好き。

同じ齢はどうしてもお姉さんになる幼い日々。

幼稚園の入園式の日、

――少し早く生まれただけでしょ。それでお姉さんだって、僕、千佳ちゃん嫌い。

そんなことをエプロン姿の祖母、多恵子《たえこ》に言ったことを思い出す。千佳もエプロン姿だからか。

多恵子にも重なって見える千佳の冷たい視線から慌てて目を逸らし、ひとまずこのまま、今回は笄を持って帰ろうと決める。

(ゴルさん。ちょっとだけ悪者だ。ごめん)

ゴルダは話の分からない男ではない。

きちんと話せばゴルダはきっと、

――………。

まあ、絶対に許してはくれないだろう。

六

翌朝は本当に早かった。

どのくらい早いかというと、七十七歳の典明と寝覚めがほぼ同じくらいの早さだ。だいたい、四時起きはまだ日の出の前だ。隣の渡邊家が庭で放し飼いにしている鶏もまだ鳴かない。

駅までは長い下り坂になる分、帰宅より時間は短縮できるが、それにしても、京成成田の始発に乗るためには、四時半前には家を出なければならない。

成田に帰ると翌朝が早いのは常だが、この日は特別に早い。

もっと連絡を密にすることが手塚との区民農園バーターだが、この朝の早さは、高遠や宗方とのバーターだった。

――じゃあ、次の稽古をお願いしていいですか。日時は、そうですね。

と、代表して高遠に指定されたのがこの朝の、赤坂署の道場だった。

二人が揃って稽古に参加できるのが、近々ではこの月曜日しかないという。

その条件で探した道場が、前回本庁舎での稽古にも参加した香取《かとり》という刑事が勤務する、赤坂署の道場だった。それなら俺もと意気込んだらしい香取のスケジュールも加味すると、稽古はこの日の朝一番、と勝手に話はまとまった。

――朝六時半、赤坂署。時間厳守でお願いします。

バーターも善《よ》し悪《あ》しで、結果、こういう面倒臭いことになることもある。

四時台は当然、起きることに全力で、飯など食う余裕もなく外に出る。

「うわ」

成田名物とも言われるが、濃霧の朝だった。おそらく二十メートル先になると、もうなにも見えない。

「これはちょっとなんか、ヤバいな」

下り坂をかっ飛ぶ気でいたが、危険かも知れない。

そんなことを考えながらロードレーサーにまたがる。

と、

「お早う」

隣の玄関から、スウェットにパーカーのラフな恰好で千佳が出てきた。

千佳は日系航空会社のグラウンドスタッフとして成田空港で働いている。

日系の航空会社は、外資系と違ってシフト制だ。早朝勤務もあれば、深夜の出番もあるという。

そんな航空会社と、それ以上に過酷なシフトの警視庁。

相性は極めて悪い。

千佳と別れた原因、すれ違いの元凶は、間違いなくそこにある。

「おう。早いな」

「そっちこそ」

「仕方がない。カイシャが遠いからな。おっと」

G‐SHOCKを見る。四時半に近かった。

東雲《しののめ》の空が、ほんのりと暖かみを増しているようだった。もうすぐ、日の出を迎える頃合いだ。

渡邊家の庭で、元気よく鶏が鳴いた。

「じゃ」

「あ、絆」

ペダルを踏もうとすると、呼び止められた。

「ん？」

「はい。これ」

千佳の手から放られたのは、ラップに包まれた大きな握り飯だった。まだ温かかった。

「どうせ、朝ご飯なんて食べてないんでしょ？」

「助かる。サンキュー」

見送られる形で押畑の小道に滑り出た。

なぜか背筋がこそばゆく、胸が疼《うず》いた。

こういうのも、悪くない。

国道に出ると、いったん登り勾配にはなるが、すぐに緩く長い下り坂が始まる。

絆はラップを解き、握り飯にかぶりついた。炊き立ての白米はおかかまぶしで、中には焼きシャケも入っていた。食べる箇所によっては仄《ほの》かに梅も感じた。実に贅沢だ。

千佳が起きたのは、間違いなく絆より先だろう。

「あれ、でも」

ラフな恰好だった。ノーメイクだったような気もする。

もしかしたら早番などではなく、千佳は絆のために起きてくれたのかもしれない。そもそも渡邊家の真理子《まりこ》・千佳母娘には、祖母を亡くしてからの典明の世話を頼みっ放しだ。

(ますます、頭が上がらなくなるな)

握り飯以上に、胸が温かだった。

国道の長い坂を、絆はノーブレーキで下った。

四時台はまだ暗く、濃い霧もあってか走行車は今のところ皆無だった。

前方からエンジン音が聞こえてきたが、カーブの遠くでまだライトも見えない。乗用車のようではあった。

やがて、待つほどもなく左カーブの向こうから車が姿を現した。

屋根上にうっすらと提灯《ちょうちん》のようなランプが見えた。成田に本社を置くタクシー会社の物だろう。

タクシーは、通常ライトの下にフォグランプを点けていた。それで普段より数倍眩しかった。

絆の視界は下から上がってきたその向きと、角度がちょうど合わさって一緒だった。

「うわっ」

思わず右手を顔前にかざした。

と──。

このとき不運にも、いきなり沸き上がった悪意が続いた。

タクシーのエンジンに隠れるようだったモーター音が甲高く響いた。

同時に、フォグランプに混じっていた人の気配が、独立した殺気になった。

当初から消す気で、意図的に抑え込んでいたものに違いない。

それにしても、普通だったら絆の〈観〉は逃しはしない。

薄明と濃霧と眠気と寝惚けと、腹に温かな千佳への感情のせいだったろう。

ようするに未熟にして、迂闊だ。

左カーブを曲がってくるタクシーの後ろから、単発のライトが絆に向けて分離した感じだった。

オフロード仕様のバイクだった。

およそ二十メートルの距離で、フルフェイスのシルエットも霧に浮かんだ。

左手に鉄パイプのような物を持っていた。

殺気がエアバッグのように膨らんだ。

濃くなれば、一目瞭然だった。

埼玉の公園墓地で感じた、あの殺気に間違いなかった。

「クソッ」

下り坂で、ロードレーサーもブレーキが間に合わないほどのスピードに乗っていた。

襲撃者が右方から切れ込んできた。

悪いことに、絆の左側は長いガードレールだった。

自ら殺意の方向に寄って行くしかないことが、無様にしてかえって笑えた。

距離が十メートルを切って、バイクのスピードが一瞬落ちた。

襲撃者がアクセルから右手を離し、鉄パイプらしき物を左手から持ち換えたようだった。

(絶体絶命、ね)

笑いが胆に落ち、剣士の覚悟となった。

そして――。

定めた剣士の覚悟は、自得の域ならば無想を生じる。

思わずして想う。それが無想だ。

無想は空にしてすべてを内包する、無限の力だった。

捨ててこそ、浮かぶ瀬も有れ。

身体は自然をもって動き、絆はロードレーサーのハンドルから手を離した。

ほぼ同時に、ペダルを蹴って後ろへも飛んだ。

自ら宙に浮いた身体は上向きにして、わずかながらにも重力に逆らい、数拍の自在を得た。

襲撃者の獲物は、もう鉄パイプで間違いなかった。

絆を狙って斜め上方から振り下ろされるところだった。

咄嗟に、絆は胸の内ポケットから笄を取り出した。

剣士の〈観〉に従い、鉄パイプを迎え撃つ。

ただし、小柄《こづか》にも満たない細く脆弱《ぜいじゃく》な笄の狙いは、太く固い鉄パイプそのものではなかった。

身をひねりつつ、空間にあって絆は斬り上げた。

百般に通じる正伝一刀流の、小太刀の型だ。

(南無っ!)

命の汀《みぎわ》、死との交錯はわずかな一瞬だった。

小さな銀の光が、濃霧ごと大気を斬り裂いた。

「おおっ!」

笄の一閃《いっせん》は狙い違《たが》わず、襲撃者の手元を引っ掛けた。

絆の狙いは最初から、レーシンググローブの手元だった。

笄の先端は尖ってはいるが、剣の切っ先ほど鋭利ではない。

その先端で鉄パイプを握るグローブを裂き、親指をかすめる。

鋭利ではない笄にしてそこまでの威力は、絆ならではだ。

彝は絆の超絶無比な剣技によって、襲撃者必殺の軌道をわずかに逸らし得たのだ。

それにしても――。

ギリギリだった。

鉄パイプは上を向いた絆の鼻梁から、二センチと離れない直上を通過していった。巻く風に冷たい亜鉛鉄の匂いがした。

九死に一生を得た瞬間だったが、まだ終わりではなかった。

絆の身体は宙にありながら、ロードレーサーのスピードで坂を下っていた。

車道との激突は目前だった。

「くっ」

彝を振り切った慣性のままに身体を捻転し、絆はアスファルトに右足を飛ばした。

地面に近づいた顔面がわずかに上がった。

左足も飛ばし、一気に上体を持ち上げた。

それで正中線、体幹に芯が入った感じだった。

前後に大きく開き、両足で踏ん張った。

鼻腔《びこう》に焼けたゴムの匂いが強かった。自身の靴底の匂いだった。

車の往来がなかったのはこの場合、なによりも幸いだろう。

「よっ」

最後はバク転で慣性の残りを吸収し、絆はアスファルトに着地した。
大きく息をつき、坂上の方向を睨んだ。
バイクはもう霧の中だった。
エンジン音さえ聞こえはしなかった。
敵だが、襲撃者の結果に拘泥《こうでい》しない去り際は見事と言う他はなかった。
「これがなかったら、危なかったたな」
絆は、右手の丼を見詰めた。
先端になにかが張り付いていた。
無想にあった絆にとって、丼は手の一部だった。
なにをどれほど裂き、なにをどれくらいかすめたかはすべてわかっていた。
張り付いた物は、最後に掻き取ったグローブの切れ端だった。
「また、ゴルさんに奢るか」
苦笑しながら坂下前方にロードレーサーを探し、絆は固まった。
「――こりゃ、奢るどころじゃないな」
ロードレーサーはガードレールと縁石の間に、見事に挟まっていた。
近づかなくとも大破していることは明らかだった。
絆の脳裏では昨晩の束脩、二万五千円に羽が生えた。

実際にはそれどころではなく、目の前で大破している愛車はもっと高かった。

要するに、大損だ。

「ぐわぁっ」

頭を抱え、車道の端にうずくまる。

しばらくして顔を上げると、坂上から来た車がクラクションを鳴らした。

千佳の軽だった。

「絆じゃない。なにしてるの」

ラフな恰好でノーメイクのままの千佳が、ウインドウから顔を出した。

助手席に乗って笑顔で手を振るのは、真理子だった。

「あれ。そっちこそ、なに？」

「うん。今日は休みでね。お母さんが銚子《ちょうし》漁港の朝市に行きたいって言うから」

「ああ」

スッピンもラフな恰好も、休日だから。

早起きは、朝市のため。

「なるほど。そういうことね」

色々、悩ましい朝だった。

絆は頭を掻き、千佳に笑い掛けた。

大破の愛車は後で所轄に頼むとして、今はしなければならないことがあった。

「悪いけど、駅まで送ってくれないかな」

いいわよぉ、と千佳に代わって、即座に元気な声で答えたのは助手席の真理子だった。

「その代わり、今度私も湯島に泊まりに行っていい？」

「えっと」

絆はすぐには答えなかった。

これもバーターか。

さて、このバーターは吉か凶か。

そのとき、東の空に大きく光が弾けた。

「ううんっと。そうですねえ」

絆の小っちゃな逡巡《しゅんじゅん》に関係なく、爽やかに今日一日が始まろうとしていた。

七

なんとか始発に間に合った絆は、厳守と念を押された六時半に余裕で間に合った。

「さて、一番乗りかな」

朝もまだ明けやらぬうちから色々あったが、その分気持ちに余裕もあった。

気分よく赤坂署に入った絆だが、道場に待つ事態には驚かされた。

――うぉおっす。

香取を筆頭に、おそらく赤坂署の面々が男女混合で十人以上いた。

「なんだこりゃ」

探せば、高遠は視線が合った瞬間に苦笑いで、宗方は視線が合う前から片手拝みに頭を下げていた。

「すいません。道場の使用申請を出したら、知らない間にこんなんなっちゃって」

寄ってきた香取は頭を掻いた。

「ふぅん」

朝も六時半から、やけに真っ直ぐな、輝くような目、また目ばかりだった。

どう考えても、今更帰れと言えるわけもない。

「だったら、――ああ」

「なにか？」

「いや、いい。忘れて」

束脩という言葉が浮かび、一瞬、七万は固いと邪心が鎌首を擡《もた》げるが、振り捨てる。

バーターは良いことばかりではないと思い知ったばかりだ。

それから一時間余り、絆は久し振りに竹刀を取っての稽古に没頭した。

大利根組との稽古は徒手空拳が常だし、ＧＷの高遠たちとの稽古は、もっぱら典明がつけた。

おそらく、竹刀を一ケ月以上は握っていなかった。

（やっぱり、いいな）

竹刀を握れば、剣士として覚める。その感覚を確認するだけでも、この赤坂署の稽古は絆にも有意義だった。

絆は嵐であり風であり、動かざる山でありまた、ただ水の流れだった。

その一挙手一投足が、特に赤坂署の面々には瞠目《どうもく》に値するものだったろう。

本当の意味で絆についてこられたのはおそらく、高遠と宗方の他には赤坂署から二人ほどだったか。

それでも全員が、最後までひたむきに竹刀を振るった。音《ね》を上げる者さえ一人もいなかった。その中に混じって立つだけで、絆も心身に新たな力を貰うようだった。

最後に絆は、正伝一刀流の剣舞を披露した。

感嘆と拍手は、床板を揺するほどだった。

――有り難うございました。

揃った礼は、熱を帯びて感じられた。

「こちらこそ」

これは、絆の本音だった。絆も礼に則《のっと》って頭を下げた。

シャワーを借り、赤坂署を出たのは八時半過ぎだった。

高遠と宗方の本庁公安外事第二課コンビ以外は、定時からそれぞれの勤務に就いている。

成田の濃霧が嘘のように、赤坂の空は晴れ渡っていた。

「お疲れ様でした」

道具の片づけを終えたようで、高遠も表に出てきた。

「いや。約束だからな。それに、こういうのも悪くない」

「そう言ってもらえると。でも、実際あの剣舞は凄みがありました。また、弟子が増えるんじゃないですか」

「それは、今のところは勘弁」

絆は即答した。

「毎日どこかの署で朝稽古なんてことになったら、成田の弟子が泣く」

ついでに自分の懐も寂しさに泣く、とは思っても言えない。

そりゃそうだ、と遅れて出てきた宗方が言った。高遠も頷いた。

「でも、こういう繋がりがまた、東堂さんの強みとなっていくんでしょうね」

「あ、高遠。それってなんか、上からものを言ってないか」

「いえいえ。とんでもない。事実を口にしたまでです」

高遠が笑い、宗方も笑った。いいコンビだ。

そして、いい弟子たちだった。

二人とは赤坂見附まで一緒に歩いた。絆は丸ノ内線で池袋に向かい、二人は同駅構内を歩いて永田町から有楽町線だった。

「ああ。遅ればせですが、ご依頼の件、一両日中には報告をお持ちするようです」

他人事のような物言いは気になったが、取り敢えず了解した。改札からの人の勢いに流された。

池袋には、九時半には到着した。

この日の監視の目は、一対だけだった。最近はもう、三対になることはなかった。二対も滅多にない。

そんな日の感触をたしかめながら、すぐには隊本部へ向かわなかった。

行きつけの喫茶店の前を通り掛かり、モーニングと書かれたボードを見ただけで、なんとも腹が鳴った。千住の握り飯だけでは、早朝の激闘から朝稽古までこなした肉体は保たなかった。

ワーカホリックと自他共に認める分、こういう細かな時間の融通は利く。

絆を組対の刑事と知るマスターは、

「警察は、肉体労働だものね。わかるよ。特に組対はね。わかるわかる。テレビでやってたから」

と過分に反応してくれ、常にハムエッグもトーストも倍増しで出してくれた。

新聞各紙にも目を通し、コーヒーも三杯を頼み、それもあって到着が十時半になった。

「うわっ」

大部屋に入ると、結構満ち足りたつもりでいた気分は一気に落ちた。

昨日、いったんは綺麗になったデスクの上に、またうんざりするほどの書類の束が載っていた。

いないとこうなるのねぇ、と庶務の女性の含み笑いに聞くのは、間違いなく真理だった。

長い一日になりそうな予感もたっぷりに、絆は書類整理に集中した。

気がつけば、正午を回っていた。何人かの弁当の匂いがした。

腹が減ってそれに反応したわけではない。

携帯が静かに振動したからだ。

高遠たちの上司、公安外事第二課の漆原警部補からだった。

「今からいいか」

鉄鈴のように、凛《りん》と響く声が聞こえた。

「うわっ」

絆は思わず椅子の背もたれを軋ませた。

「てことは、いつもの喫茶店ですか」

「なんだ。驚くことか」

近いのも、この場合は善し悪しだ。最近は慣れた手順ではあるが、まずは監視の目を切らなければならない。

「ちょっと時間が掛かるかも知れません」

「構わない。ちょうど昼だ。ランチを食って待つ」

それから、四十分ほど掛かった。

時刻は一時になろうとしていた。

喫茶店は七分くらいの入りだった。

一番奥の四人掛けの席に、場違いに鋭利な気配を放散させる男が座っていた。

いつもの席。いつもの青いネクタイ。

シャープな輪郭に細い目、太い眉。

ブレンドコーヒー。

それが、漆原英介《えいすけ》という男だった。

自分もマスターにブレンドを注文し、絆は奥に向かった。

「しばらくだ」

漆原とは、キルワーカーの一件以来だった。

そう言えば、あの一件の漆原ともバーターだったと思えば、少しだけ頬が緩んだ。

キルワーカーから成田の実家周辺を警護して貰う代わりに、自らの身体を餌とした。

思えば、凄まじいバーターだった。

「今日はな、高遠と宗方の代わりに来た」

「ああ。そういうことですか」

それで、赤坂見附での他人事な感じに合点がいった。

「部下と弟子、立場としてはどっちが重いんだろうな。あいつら、こっちの仕事は上の空で、お前に頼まれた方ばっかりだ。で、そろそろ働けと尻を蹴飛ばしたら、結果報告のお鉢が回ってきた」

「すいません」

「なぁに。お前が謝ることじゃない」

漆原はコーヒーに口を付けた。

ちょうど、マスターが絆の分も運んできた。口を付けた。

今日四杯目の、この店のコーヒーだった。

「それにしても、わざわざ漆原さんがっていうのは恐縮しますね」

「気にするな。ま、あいつらの気持ち、わからないでもないからな。俺もそういう関係で、あの人に使われてるようなもんだから」

漆原が言うあの人はJ、小日向純也警視正のことだ。

キルワーカー事件の折りも、漆原の裏には公総庶務分室の小日向警視正がいた。

今は湯島で同居のゴルダも、思えば伸ばした純也の指先に連なる関係だった。

――本庁の闇だ。

かつて、相棒だった金田は小日向をそう評した。また、

――君が本当にいずれ組対の光なら、どこかで必ず出くわすよ。

そうも言われたことを思い出す。

言えば漆原は闇の手先、いや、敬意を払えば使者か。

「光を見るか、陰を見るか。どっちが、じゃない。本来から言えば、どっちもなんだろうがな。最初に光を見た者には、闇は見えない。闇を先に見た人間には、光は眩し過ぎる。あいつらは先に、光を見たんだな」

俺たち凡人には、どっちかしか見られないのだな。俺はまず、闇を見てしまった。あいつらは先に、光を見たんだな」

「はあ。光と闇、ですか」

「そうだ。だが、どっちかじゃない。どっちもが本来は正しいんだ。警官ならばな」

清濁、酸《す》いも甘いも、そういうことか。よく大河原組対部長も口にする。

「お前はそうして、光の中で弟子を広げてゆく、きっと。これからどんどん、ああいう奴

らが増えてゆくんだな。ま、だろうと思うから、今日のところは俺が来た。久し振りに顔を見ておこうと思ってな。まだ俺は、お前の顔が見える。見えるうちにな」

漆原は上着の内ポケットから一本のUSBを取り出し、絆の方に押し出した。

「他に、なにか手伝うことがあったら言ってくれ。ああ、高遠たちはしばらく勘弁だ。こっちの仕事が滞る」

「有り難うございます。でも今は特に――」

言ったそばから思いつくことがあった。

「あの、なんでもいいんですか」

「ん？　ああ」

おそらく漆原は、少し笑った。

「光と闇が、ぶつからない限りな」

「じゃあ」

頼むのは白石と五条のことだった。気分としては、ダメ元だ。

「わかった、と言ってもいいが、自分で頼んでみればいいんじゃないのか。だいぶ、お前のことを気にしているようだぞ」

「いえ」

絆は首を振った。

「どうもまだ、あの人の人となりがつかめませんし。本当は、まだ早いって言われてましたから」

「ほう。早いか。誰に」

「誰にって言うか。遺言みたいなものです。カネさんの」

「ああ。組対の金田さん。そうか。それは、大事だな。重い言葉だ」

漆原はコーヒーを飲み干した。頃合いか。絆も自分のコーヒーカップを取り上げた。

「ああ、そうだ。東堂、今夜な。例のクイーンのミサイルがぶち当たるそうだぞ。〈トレーダー〉の本丸だってよ」

席を立ち、漆原はそんなことを言った。

「え。〈トレーダー〉、ですか」

思わず飲みかけのコーヒーを噴きそうになった。

「ああ。それはそれで、見物《みもの》だろう」

じゃあな、と言って漆原は喫茶店を出て行った。

「ふうん。〈トレーダー〉か」

聞いたことはあった。

どんなものでも売買する、姿なき商社。

それを捕捉したのか。

いや、あの管理官ならやりそうだ。

と——。

「あ！」

絆は重大な発見をした。

テーブルに伝票が二枚あった。Bランチの文字が見えた。

ロードレーサー＋Bランチ。

長い一日には、出費も多かった。

肩を落として隊に戻る。

最初は悄然《しょうぜん》としていたが、USBの内容を確認しているうちに絆の目には常なる光が戻った。

素性、素行の調査としては、合格点の内容だった。

自堕落屋の奥村、プラカードの鴨下、監察官室の牧瀬。

高遠たちの報告は彼らと重なる部分も多かったが、それもまた調査の信憑性を補完する。

早朝の襲撃も加味し、思考は徐々に収斂してゆく。

白石を殺した奴と、成田で絆を襲撃した奴は同じで間違いないだろう。

これが一。

絆に白石からの預かり物を聞いてきた数が三。

絆にまつわりつく気配の最大数が四。

振り分けた人物紹介や調査で得られた結果、まったくの不明者は二。

向浩生と余智成。

他にハッキリとした不審者はもうひとりいるが、これはいずれかの折りに直接話を聞くつもりだ。

必要な情報は、だいたい出揃ったか。

あと、ワンピース。

「それくらいは、自力で塡《は》めるか」

ふと、視線が気になった。

顔を回せば、離れた隊長席から浜田が見ていた。

「東堂。無茶はするなよぉ。仲間を頼れよぉ」

こういうときの目敏さは、やはり特捜をまとめる隊長らしい。

はい、と答えれば、浜田は笑って手を挙げた。

第六章

一

水曜日の夜だった。
林芳は夕方八時を過ぎて来福楼に入った。
夕方の飛行機で、上海から魏老五が戻る日だった。
成田空港に陽秀明と車で迎えに行き、ノガミに戻ってきたのは七時少し前だった。
魏老五と陽はそのまま来福楼前で降ろし、林は車を契約駐車場に回した。
〔お疲れ様っす〕
桂林の二人を始めとする若い連中が待機していた。
その連中と、魏老五の荷物や各種の〈土産〉を仲町通りの事務所に運んだ。
魏老五は物持ちで、いつも大量の荷物を持って渡り、大量の荷物を持って帰る。

作業を終えて、全員で来福楼に向かった。

若い連中はひとつ手前のパンダの個室だ。

林は一人、最奥の竜虎の部屋に入った。

〔終わりました〕

〔そうか。ご苦労〕

少しいい気分の陽が言った。魏老五も片手を上げた。

円卓にはいつものように、魏老五を向こう正面に見て右側に陽秀明、左側に王拍承と蔡宇が座っていた。手前には陳文強《ちんぶんきょう》、周海洋《しゅうかいよう》、田志豪《でんしごう》の下位ナンバー三人だ。

壁際に寄り掛かるガードの二人も、顔触れは変わるが人数は変わらない。ガードは常に、日本語のわからない来たばかりの若い衆の役回りだった。

向かって右手の、陽の隣が空いていた。そこが林芳の席だった。

直接の配下ではないにも拘らず席を与えられているのは、林芳だけだ。ナンバー2の右腕だからというのもあるが、陪臣中トップという証でもある。

少し前までは、もう一席だけ手前だった。運ばれてくる料理を斜めに背中で見る位置だ。

それが、江宗祥の失脚で繰り上がった。

ワゴンで運ばれる料理を、入ってくる瞬間から見られるのは喜ばしい。料理は目でも楽しむものだ。

〔ほら。呑めよ〕

席に着くと、赤ら顔の陳が白酒《パイチュウ》の瓶を差し出した。

遅れてきた身としてはいきなりかと思うが、中国で乾杯と言えば、ショットグラスの白酒が一般的だった。

昔は——。

田舎《いなか》は——。

最近の若者や、北京《ペキン》や上海ではもう、白酒の乾杯は流行《はや》らないという。

古い連中は流行り廃《すた》りではなく伝統だと嘆くが、結果は明らかだ。

伝統は死んでゆく老人の数だけ廃れ、流行りは生まれてくる赤ん坊の数だけ増える。

本国の一孩《いちがい》政策は若者を軟弱にしたという。個々人に至ればそうだが、数は圧倒的だ。

その数が、中国を大国に押し上げたのだ。

林芳はショットグラスを掲げ、一気に呑み干した。

ガードとして立つ二人以外の全員が満足げに頷いた。

ちょうど次の料理が運ばれ、林芳は場に溶け込んだ。

〔ではボス。次のときは必ず、私も上海に〕

陽が笑顔で聞いた。

魏老五は、ヤーと頷いた。

〔秀明。間違いないよ。と言うか、どうにも向こうの段取りが面倒臭そうだ。お前に任せるしかない〕

グラスを玩ぶようにして、魏老五は笑った。

〔それにしても、やっぱり上海は面白い。良いビジネスも出来たし、いい情報も得られた。本当に面白い。面白い魔都だ〕

〔楽しみにしてます〕

陽が席を立った。トイレのようだ。

テーブルに載ったばかりのエビチリに箸を伸ばした。

そのときだった。

「うお。な、なんだ。お前」

入り口で陽が驚きの声を上げた。上げなくとも林芳にも分かった。

扉を開けた途端、室内に吹き荒れるような風を感じたからだ。

以前にもあった。四月の中旬だったたか。

魏老五が、片桐亮介の墓前に手向ける花を息子に託したときだ。

「まあまあ。安心してください。目的はあなたじゃないんで」

東堂絆が、陽を押しのけるようにして室内に入ってきた。

押された陽は、酒のせいもあるだろうか。後ろによろけ、ガードの一人に背中を支えら

「ふ、ふざけるなぁ！」

秀明、と魏老五の声が掛かった。

「なんの用だね」

さも面白そうに口の端を吊り上げ、魏老五は空のショットグラスを回転テーブルに置いた。

自ら白酒を注ぎ、東堂の方へ回す。

「駆けつけね。それで、この宴席の客ということにしてやろうか」

東堂はひと息に呑み、うえっと顔をしかめた。

「強いなあ。いきなりこんな酒は、身体に悪い」

陽の怒声に、隣の部屋から若い連中が顔を出した。

「あぁっ。手前ぇは、組対の」

言ったのは桂林の弟の方だった。

個室ふた部屋分がざわつき、尖った気は渦を巻いた。

その中央で毛筋ほども動じることなく、東堂は一同を見回した。

林芳も立ち上がった。若い連中の気配がすこし尖り過ぎていた。

こんなところで警察の人間に本気で仕掛けては、グループ自体が無傷ではいられない。

いざとなったら、自分が仕掛ける。それが陪臣の役割であり、弁えているからこそ、林芳は幹部の円卓に同席を許されているのだ。

ひと席分動き、林芳は陳文強の後ろに立った。

「余智成、あるいは向浩生って、誰かな」

一瞬、分からなかった。林だけではない。誰もわからなかったろう。

「余智成《ユーディチオン》？　知らないね。誰？　それ」

魏老五の答えからしてこれだった。

足は、そこで止まった。

林は周海洋の後ろまで動いた。

余智成が林芳の頭の中で、カタカナから漢字に変換されたからだ。

久し振りに聞く名前だった。

「余《あまり》、だと」

思わず口から漏れた。

「へえ」

感情の揺れ、気配の滞りもあったか。東堂が林芳に目を向けた。

（しまったっ）

迂闊に過ぎたか。

東堂はおもむろに、林の近くにやってきた。

「そう読むんですか」

腹が立った。無性に腹が立った。

アンダーグラウンドだろうが陽の当たる世界だろうが、陪臣が生き残るにはそれ相当の血を噴くような努力がいるのだ。

よりによって警察が、それも若造が、土足で無造作に踏み越えてくることは許さない。

林芳はノーモーションの、肩の回転だけで右の拳を突き上げた。

これこそ血を噴くような努力のひとつであり、様々な相手の顔面に血の花を咲かせてきた、林芳の武器だった。

それを――。

東堂は、いとも簡単に拳ごと上から押さえた。

押さえて、捻り上げた。

「生兵法《なまびょうほう》、ですね。やめた方がいい。いずれ、怪我をしますよ」

「くっそ！」

林芳は中肉中背だが、鍛えている。

その林芳が抗いきれないほどの万力だった。

どこにそんな力がと驚くほどだ。

いや、それが古武術の拍子、もって力の加減か。

「へえ」

東堂は捻り上げた拳を、白々とした光の目で眺めた。

「触るとよくわかる。何度か近くで感じた気の流れだ。この辺でも池袋でも、埼玉でも」

東堂はつかんだ手を離し、陽に顔を向けた。

「あなたの指示ですかね」

陽は苦々しげな表情で唸るだけで、特に答えなかった。

「ま、いいですけど。さて、用件は終わったんで。お邪魔様」

東堂が踵を返した。

桂林の兄弟が無言で立ち塞がった。凄みで押す。

対して、東堂の周囲が一瞬にして凍ったようだった。

「退けよ」

東堂の一声は、凡人の凄みを斬り裂く、それだけで刃だった。

ガードの二人さえわずかに動いた。

弟の砕ける腰を支えるようにして、桂林の兄貴が後退《あとじさ》りした。

兄の胆力が少しだけ上、と林芳は認識を新たにした。

飄然《ひょうぜん》と東堂が去ると、入れ替わりに店主の馬達夫がワゴンを押して入ってきた。

「達夫。もしかして私たちのこと、爺叔の息子に話したか」

魏老五が聞いた。

気分を害した感じはない。むしろ楽しそうだった。

「はい。教えましたよ。一昨日《おととい》ですね。次、ボス達はいつ集まるだろうって聞かれましたから」

馬はあっさりと答えた。こちらにも悪びれる素振りはない。

「正直が一番。これ、商売の鉄則だって親父に教わってますから」

「いいね。忘れないことだ」

魏老五は肩をすくめた。

と、林芳のポケットで携帯が振動した。

取り出して確認した。

ディスプレイの表示は、知らない番号だった。

「一人、見っけ」

入り口で声がした。

東堂がいつの間にか戻り、顔を出していた。

驚くほどに気配は感じられなかった。

そこにいて、そこにいない。

見えていて、見えない。

おそらくこの場にいる誰も、東堂の存在を把握出来なかっただろう。

「ただの確認ですが、なぁるほど」

自分の携帯を手にした東堂の目が、林芳を見て輝いていた。

二

二日後の、〈かねくら〉の夜だった。

陽が落ちてまだ、さほど過ぎてはいない。昼間の日差しを十分に受けた芝生が、まだほんのりとした暖かさを保っていた。

時間的には、七時半をやや過ぎたくらいの頃合いだった。

五条国光は〈かねくら〉の庭で、陽が落ちる前から呑んでいた。

外見ではわからないが、〈かねくら〉の庭は池に築山《つきやま》も見事な、日本式の庭園だった。

週に一、二度は開くガーデン・パーティでなら座敷を背にして池の手前に緋毛氈《ひもうせん》を敷くが、この夜は違った。

池を渡った反対側の、築山の裾に緋毛氈が敷かれ、そこにテーブルが出された。国光の指示だった。

座敷からの煌々とした明かりは最小限にした。それだけだと手元のグラスは識別できるが、小鉢の中身まではわからない。それで代わりに国光は、池の左右とこちら側の端に篝火《かがりび》を焚《た》かせた。

老舗《しにせ》料亭の蔵には、探せばそんな備えもあった。

なんでも、〈かねくら〉はもうじき創業百五十年を迎えるらしい。初代が店を構えたのは明治八年（一八七五年）、六郷川に橋が架かった翌年だという。

だから――。

あと七年ほども蹂躙《じゅうりん》するように好き放題に使ったら、百五十年を前にしてぶち壊してやろうと国光は思っていた。

権威というものには、虫唾《むしず》が走る思いだった。父源太郎に、さんざっぱら教え込まれてきたせいもあった。

竜神会そのものが、言ってしまえば新参の組織だった。

竜神会は国光の父・源太郎が一代で作り上げた組織だ。

源太郎は一九三五年に満州で生まれ、四六年に引き揚げてきたという。それからしばらくは職を転々としたらしいが、民間貿易協定のルートを辿って中華人民共和国内に暗躍し、戦後日本の裏社会に太い根を張ったのが竜神会の始まりだった。

竜神会は、いわゆる博徒や香具師に起源を持つ、〈由緒正しい〉ヤクザではない。仕来りや作法など、そもそもはなにひとつ持たなかったのだ。

イケイケで、ドンドンで、すべてはそれで済んだ。

立ち上げの頃は、だからずいぶん痛い目も見たという。実際にハジかれることもあったらしい。

――なあ、ボン。つまらん仕来りや見栄や面子《メンツ》に拘ったらあかんでぇ。勿体ないお化けもアカンわ。そいなもんに拘っとったら、足元すくわれるんがオチや。大事なんはな、ボン。情や。それもな、温かい情やないで。冷たい情や。なんでもかんでも割り切ってな、こう、なんでも捨てられる情、これが大事や。

源太郎は子供の頃から国光をそう呼び、よく膝の上に乗せてはそんな話をした。

――わてらぁ、阿呆呆けの大陸マフィアやないで。やつらぁ、よく血の結束とか口にしよるけどな。馬鹿臭いわ。使えん奴は親兄弟でも使えんで。わてがボケてしもたら、遠慮のう切りぃ。ボンになら切られても文句言わんで。その代わり、ボンもな、頑張るんやで。兄ちゃんの方は、ありゃ、下手したらわてよりも非情やからなぁ。

古いもの、使えないものを切るのは、国光の生き方だった。小学生の頃からだ。それが性格、性癖でもあるとは、竜神会に役職を得てから初めて自分でも知った。

だから――。

あと七年で、〈かねくら〉は創業者一族から取り上げてゴミにしようと決めていた。それだけで気分は高揚した。

だが、そんなことも深く惨《むご》く考えて、緋毛氈の位置を移動して気分を変えようとしたが駄目だった。

気持ちのいい五月の風がそよ吹く晩だったが、国光は三日前から少々荒れたままだった。

――エラいこってす。まだ詳しいことは分かりまへんけど、どうやら〈トレーダー〉の正体が判明して、そのまま逮捕されたようですわ。

芦屋銀狐の若狭がそんなことを耳打ちしてきたのが三日前、二十三日の夜だった。月のない星影の晩だ。

気分良く、庭の緋毛氈の上で呑んでいた。

前夜にようやく目当てのナンバーワンを口説き落とし、しっぽりと濃密な夜を過ごしたばかりだった。

――ああ？

すぐにはなんのことかわからなかったが、押し寄せる衝撃は半端ではなかった。

――な、なんやて。おい、若狭。もう一遍言ってみぃっ。

当然、何度言われても同じことだった。

――正式には捜二の扱いやって聞きましたが、裏ではどうやら、監察官室の例の姉ちゃんが動いたようでっせ。

これはオマケだ。

——なんやそれ。警察の連中、ゴチャつきくさって。ティアドロップなんて根腐れ起こしたドラッグは要らんが、〈トレーダー〉の摘発ってのはなんなんや。

竜神会でもまだ、〈トレーダー〉の正体には辿り着いていなかった。

国光が東京に出て関係を深くし、やがて尻尾をつかんで乗っ取る手筈だった。

これは関東に進出するに当たって、国光が兄宗忠《むねただ》に命じられた、いくつかの中のひとつだった。

そのために下らない情報やブツを依頼し、すでに何度か支払いも済ませていた。

——お前は出来る子やから、なんも心配はせえへんけど。ま、肩肘張らんで、ゆっくりじっくりやればええわ。関東も広いでぇ。関西から比べたら、遊びみたいなもんやろけどな。

遊びも、ゆっくりじっくりもない。

気前よく払った大金は合計で、もうすぐふた桁の億に届くほどだ。

大損は確定だった。

兄のゆったりと笑う顔が、頭から離れなかった。

——ボンもな、頑張るんやで。兄ちゃんな。ありゃあ、下手したらわてよりも非情やからなぁ。

父・源太郎の膝で聞いた言葉も、耳に蘇《よみがえ》るようだった。

ただ、この夜と同じような星影の晩に宴席のデザートを食い荒らしていった、あの生意気な女理事官の無表情を思うと、わずかばかりに溜飲は下がった。

だが、わずか止まりだ。溜飲が下がる理由は、まだ確定されてはいない。

だから——。

「ふん。けったくそ悪い。なんぼ呑んでも、酔われへんわ」

熱い息を吐き、国光は薄くなった水割りを呑み干した。

何人かのホステスはいつも通り侍らせていたが、誰も寄っては来なかった。

国光が荒れているということもあるが、店のナンバーワンと関係が出来たということも大きかったようだ。

「どいつもこいつも」

国光は池の中にグラスを放った。篝火の色が、水飛沫《しぶき》を朱に染めた。

そのときだった。

朱い水飛沫の向こう、庭でなにかが動いた。

人影があった。こちらに向かってゆっくりと歩いていた。

「手前ぇ」

座敷近くにたむろする連中の方が早かった。

ガラガラとした恫喝《どうかつ》の声は、組対、東堂と聞こえた。

「お邪魔様」

篝火の明かりを直に受け、東堂絆が池の向こうで朱く揺れた。

「なんや。呼んどらんぞ」

「おや。今夜はご機嫌斜めですか。いつものクソ生意気な感じがないですね」

答える気は特になかった。

「まあ、どうでもいいですけど。今夜の目当てはあんたじゃないんで」

「──なら、なんや」

こめかみが痛んだ。

東堂は、自身の周りを取り囲むように動いた、二十人からの連中を見回した。

「向浩生って、誰です?」

「知らんわ」

「じゃ、勝手に聞き廻らせてもらいます」

「なんや。令状あるんかい」

「なにを」

東堂が笑ったようだった。

「老舗料亭を占拠してるヤクザに、なんの令状が必要ですかね」

東堂のペースが、苛ついた。

こめかみの痛みも限界だった。

銀狐の二人が座敷から庭に降りたのが見えた。

「東堂。一人はあかんなあ。住居侵入やら、顔が見えんかったやら、後で言い訳はなんぼでも出来るんやで」

これは、東堂自身に聞かせるものではない。周りの連中にだ。

殺《や》れと。

それにしても、どこでどの馬鹿がこういうときの指示の言質《げんち》をとらないとも限らない。

直接、殺れと口にしないのは身に染みついた習性だった。

代わりに国光はこう言った。

「私は、止めとけ言うたんやけどなあ」

これが、合図のようなものだった。

三

東堂の周りで、凶暴な気が一斉に膨れ上がった。

——おらっ。

——せあっ。

——りゃぁっ。

若いのが七人、勢いでまず飛び掛かった。

単純な暴力というものは数押しが基本だ。たいがいはそれで済む。

だが、この場合は相手が悪かった。

悪すぎた。

「おおっ！」

東堂が威声を発した。

張るわけではないが、大地を響動《どよも》すような声だった。

押し包んだところから、七人は動かなかった。

真ん中から割るように、目に自ら光るような白さを湛《たた》えた東堂が顔を出した。

「ちょっと必要があるんで、手加減はさせてもらったけど」

周りの一人一人を、まるで花びらを剝ぐように押し倒す。

呻きを発しながらなんの抵抗も見せず、七人全員が芝生の庭に転がった。

なにをどうしたのか国光にはわからなかったが、東堂の右手にはいつの間にか特殊警棒が握られていた。

それで押し包まれる直前、全員を迎撃したのだろう。

瞬転の早業、とでも言うべきものか。小面憎《こづらにく》いが、そう考える他はなかった。

東堂は半身になって特殊警棒を片手に構え、池を挟んだ国光でさえ薄ら寒くなるような気を放散した。

まるで、鬼気だった。

「来いよ」

状況に怯《ひる》まない、怯んではやっていけない商売がヤクザだ。

「んの野郎っ」

「手前！」

いきり立った連中の第二弾が東堂に寄せた。中にはもう、形振《なりふ》り構わず光り物を手にする者もあったが、国光に止める気はなかった。

それからの数瞬、五条国光は不思議なものを見た。

正面から突っ込む男の向こうに東堂の姿が隠れたと思った瞬間、左右からナイフをひけらかして突っ掛けた二人が声も上げずその場に崩れた。

その後、すぐに正面の男も膝から地に落ち、俯《うつぶ》せに倒れた。

いつの間にか、東堂の姿はそこにはなかった。

国光の視界の右端で、二人の若い衆が同時に吹き飛んだ。

東堂絆が、そこにいた。

いや、いたと認識したときには、もうすでにいなかった。

星影の中で見る東堂の動きは、見えていてつかめない残像のようなものだった。

改めて国光は思い知った。

この世には、本当に化け物のような男がいると。

あとから来た芦屋銀狐の二人が滑るように寄り、ほぼ同時に仕掛けた。

東堂が受け、おそらく笑った。

その瞬間だけ東堂はハッキリとした姿を見せたが、銀狐の二人をして、あとは若い衆と同じだった。

特殊警棒が星影と篝火を合わせた光の中で唸りを上げる。

銀狐の二人も所詮、東堂絆の幽玄な舞いを彩る飾りでしかなかった。

数瞬の後、池の向こうの庭に立つ者はただ一人、東堂絆だけだった。

薄暗い地べたに蠢《うごめ》くのは、二十からの巨大な芋虫のようだった。

従えて一人立つ東堂は、果たして神か、悪魔か。

おもむろに東堂は携帯を取り出し、なにかを操作した。電話ではないようだ。

耳に当てることもせず、顔は周囲を睥睨《へいげい》するように動いた。

芋虫の中から、一人が動いた。

若狭だった。

そんなことを言ったように聞こえたが定かではない。芋虫の苦しげな、怨嗟《えんさ》のような声に紛れた。

――なにをした。

東堂は若狭に寄り、片膝をついた。

右腕を捻り上げる。若狭が呻いた。

すぐに手を放し、東堂は池之端に立った。

「用件は済みましたけど、どうします？」

「なんや。どうって」

東堂は国光に向けて手を差し延べ、平を返し、動かした。

呼んでいた。

「たまには自分で動くとかした方がいいんじゃないですか？　お山の大将は、嫌われますよ」

「………」

こめかみが、切れたような気がした。

実際のことは知らない。

ただ噴く血のように、みどろな声が出た。

「ふん。ええのんか。コラ。組対の若造。ええのんかコラ。こないなとこで遊んどってもよぉっ！」

東堂が首を傾げた。

「なにがでしょう」

「あの姉ちゃんや。もうすぐ、明日の拝めん身体になるでぇっ」

そ、総本部長なにしゃべってんすかっ、と叫ぶような声が聞こえたが止まらなかった。

「構わんわっ。お前んとこも目障りやっ。要らんしっ！」

言った途端、東堂の姿が掻き消えた。

国光が探し当てる前に、すでに東堂は叫び声を上げた男に寄りついていた。

大山組の若頭補佐、岡本だった。

襟首をつかみ、締め上げ、東堂はすぐに放り出した。

顔がまた、国光の方を向いた。

「馬鹿だな。あんたら」

笑っていた。

「たかだかヤクザの暴力でどうにか出来ると思ってるのか、あの管理官のことを。俺だって、そんな無謀はやらないぜ」

風さえ呼ぶ、強い笑みだった。

「まあいいや。――身に染みろ。身に染みて覚えろよ」

アイスクイーンの所以《ゆえん》を、とだけ言い残し、東堂絆は飄然と踵を返した。

しばらく〈かねくら〉の庭園には、人の呻き声と、篝火の爆《は》ぜる音だけが流れた。

すべてが夢幻の中だった。

「なんや。なんだったんや、今のは」

国光は呟いた。

自分の呟きだけが、この一瞬の現実であることをささやかに教えた。


〈かねくら〉から絆は、真っ直ぐ第一京浜に出た。出て右手に折れた。〈かねくら〉から一番近い駅は、京急本線の大森海岸駅だった。

「ふむ。あいつでもない、と」

絆は静かな独り言を国道に投げた。まだまだ引きも切らない車のライトが眩しかった。

目を細め、絆はおもむろに携帯を取り出した。

「ああ。夜分にすいません」

——ううん。まだまだ。私も、今帰ってきたばかりだから。

掛けたのは、バグズハートの久保寺美和だった。

——でも、なに。どうしたの？

「いえ。区民農園の次の日程なんですけど」

――ああ。

電話の奥で、ファンファーレのような音が聞こえた。テレビの音声だ。

どうやら青い猫型ロボットが、腹の中から自慢の便利グッズを取り出したようだった。

大樹が見ているのだろう。

「明後日でどうですか。日曜なんで、ごそっと連れて行きますが。日曜だから都合が悪いというなら少しだけずらします。この場合は少し手が減りますが」

――え。あ、私は構わないけど。大樹もああいう作業、嫌いじゃないって言ってたし。でも、急にどうしたの。

「どうしてって、そりゃあ、昔からお父さん連中の休日は日曜大工ってくらいで。家庭菜園も同じようなもんでしょ。休日ですよ。醍醐味《だいごみ》は」

――ふうん。よくわからないけど。手伝ってもらえるならいつでもＯＫよ。お爺ちゃんお婆ちゃんたちは毎日やってるし。

了解が取れれば、万事それでよかった。

では日曜日に、ともう一度確認してから絆は電話を切った。

次いで、集合メールを打とうとして少し考えた。

渋谷署の下田たちも呼ぶつもりだった。

そうすると、普段下田たちと作業用に使っているグループの方に高遠らを足す方が早い。

何事も省力化は、結果、正確さと効率化を促すものだったろう。

「これでよし」

送信し終えて夜空を見上げる頃には、大森海岸の駅が目の前だった。

横断歩道の信号が赤だった。

立ち止まり、ふと考えた。

思い出したという方が正しい。

大したことではないが――。

「ま、ああは言ったけど」

G・SHOCKで時間を確認した。まだ八時前だった。

――ブルー・ボックスだ。い、今さっき、姉ちゃんが居残りで残業らしいってまでは連絡が来たがよ、そ、そこまでだ。もう仕留めるまで、連絡は来ねえっ。

〈かねくら〉の庭で締め上げた大山組の岡本はそう言っていた。

いや、実際には締め上げるフリだけだ。

――好き勝手に潰されてたまっかよ。なあ、組対。姉ちゃんに連絡して、一人で帰るなって止めてくれ。頼む。あとでなんでもすっからよ。

一瞬で言質を取った恰好だった。

「さて、どうするかな」

思案のしどころ、ではあった。

放っておいても実害はないだろう。

〈かねくら〉の庭で言ったのは負け惜しみでもはったりでもない。事実だ。

何気ない足の運び、体の捌きだけでもわかる。

小田垣観月管理官はおそらく、なにかの武技を身につけている。絆は柔術だろうと観ていた。

しかも、その身にまとう純粋な気の総量は圧倒的だった。典明と比較しても負けないくらい巨大な塊に観えた。

間違いなく、小田垣観月は一流に達していた。

それも、絆をして徒手空拳で立ち向かうのを躊躇《ためら》わせるほどの域だ。

ヤクザが束になって掛かっても、叩きのめされるのは間違いなくヤクザの方だ。それは火を見るよりも明らかだ。万が一の紛れもない。

一流に達するとは、そういうことなのだ。

逆に——。

絆は大いに気になった。興味、という方向でだ。

一体あの女管理官は、どれほどの武技を遣うのか。

「仕方ない。聞いちゃった以上、行ってみるか。後で知られたらまたなんか、あの人なら嵩《かさ》にかかって面倒臭いことを、しかも大量に押しつけてきそうだし」

言い訳にしか過ぎないとわかっていることを口にする。

口にすることで自分が納得する。

目指すは葛西。

ブルー・ボックスの周辺。

付かず離れず観月を、〈密《ひそ》かに見物〉出来る辺り。

決まれば決まったで、善は急げだ。

横断歩道の信号が青に変わった。

絆は足取り軽く、大森海岸の駅舎へと駆け出した。

四

日曜日の朝、〈第三石神井区民農園〉への集合は取り敢えず七時半に設定した。

取り敢えずというのは、それなりの員数に動員を掛けたからだ。

全員に時間の強制をするよりは、曖昧にした方が集まりやすい。これも省力化が生む、正確さと効率化というものだ。

この日は一日中、まず問題のない快晴ということだった。初夏の陽気ということで、こまめな水分補給をお天気キャスターは呼び掛けた。

「うん。いい天気だ」

絆は何人かの責めるような目を見て見ぬフリで誤魔化すため、手庇《てびさし》で蒼天を見上げ、ついでに大きく伸びをした。

「おい。なんだ、ありゃ」

伸びて隙だらけの絆の脇腹を、実力行使で下田が小突いた。

「ええと。その、なんだっ、てのは、本人の方でしょうか、それとも本人の趣味の方でしょうか」

「両方だよ」

白い目ナンバー2の大川が言葉をつないだ。

その脇でナンバー3の若松、ナンバー4の手塚が同意を示して大きく頷いた。

この日、絆のメールに応じて朝から集まったのは宗方に手塚、下田と若松の渋谷署コンビに、三田署の大川だった。メールではないが、木曜から成田に帰っていたゴルダも呼び出した。

高遠は外二《ソトニ》本来の作業で潜ったらしく、この日は不参加だった。

前回よりさらにプラス四本で、都合十四本の男手は、あまり深く絆は考えなかったが、並ぶとどうにも厳《いか》つく、どうしようもなく柄が悪かった。

特に下田と若松だ。

老人たちは間違いなく及び腰になり掛け、大樹などはあからさまに美和の後ろに隠れた。

さてどうするかと絆は腕を組んだが、美和は手を叩いて喜んでくれた。

「皆さん。警視庁の刑事さんたちが、全面協力してくれるみたいですよぉ」

この言葉で雰囲気は一変し、ガラの悪い一行もどうにか老人たちに迎え入れてもらえた。

大樹も怖々、前に出てきた。

それが八時を回った今、駐車場に一台のミニクーパーが停まって少々様子が変わった。

特に警視庁の面々がだ。

絆には分かっていたことだが、分かっていながら言わなかったことだった。

なぜなら、言ったら男手が間違いなく減るからだ。

「ははっ。実は、元から使ってた一斉送信のグループに高遠たちを足そうとしたら、そっちのチョイスを間違いまして」

これが疑問に対する回答の半分だ。間違ってメールを、組対の大河原部長にも送ってしまったのだ。

〈おう。嬉《うれ》しいねえ。こういうイベントごとに誘われなくなって久しいや。参加させてもらうよ〉

そんなメールが組対の部長から、実は誰よりも早かった。

「部長の家ってこっちの方らしいですね。一本だって。でもって、好きらしいんですよ。アウトドア」

「かぁ。東堂。だからってよぉ」

下田が頭を掻いた。苦い顔はナンバー2から順次連鎖した。

「すいません」

と軽く謝りはしたが、実はさらにもう一人、同じミスによって特捜隊の浜田も昼前には来ることになっていた。

サングラスで辺りを睥睨してというか、威圧するような大河原の登場に一同がざわついた。

――なんなんですかね。あの人は。

――そうですな。

下田の残る疑問の半分と内容を同じくする、そんな声も老人たちの中から上がった。

疑問も回答も、もろに駐車場にあるものだった。

大河原はミニクーパーのマニアだった。しかも、相当気合の入ったマニアだ。

絆も知ったのはキルワーカー事件の折りだった。傷を負った蘇鉄と千佳を見舞うため、成田に向かったときだ。大河原は絆を池袋の隊本部まで、サイケな色遣いのミニクーパーで迎えに来た。

そのときと今では、ミニの色はまた違った。全体的にパープルな車体に、前後に貫くイエローの細いラインが何本も走っていた。側面のドア部だけでなく、ボンネットからトランク方向にもだ。

その上――。

本人のいで立ちが、どこぞのラガーマンよろしく縦ストライプのポロシャツに短パンと来た。

千佳たちを見舞った赤十字病院の駐車場でもそうだったが、他人の目があると車体に寄り掛かり、妙に若作りなポーズを取る。

横ラインと縦ストライプが重なると、クラクラする。

――早く離れてくれんかのぅ。

誰かが言った。

大勢が同意した。

「Yes。クレイジーね」

ゴルダの言葉が、おそらく大河原に対する総意だった。

「おう。遅れちまった。すまねえな」

ようやく大河原がミニから離れた。

サングラスを取って笑う。

それでも印象は大して変わらなかった。

「お、下田」

呼ばれて下田が腰を折った。

「なんだ。大川に若松もかい」

「はっ」

「ご無沙汰いたしておりますっ」

どうにも、大親分の出迎えだ。

仰々しい登場を終え、大河原は絆の肩を叩いた。

「今日はよろしくな。昼過ぎに差し入れが来っからよ。楽しくやろうぜ」

「え。差し入れですか」

「おう。あっちの管理棟の脇でバーベキューだ。土日はいいんだってよ。もちろん、肉も酒も大盤振る舞いだぜ」

これには全員が大いに沸いた。

湧いたから、浜田が持ってくるという、大河原の次の言葉が掻き消えた。

少なくとも午前中は、あとは畑に集中するだけだった。

和気藹々《わきあいあい》と、意気揚々と。

男手も増え天気にも恵まれ、農作業は大いに進んだ。

大河原もリタイア組の中に入れば若く、率先して苗木の植え込みや種蒔きに精を出した。こういう身体を動かす作業も、まんざらではないようだった。

そもそも大河原は如才なく、話術も巧みだ。作業を始めてみれば、リタイア組と現役組の間に入って、結構便利な架け橋だった。

昼まではこのまま、作業は順調に続いた。

昼過ぎに特捜隊隊長の浜田が非番の何人かを連れて現れたときには、絆的には下田たちと軽くひと揉めしたが、おおむね順調さは続いた。バーベキューの支度で一気に和んだようだ。

絆はバーベキューが始まってからは終始、火の側にいた。

「どれ。俺も焼くか」

大河原も腕捲りで隣に立った。

二人で大いに肉を焼き、野菜を焼く。

手の空いた者から順番に紙皿を取るスタイルにした。

基本的には老人たちが先だ。中には一日作業がもう無理で、食べたら帰る老夫婦もいた。

ビールやつまみで腹を誤魔化し、警視庁の面々がバーベキューにありつけたのは三時頃からだった。

男手の多さが物を言った。この日の作業はだいたい片づいていた。

大樹はずいぶん頑張ったようで、美和の膝で寝息を立ててお昼寝だった。

「いやぁ、やっと飯にありつけるぜ」

揉み手で寄ってくるごつく厳つい一同に、絆はトングを突き付けた。

「な、なんだよ」

紙皿を取ろうとしていた先頭の下田が手を引っ込めた。

「洗いましょう。作業の勲章ではありますが、みんな手が泥だらけじゃないですか」

「汚えってか」

「汚えでしょう。現場保存もその辺が鉄則でしょうに」

「――まあ、そうか」

納得の仕方は変則だが、全員がぞろぞろと水場へ向かった。

帰った者順に、絆は手を確認してから紙皿を渡した。

「んだよ。俺らぁ、幼稚園児かよ」

大川がぶつぶつ言うが、絆はどこ吹く風だ。かえって、各人の手をチェックする目に白々とした光が宿った。

「幼稚園児は面倒臭がりませんし、言われたら狡賢いことしませんから」

そうして、警視庁の全員に紙皿が行き渡ってからはもう、大宴会だった。

他の区画を借りて作業をしていた区民から苦情が出ても可笑しくないほどだった。

実際に文句が出なかったのはおそらく、強面集団だったからということの一点に尽きるだろう。

やがて五時を回り、西の空にだいぶ陽が傾き始める頃、大河原が率先して一日の終了を告げた。

「あとは俺んとこでやっとく。気にすんな。俺ぁ、家が近ぇからよ」

家が近いのは大河原だけだが、俺んとこ、という括りで絆と下田に大川、そして浜田が残った。

あとは酔いもあり、若松を筆頭にふらふらと帰路だ。ゴルダも帰った。

成田から直接来たゴルダはこの日、そのまま成田にとんぼ返りだということだった。

「食ってねえだろ。食えよ。残り物だけどよ」

美和の指示で下田たちが作業道具類の後始末の間、絆は残り火で大河原が焼くバーベキューにありついた。

なにを食っても美味かった。ビールと、焦げた物しか口にしていなかった。

「で、どうだい」

焼く煙の中で大河原が聞いてきた。

「なんかあるんだろ。これぁ、俺の勘だが」

「はあ」

食いながらの絆は口をもごつかせたが、内心では舌を巻いた。

さすがに組対の元締めだけあって、大河原はいい勘をしていた。

「家が近ぇのは本当だがよ。ま、気紛れにも、少しくれぇ助けになればと思って来たんだが。へへっ。単純に楽しんじまった。お前ぇがなにをする気だったのか、あるいはなにをしてたのか。目的はとんとわからなかったぜ」

焼いた肉をトングで摘み、ほらよ、と絆の皿に載せた。

「こんなんじゃ、俺にゃぁカネさんの代わりは務まらねぇな」

鼻を擦りながら大河原は笑った。煤《すす》が大いに顔を汚した。

気にして、出てきてくれたと言うことだろう。

沁みた。

煙だけではない。

沁みた。

「で、なんだかわからねぇが、進展したんかい？」

「はい」

絆はハッキリと答えた。

白石の一件に関して、もう答えは見えていた。

少々の奔走、少々の確認。

それですべては終わるはずだった。

「そうか」

南瓜《かぼちゃ》が焦げ始めていた。自分で取った。

「これから、どうすんだい？」

大河原はトングを持ったまま腕を組んだ。

「固めます。ガチガチに」

タマネギから火が上がっていたが、大河原は動かなかった。

「なにかあったら、言ってくれや」

「ははっ。なにか、ですか」

タマネギが焦げてます、とまずは言いたかったが喉の奥にしまう。

明日は本庁に行って大川らに詳細を話そう。

そこから少しというか、場合によっては大いに手伝って貰わなければならない。

タマネギくらい、自分で焼こうか。

「了解です」

絆は、火の手が上がり始めたタマネギに、仕方なく自分から箸を伸ばした。

五

火曜の昼だった。

俺は上司という名の、俺の飼い主に呼び出された。

指定されたのは、ビッグサイト近くのカフェだった。海が見える二階のテラスで、逆に言えば遮る物がなにもない場所だった。密議には都合がいいと言える。

何回かに一回は使っている場所だ。

見通せるのだから、注意さえ怠らなければ別にと俺は思うが、いつも上司という名の俺の飼い主は貸し切りにした。

だからといって絶景を楽しむわけではないが、席は一番上等な、最奥の海側だった。

手摺がすぐで、潮の香りが強い風が吹いていた。

雇い主は海を眺める位置で、俺は海を背にした恰好だ。

雇い主の背後遠く、二階へ上がってくる階段上の辺りには、二人の屈強な男たちが配されていた。

この二人にしても、上がり口近辺ということはつまり、配置場所は内緒話が絶対に聞こえない辺りということになる。

俺の上司という名の雇い主は、基本的に他人を信用しない。忠誠心等々の、心の有り様《ありよう》などは鼻で笑う男だ。

（ま、最初っからそういう男だが）

人一倍の猜疑心《さいぎしん》が欠点でもあり、長所でもあるか。それでのし上がったのは間違いない。本来は凡庸きわまりない男なのだ。

だから細大漏らさず、常に逐一報告する。そうしないとどこまでも疑われるまどろっこしさより、そうしておけばなにをしてもあとは自由だという気楽さが大いに勝った。

同様の理由で、日曜の土いじりの件も、東堂からメールが来てすぐに報告を上げておいた。

詳細はさておき、農園から解放されたあとも簡単なメールは送っておいた。メンバー紹介のようなものだ。

最後に大物の名も記した。

〈大河原組対部長〉

おそらく反応するだろうと思ったが、教えないわけにもいかない。この日は、以降携帯は不通とも書き添えた。

結果、些細なことで本人は右往左往するだろうが知ったことではない。農作業はえらく疲れるのだ。

わかっていたことだが、月曜は朝から、飼い主の電話で起こされた。

――昨日はどうだった。なにがあった。

――なにもないっすよ。

まだ朝の五時半だった。煙草に火を点けた。

そうしても頭は冴えなかった。

農作業は、本当にいつもと違う身体の部位を疲弊させる。

――明日、ちゃんと報告しますよ。どっかセッティングしてください。

ただ、時間的猶予《ゆうよ》が欲しかった。性急にしては、受け答えに墓穴を掘る可能性もある。

わかったと溜息に混ぜながら、昨日の朝は終わった。

それから丸一日以上だ。どれほど焦《じ》れたことだろう。

今、特になにもなかったことを面と向かって説明しても、テーブルをコツコツ叩く指先の動きは止まらなかった。

下っ腹の出た半ハゲ親父は、上等なジャケットの前をはだけて椅子にふんぞり返って睨んだ。

「いつになったら、私は枕を高くして眠れるのだ」

思わず噴き出しそうになった。

眠れないのは自分の臆病のせいだろうに。

俺はいつでも、どんなときでもよく眠れる。

「さぁて」

とっさに笑いを堪えた分、少々真情が滲んで辛辣《しんらつ》に聞こえたか。

「おい。さて、とはなんだ」

飼い主が気色《けしき》ばんだ。

「まあ、落ち着いてくださいよ。焦ると事をし損じます」

「すでにし損じているだろうがっ」

飼い主は拳でテーブルを叩いた。

「まあまあ。ダブルでし損じたら、今度こそ本当に終わりっすよ。そこんとこ、本当にわかってますか。ねえ」

皆川公安部長、と声を少し張った。

――お預かりした白石が、上野に巣くうチャイニーズ・マフィアの、仲間内の粛正に深く関わったようです。

そもそもはサッチョウ国テロの氏家からもたらされた、それくらいの些細な情報に皆川が踊らされたのが発端なのだ。

氏家は、自分でゼロの裏理事官の後継に指名した男だろうに。

飼い犬にしたつもりの氏家に、手を嚙まれた恰好か。

いや、ようするに氏家は俺と違い、飼い犬などではなかった。そういうことなのだろう。

「わ、わかっている、つもりだ」

「本当ですかねえ。わかるってことは、俺を信じるってことっすよ」

俺は自分で言うのもなんだが、十年以上きちんとした皆川の飼い犬だった。大して鳴きも喚きもせず、ひたすら尻尾を振り続けてきた。

その昔、俺はそれなりに優秀な警察官だった。機動隊に属し、SATの選抜試験を受けたこともあった。

合格しなかった理由は今になればわかるが、当時はそれで自分を腐した。そして、腐った。

当時行きつけにしていたスナックで、アルバイト娘にちょっかい出していた酔客と揉めて半殺しにした。正当防衛に近かった。

店のママもそう証言してくれたが、警備部の庶務に回された。金勘定の係だ。

SATを希望したほどの俺にとっては、要するに閑職だった。

そこに声を掛けてきたのが、当時オズの管理官を後継に譲り、内閣総理大臣秘書官に選ばれたばかりの皆川だった。

――お前のSAT選抜測定の資料は見た。優秀だが、凶暴だそうだな。歯止めが利かないとか。

そう。俺はどうやら、死というものに対してあまり禁忌がない性格のようだった。自他ともに、だ。

昔から薄情、冷血漢とは言われたが、機動隊ではそれがときに判断としていい方に作用し、優良隊員と呼ばれたりもした。

結果、よけい訓練にのめり込むことになり、冷血漢は、いつしか冷たい血が好きになっていたとは、誰に話せば笑ってくれるのだろうか。

――どうだ。力を貸さないか。貸すなら、寒々しい泥沼から引っ張り上げてやる。陽は当たらないが、好きなことはさせてやる。

皆川は笑ってはくれなかったが、誘ってくれた。

〈機密の取り扱い〉をする総理大臣秘書官に呼ばれたのだ。俺は皆川の誘いに乗ってやった。

させられることはなんとなくわかっていた。俺はそれほど馬鹿ではない。

総理大臣を脅《おびや》かす者の排除。そんな覚悟はあった。

ただし、甘かった。

結果から言えば、俺は大馬鹿だった。

させられたのは、皆川を脅かす恐れのある者たちの排除だった。最初はわからなかったが、わかったときは後の祭りだった。

銀座のクラブのママ、六本木《ろっぽんぎ》のキャバ嬢、錦糸町のフィリピーナに、新橋のタイガール。皆川と同期の出世頭、その次点、その次点のさらに次点。一期後輩と二期後輩のトップ通過組。

そんな連中を何人かは貶《おと》め、何人かは半殺しにした。何人かは運悪く死んだ。発覚することも、事件になることもなかった。

小細工は色々と常に施したが、とにかく、警察手帳の威力に勝る小細工はなかった。

警視庁公安部公安第一課第三公安捜査第六係。

そこが俺の仮の住処《すみか》だった。

もう十年以上前のことだが、皆川の裁量でオズのヴェールが掛けられていたので、以降誰も俺の存在に触れようとはしなかった。忘れられていたと言った方が正しいかもしれない。

組織図的な連絡網は利用したし、給与賞与の類はこの六係の捜査員として警信に振り込まれるが、逆に言えばそれだけが俺の所属を証明するものだった。

皆川道夫の命じるままに、皆川道夫の不祥事の、情事の、後始末。

それが俺の仕事だった。

代わりに、金と時間には不自由しなかった。皆川のポケットマネーか、サッチョウや秘書官室の機密費かは知らない。どうでもいいことだった。

今までは面白おかしくやってきたつもりだった。

それはもうしばらく続くものだと、ついこの間までは思っていた。

少なくとも皆川が引退するか、物欲を失うまでは、と。

そのとき皆川が俺をどうしようとするかに興味はあったが、まだ先だと踏んでいたし、ただでは切り捨てられはしないだけのブツは蓄えていた。

「それで、これからどうするつもりだ。まだ、組対の若造の監視を続けるのか」

「そうですねえ。まあ、そこは思案のしどころですが」

顎を撫でてみたが、これは考えるフリだ。

組対の若造、東堂絆は一筋縄ではいかない男だった。

皆川に言いはしないが、成田でも見事に仕損じたばかりだった。

特に仕掛けようと決めていたわけではないが、押畑からの坂道にロードレーサーのライトが光った。濃い霧だったが、そのくらいの光はわかった。

近くのパチンコ屋に、花輪を立てるための単管パイプが転がっていた。何本かを手にとって具合をたしかめた。なにもなければただ担いで運び、後で道端に捨てればいいのだ。

思ったのはそのくらいだった。

ちょうど上手い具合に、東堂と擦れ違う方向に走るタクシーが通り掛かった。

鉄のパイプを手に、それとなくバイクで後ろについた。

直前までどうするという明確な考えはなかったが、東堂とはお誂《あつら》え向《む》きにカーブで擦れ違うタイミングだった。

ロードレーサーの光が見えて、欲が出た。欲が殺気として溢れたようだ。

東堂の反応は、悔しいがそのことを如実に表していた。

〈殺る〉と決めた瞬間、刹那の差もなく東堂は動いたのだ。

動いた瞬間、俺はもう失敗を予感した。

それくらいあの男の動きは鮮やかで、見事だった。

「思案では物事は進まんぞ。私は、ハッキリ始末しろと言ったのだ。直接、そういう言葉で言ったことは今までないはずだ。今回の件は、そういう案件だったのだぞ。それをしくじったのは」

飼い主は見もしないで知りもしない、好き放題なことばかり言ってくれる。

少しばかり腹が立った。

「おっと。責めてくるなら、俺も言いますぜ」

俺は身を乗り出して遮った。

「一蓮托生ってのは、どっちがどっちってもんじゃないと思いますがね」

原因はなにかと突き詰めれば、間違いなく皆川の蚤《のみ》の心臓、怖気が原因なのだ。それで自分でも今言った通り、始末しろと言ってきた。

排除の延長が死につながったことは多々あるが、殺しを目的としたことは今まで一度もなかった。

皆川が白石の始末、殺害を命じてきたことこそが一番の原因だろう。

ただ——。

言われなくとも、今回の件に関する一連の失敗には、今まで楽に結果を出してきたという甘さや油断が、なかったと言えば嘘になる。自戒はあった。

白石を殺るのに、もう少し小心であればよかった。

埼玉の霊園は恰好だった。防犯カメラの類もほとんどなく、広さの割りに人が少なく、逃走の道路付けもよかった。

が、恰好だと思った場所に、東堂絆がいた。

片桐家の墓所は、東堂絆という化け物のエリアだった。

「まあ部長。いずれにしろ、このままにはしませんよ。方法なんざ、いくらでもあります」

そう。切り替えは大事だ。悔やまれることは多いが、起こってしまったことは仕方ない。

俺はポケットから煙草を取り出した。外国製の赤い100Sのボックスだ。実は、白石と同じ銘柄だった。

「方法とは、どんなだ」

皆川がテーブルに身を乗り出した。

性急は、怯懦に必ずついてくるオマケのようなものか。

当たりはないが。

「へっ。そう焦らずに」

くわえた煙草に火を点けた。

なにを言って落ち着かせてやろうか。

いざとなれば、俺がしばらく解放されるか。

皆川が内閣総理大臣秘書官だった頃からの、皆川を始末するというのも手だ。

皆川が内閣総理大臣秘書官だった頃からの、裏事を引き受ける自分の役割は誰も知らない。

誰も信じない人一倍の猜疑心は通常欠点だが、この場合、俺にとってだけは長所だ。

「そうですねえ」

煙草をひと口吸った。

皆川の肩越しに、遠く二階への上がり口の方でなにかがチラチラと動いていた。

視線を送って、そこで俺の目は動かせなくなった。

驚きが突き抜け、身体自体が金縛りにあったようだった。

煙草の灰が、そのまま床に落ちた。

皆川がこの期《ご》に至ってようやく怪訝に思ったようで、顔を俺の視線の先に振り向けた。向けて、喉を蟇蛙《ひきがえる》のように鳴らした。

立ち塞がる皆川の二人の部下の向こうで、見え隠れしながら笑顔で手を振る男がいた。

「やあ。手塚さん」

「！　と、東堂」

ようやく、俺の喉から絞るような声が出た。

男は組対特捜の、東堂絆で間違いなかった。

六

「て、手塚。なんとかしろ。お前の責任だ」

皆川は喚きながら無造作に立ち上がった。

その拍子に椅子が背後に倒れた。けたたましい音が上がった。

(まったく。これが天下の警視庁の、公安部長様かよ)

皆川の狼狽は、醜いものだった。

それで手塚に落ち着きが戻った。指に挟んだままの煙草を立て続けにふた口吸い、吸い殻を灰皿に押しつけた。

「まあまあ。部長、まだあいつがなにをしにきたと決まったわけじゃないっしょ。少しは落ち着いて下さいよ。ボロが出ますよ」

だが、皆川は手塚の声を聞いてもいなかった。

「く、来るな。こら、貸し切りだぞっ」

皆川の叫びは、上がり口に立つ部下には命令だったろう。

皆川が伴う以上二人とも公安部で、しかも腕に覚えがあるのは間違いない。

案の定、戦うための気迫が二人の背中に脹れ上がった。

命令に即座に反応する気構えは見事なものだ。それくらいは手塚にもわかった。

逆に、東堂には毛筋ほども闘気は感じられなかった。それもわかった。

だから、内心で舌を巻くしかなかった。

たしかに、右の男は東堂の肩を押さえようとしたのだ。

だが、その手は空を切った。その間に東堂が二階のフロアに立った。

東堂はまるで、男を擦り抜けたようだった。

公安部屈強の二人も、東堂にとってはおそらく脅威どころか、障害でさえないのだ。

「いいんですか。この二人、このままだと怪我をしますよ」

この東堂のひと言で、公安部の二人に脹れ上がっていた戦う気は凶暴なものに移行した。

東堂が誘った感があったが、公安部の二人はまんまと乗った。

刑事とヤクザに、実は大した差などない。なんであれ力を持つ者は、拠って立つ力の源を崩されると、心が震えて煮え立つのだ。

左右の男が、今度は背後から東堂を襲う形だった。

それでも東堂の気配には、なんの乱れもなかった。

背後左右で同時に動く男らを見もせず、まず東堂は滑るように右に動いた。

左の男の左足はただ空を切った。

その間に東堂は、右の男が繰り出した左拳を右の肩に担ぐ形になった。

体勢としては十分、という奴だ。

「よっ」

軽く担いだように見えたが、拍子が合ったのだろう。

左腕を担がれた男は、端《はた》から見る分には自ら飛んだとしか思えない勢いで跳ね上がった。

東堂の体捌き、足の運びは見事という他はなかった。だからこそ、大の男を飛ばし得るのだろう。

男は床を揺らして肩から落ちた。

もう一人がすでに、背後からの羽交《はが》い締《じ》めを狙っていた。

が、まるで見えていたようにその場で一回転した東堂の手刀の方が早かった。

いや、実際東堂には見えていたのかもしれない。

左方腰撓めから発せられた東堂の手刀は斜めに伸び上がり、男の顎をしたたかに打って揺すった。

糸の切れたマリオネットのように、男は膝からその場に崩れ落ちた。

止まることなくもう半転した東堂は、上着の乱れを直しながら足取り軽く寄ってきた。

なにか、音がした。

手塚は、なぜか拍手をしている自分を自覚した。

東堂は片手を上げて応え、貸し切りテーブルの前に立った。

海から手摺を越えて巻き上がるような風が、東堂の前髪を大いに揺らした。

「どうも」

あまりに場違いな挨拶だったが、この東堂絆という化け物ならありか。

「そ、組対の東堂だな。あまりにぶ、無礼ではないか！」

口角泡を飛ばす勢いで皆川は怒鳴った。

威嚇《いかく》のつもりだろうが、相手によると言うか、相手が悪い。

「へえ。無礼、ですか。なら、俺を襲ったのは無礼じゃないんですか。白石さんを殺したのも」

「な、なんだと。な、一体、それはなんのことだ。私となんの関係がある」

「部長との関係はこれからですが、手塚さんとの関係はもう、わかってますから」

東堂は顔を動かした。手塚に向ける目には、揺るぎのない冴えた光が宿っていた。

「おや。俺かい」

手塚はもう一本、煙草を口にした。火を点けた。

ひと口吸いながら考えた。

向かう先、落としどころを見極める時間は、もう近い。

「わかってるって？　なにが」

言う自分の声が、喉で焼き付いている感じが手塚にはした。

「爪の土、ですよ」

東堂は右手の親指を突き出した。

グッド、のポーズではないだろう。

「爪の土だって？」

はい、と東堂は力強く頷いた。

「わかりませんでしたか。成田で俺を襲ったとき、鉾でかぎ取ったのはグローブの皮だけじゃなかったんです。ここ」

東堂は右手の親指の、爪の根本、甘皮に近い辺りを左手で指し示した。

「爪半月《そうはんげつ》って言います。出来たばかりの爪で、ここに傷を負うとしばらく段が付いたりして。そこを、鉾は削ったんです。感触で削ったのは分かりました。肉にまで届かない、コンマ数ミリ。狙ったわけではないんで、俺には僥倖でした」

ひと口吸っただけの煙草が、また灰を床に落とした。

「爪の厚さを削っただと」

「ええ」

「コンマ数ミリ。それがわかった、だと」

「ええ。それが、剣士というものですから」

削った。

爪の厚さを。

「どこまで化け物だよ。おい」

親指の爪が小さな三日月形に削れているのはわかっていた。

襲撃の朝、東堂がグローブの一部と一緒に持っていったのはなんとなく理解した。感覚はなかったがそれしか考えられなかったからだ。

ただ、削られた本人でさえわからない微細な傷を、削った方がわかっているとは、なんという。

これも油断、迂闊のうちか。

いや、東堂絆という化け物に手を出した結果だ。

声もなくただ見詰めていると、東堂は笑って頭を掻いた。

「ははっ。爪が修復されないうちにと思って、可能性のある人たちには順次当たってみました。実は手塚さんがって言うか、あの区民農園に集めた人たちが最後でして。消去法でした。だから――」

東堂は前に出た。

「あなたしかいないんです。手塚さんの爪、しっかり土が入って、三日月が浮かんでましたよ。뚞の刃先形の綺麗な三日月が」

「ふん」

手塚は煙草を揉み消した。

「でもよ。だからってそれが、なんの証拠になるんだって？」

襲撃からもう一週間以上経っている。爪は伸びるものだ。もう鉾と爪の傷は照合しようもないはずだ。

「少なくとも、俺を襲った証拠」

と、東堂は自信たっぷりに言った。

「お前を襲った証拠だと」

「そう。あのとき、手塚さんの前を走ってたの、地元のタクシーでしたから。すぐにドラレコを回収しました。いい機種を積んでましたよ。霧の中でも、あの襲撃の全体は把握できてます」

ドラレコ。ドライビングレコーダーのことだ。

「繰り返しますが、爪を削ったのは感触でわかってましたから、笄の先から微小な欠片《かけら》を採取してあります。ドライビンググローブの破片も。これ、任意提出で手塚さんのと照合してみますか」

なにも言えなかった。

「今後においては、家宅捜索も手配しますかね。サイレンサー付きのトカレフ、どこかから出てくるでしょう。白石さんの命を奪った弾とライフル・マークの同じ奴。どうです」

「どうですったって。なあ」

煙草をもう一本、取り出した。

向かう先はもう定まっていた。

秋葉原の裏通りで常に最新の偽造パスポートは押さえてある。

川崎に借りたアパートには、ホームレスから買った戸籍でつくった住民票もある。

いざというときの準備は、幾通りにも整えてあった。

煙草に火を点けた。ひと口吸った。

煙と煙草を東堂に吹き、投げた。

手をかざす一瞬に手塚は脱兎となって手摺に向かった。

まずはこの場から逃げることだ。

手摺を越えれば、下がこの店のオープンテラスになっていることは分かっていた。

そこからビッグサイトまでは指呼《しこ》の距離だった。

今日もビジネス系の展示会が開催されていたはずだ。駆け込めば、間違いなく人混みに紛れることが出来た。

そこからは秋葉原でも川崎でも、思いのままだ。

（捕まるかよ）

手塚は手摺に足を掛けた。

そのまま越えて飛んだ。

飛んで、驚いた。

目の前に、同じような動きの東堂がいた。

まるで、鏡だった。

「お生憎《あいにく》様」

東堂の手には特殊警棒があった。

空中で振られた。

唸りを聞いた。

首筋に強い衝撃を受け、手塚が知るのは、そこまでだった。

終章

一

平日ということで数は少なかったが、いきなり二階から降ってきた人間にテラスはざわついた。

しかも、一人は警棒を携《たずさ》え、一人は気を失っているのだ。

「ああ、すいませんね」

絆は駆け寄ってくる従業員に証票を示し、場所を借りたいと頼んだ。

「取り敢えず、これでいいか」

白目を剝いた手塚を、絆は手錠で近くのテーブルの脚につないだ。

首筋に大きめの剣気をぶち当てて痛撃した。暫時正気を取り戻すことはないだろうが、念のためだ。

しばらく近寄らないことも、合わせて従業員に頼んだ。出来ればロープでもなんでも、規制線が欲しいくらいだ。

くれぐれもと念を押し、絆は急ぎ二階に戻った。

「まったく。忙しいったら」

思わず文句が出た。

前日は午前中から大河原の執務室に押し掛け、部長級クラスのパスレベルでデータを取得した。手塚のデータだ。

いつから公安第一課第三公安捜査第六係に所属しているのか。その前はどこか。昇任異動の間に物、あるいは者は介在しないか。

機動隊からSATの選抜試験。民間人との諍《いさか》い。警務部庶務、そして、六係。

一日で手塚の周辺は固めた。

確実ではなかったが、皆川の名前が浮上した。大河原のレベルでなら、オズのヴェールに隠した手塚の異動に、皆川の影が見え隠れした。

通常ならだれも見向きもしない、一末端捜査員の異動だ。少しだけ皆川の危機管理意識に隙があったかもしれない。

この日、だから絆が行確を仕掛けたのは手塚ではない。皆川の方だった。正確には本人ではなく、公用車だ。

手元に父、片桐亮介が残した発信機があった。昔、そういうのが得意な奴に頼まれ事をして、料金のことで揉めたら作って置いていったという。少し大型だが、距離で半径は一キロ、時間で四十八時間は保つと聞いた。

優れ物だ。なんといっても父は、その発信機と受像機で、逃亡を図ったキルワーカーを逃さなかった。

皆川が動けば丸わかりだったが、そこで少々、安心してしまった感は否めない。さすがにすぐ動くとは予想だにしなかった。

動き出した公用車を、取り敢えず追った。電車でだ。

その結果が、最前の口から飛び出した文句だった。

急に過ぎて、応援を頼む暇もなかった。

こういう逮捕劇になるとの予見でもあれば、当然一人で動こうとは思わない。不測の事態は、どんなときにも起こり得るのだ。

慢心はないし、逮捕に際して一人で上へ下へと大忙しは、どう考えても間が抜けた感じだった。

「ありゃ」

間が抜けた感じの結末は、絆の口から実際に間が抜けた声となって表出した。

青い顔で小刻みに震える皆川を前にしてゆったりと足を組み、コーヒーカップを傾ける男がいた。

一体、いつからいたのか。どこにいたのか。絆の〈観〉をしてまったくわからなかった。

本気を出されたらわからないと、絆にわかっている男だった。

「やあ」

肩越しに振り向いた。

黒髪黒瞳で彫りが深く、眉が濃く背が高く、恐ろしく見栄えのいい男だった。

「理事官」

男は警視庁公安部公安総務課庶務係分室の、小日向純也警視正だった。

「ご苦労様」

掛けてくる言葉に、絆としては大いに違和感があった。

「なんです？」

違和感はそのまま、嫌な予感でもあった。

「もらうよ。この人の身柄」

ビンゴ、ということになるが、そのまま認めるのはどうにも納得がいかなかった。

頭を掻いた。

「ええと。なんです？」

もう一度聞く。

ささやかな抵抗というやつだ。

悪足掻《わるあが》き、ともいう。

「いや、わかるよ。気持ちはわかるけどこの手合いはね、堂々と白日の下に晒そうとしちゃ駄目なんだ」

純也はコーヒーカップをソーサに置き、立ち上がった。

「――隠すってことですか」

純也の方が背が高い。

絆は、少し尖った声を投げ上げた。

「当たらずとも遠からず、だ」

海風が、純也の背中から吹いた気がした。

もうすぐ六月の風なのに、冷たかった。

いや、純也に触れて、闇をまとったか。

「この皆川部長だけど」

東堂君、と純也は改まった声を出した。

「公務員服務規程違反、だけじゃないよね。実際は殺人教唆まであるかな」

「おそらく」

「じゃあ、捜一に渡すかい?」

「最終的にはそうなるでしょうけど」

それは駄目だ、と純也は肩を竦めた。

「手綱《たづな》を放したら、この男は間違いなく逃げ込むよ。キャリアって柵に囲まれた、魔訶《まか》不思議にして安全な牧場に。しかもね、柵の中に追い込んだと思って近付いたら最後、実は追い立てた方が雁字《がんじ》搦《がら》めの柵の中だったりする。これが、権謀術数の怖いところでね」

ああ。

ああ。

そういうことか。

「わからないでもないですけど。じゃあ、理事官ならどうするって言うんでしょう」

「僕ならね」

純也は、ほっそりと笑った。

「このまま沈めるよ。光の差さない水底に」

どこか悪戯気《いたずらげ》な、猫のような笑みだった。

絆の背はうそ寒くなった。すいぶん冷淡に、邪悪にも観えた。

「もどかしいほどなにも出来ない、死んだほうがましだと思えるような場所だ。ま、かろうじて息はさせるけどね。息をするにも許可がいるような場所、で、どうだい？」

「いや。どうだいって言われても」

そのとき、一階から階段を上がってくる気配があった。

少し前に、何人かの男たちが一階に入り込んで来たのはわかっていた。

鋼《はがね》の気配は、おそらく捜査関係者のもので間違いない。

中でも今、二階に上がってくる気配は、大いに馴染みのあるものだった。

泰然として揺るがず、熱い塊だった。

「なるほど」

絆は純也を睨みつけた。

「もう出来上がっていた話ですか」

「ん？　さぁて」

手加減なしの絆の視線を真っ向から受けても、純也の笑みは不変だった。

「よお」

二階に現れたのは、大河原だった。

「部長。この一件、売りましたね。そのために農園に来たんですか？　昨日のデータ探しも」

「ん？　いきなりなんだよ。なんのことだかわからねぇな。けどよ、バーベキュー、美味かっただろ」

「そりゃまあ」

「じゃあ、いいじゃねえか。堅《かて》ぇこたぁ言いっこなしだぜ。キナ臭ぇ話もよ。バーベキューだけにってな。はっはっ」

どうにも笑えないのは、下らなさ加減だけではない。

動かずいると、大河原は咳払《せきばら》いですべてをリセットしようとした。

「ま、そういうことだ。ここぁ、俺の顔を立ててくれや」

絆に寄り、肩を叩いた。

「少しだけ、バーターってやつだ。悪ぃな」

「なんのバーターです？」

聞けば大河原は、声にはせず、ただ指先で上を差した。

上は、天、か。

「だがよ。私利私欲じゃねえぜ。そこだけ、わかってくれや」

「ま、そこは揺らぎませんが」

溜息ひとつ。

それくらいで、腑に落とすしかなかった。

純也がコーヒーを飲み干し、皆川の前に立った。

「行きましょうか。手を貸したりはしませんよ。あなたは、自分の足で歩くべきです。ここから、先のない道をどこまでも。さあ」

皆川が声に誘われるように立ち上がり、ふらふらと歩き出した。

観える分でも、気の総量は微小だった。

おそらく生きながらにして、すでに生きていないところに落ちているようだった。

奈落と言うも、地獄の一丁目と言うも、純也はそれを光の差さない水底と表現した。

皆川が先に、そして純也が階段下に消えた。

と――。

「ああ。そうそう」

なにかを思い出したように、もう一度純也のチェシャ猫めいた笑顔が現れた。

東堂君、と呼ばれた。

「なにも、バーターは大河原部長だけじゃないよ。君にもね」

よくわからない話だ。

それに、バーターも善し悪しだとつい一週間くらい前に思い知った気がする。

「あ。いや」

お構いなく、と言う前に、純也の笑顔はもう階下に去っていた。

「まったく、相変わらず煮ても焼いても食えない人だ」

呟いて絆は顔を回した。

「訂正。煮ても焼いても食えない人たち、ですよね。バーベキューに関係なく」

大河原が聞こえない振りをして、手摺の外に海を眺めた。

二

二日後だった。この日から月は変わって水無月《みなづき》、六月に入っていた。

この年はどうやら、曇りや雨の多い梅雨《つゆ》になりそうだという。

実際、六月の初日は泣くような雨の降る一日だった。

絆はこの日、午後になってバグズハートを訪れた。決めた時間は二時だったが、三時に近かった。

隊を出掛けに雑用で捕まったというのもあるが、いい方に考えることにして、どうせならと大幅に遅れてみた。十五分は不慮だが、残る四十五分は故意だ。

バグズハートの中にいるのは久保寺だけではない。他に二人いた。絆にはわかっていた。

ただし、この日は気配の有無を観てといった話ではない。

いるとわかるのは、呼んだからだ。

二日前の午後、それぞれの携帯に連絡を入れ、この日のバグズハートに呼び出したのは絆だった。

先だって、それぞれの携帯番号を確認してあった。

馬の店で。

料亭〈かねくら〉で。

おそらく、面識はないはずの三人だった。それで、どうせならと到着を遅らせた。互いの自己紹介くらいは、済んでいるだろう。

傘を畳み、絆はバグズハートの室内に入った。

「やあ。お揃いですね」

淹れ立てのコーヒーの、いい香りがした。

「なにシレッとして入ってきちゃってんの？」

美和が自分のデスクに頬杖を付き、睨むような表情だった。笑顔の欠片もない。

それが美和の、本性なのかもしれない。

「すいません」

「そうだな。さすがに一時間は遅過ぎだろう」

応接のソファからまず声を掛けてきたのは、芦屋銀狐の若狭清志だった。いつもの敵対する、硬質な雰囲気が緩んでいた。

「だが、お陰で自己紹介くらいは出来た。たっぷりとな。白石さんは、命の危険は自分一人でいいって、常日頃から一対一のルートを徹底してたからな。白石さんの先に、俺と同じ境遇の奴らがいるのはわかってたが、まさかノガミのこいつもとはな。これは意外だった」

バグズハートにいたのは、この若狭の他には久保寺と、陽秀明の右腕の林芳だった。

「そうですか」

絆も穏やかに応じた。

絆が入ると、美和が絆の分のコーヒーを用意してくれた。

「飲むでしょ」

カップが置かれたのは美和のデスクだった。デスクチェアの他に、パイプ椅子が一脚用意されていた。

応接セットのソファにはテーブルを挟んで奥側に若狭、手前に林が座っていた。黙ってコーヒーを飲み、絆を見詰めた。

携帯で呼び出したのは絆だ。

話の口火を切る責任は、絆にあった。

「お二人には、ご足労いただきました」

若狭清志さん、林芳さん、と顔を向けながら呼んだ。

ただし、絆の携帯に登録された氏名はそれではない。

向浩生と余智成。

最初は中国人だと思っていた。人物照会の結果が不明者と確定してからは、誰かの本名か異名だと考えた。自堕落屋の奥村はそこに偽名あるいは表記ミスまでを示唆したが、絆はそうは考えなかった。他の全員がそうではなかったからだ。

だから、絆は馬の店で魏老五の宴席に乗り込んだ。

余《あまり》、と林芳が囁いてくれたのは僥倖だった。

警視庁のデータベースにアクセスし、再照会した。

ヒットした。

向浩生も同様の手順で照会を掛けた。こちらもヒットだった。

向浩生は向浩生《むかいひろき》であり、余智成は余智成《あまりともなり》だったのだ。

それで、〈かねくら〉に向かった。

向浩生の名前とセットで登録していたナンバーは、若狭の携帯を振動させた。

若狭清志は、向浩生。

林芳も、余智成。

どちらも日本人で、どちらもその昔、警視庁の捜査官だった。入庁時期にも部署にも違いはあれど、どちらも人事考課になんのマイナスもない、優秀な捜査官だったようだ。

そうしてある時期どちらもあっさりとした一行書きの、ただ一身上の都合というだけで、警視庁を依願退職した男たちだった。

「教えてくれ。なにか、俺たちはヘマをしたか」

林芳も今までと打って変わった、静かな声だった。林芳も間違いなく、それが本性なのだろう。

「これです」

絆は、小さな一枚のミニSDを取り出し、応接テーブルに置いた。

声もそれらしい動きもなかったが、三人の意識が集中したのはわかった。

「白石さんが撃たれた公園墓地での視線三つ。あれっておそらく、あなたたち三人ですよね」

誰もなにも答えなかった。

ただし、気配に乱れはなにもなかった。張り詰めて動かない。

無言の肯定、ということでいいだろう。

「白石さんが俺に投げた煙草のパッケージには、実はこれが入ってたんです。一寸の虫の五分の魂、俺は受け取りました」

「ああ。やっぱりな」

納得の声は、若狭だった。

「なぁに、それ」

美和がデスクチェアの背もたれに身体を預けながら聞いた。

「まあ、名簿ファイル、ですね。赤と青に分類された名前と携帯番号。今ではなんとなく、そのうちの赤が顧客で、青が仕入れ先じゃないかと当たりはつけてますが」

「そうか。そんなものを白石さんは。ま、不思議じゃないが。——出来れば少しくらい教えてくれれば、少なくとも銀狐のこの人と腹の探り合いみたいなことにはならなかったが」

これは林芳だが、若狭よりも違和感があった。日本語が、当たり前だが驚くほどに滑らかだった。

「仕方ないだろう。それが白石さんなりのルートの守り方だったんだろうしな」

「そりゃ、そうですが」

若狭と林芳の自己紹介の成果だろう。一時間遅らせて手間が省けた。口の利き方で順列が一目瞭然だった。

それで名簿ファイルですが、と絆は切り出した。

青で書かれた姓名は百八十人分以上あった。対して、赤書きは三十人程度だ。

どちらにも明らかな外国人名もあった。主に中華系の姓名が多く、知ったマフィアの名も多かった。何人か未確認の名前もあった。向浩生と余智成の名は、この段階の意識として外国人として振り分けられたものだった。

それにしても赤青を合わせて二百人オーバーは、膨大な数だ。

だから、絆は調査を振った。

明らかに日本人とわかる姓名は、警視庁のデータベースで照会した。氏名と携帯番号で、まずは簡単に警察関係者と一般人に分けた。一般人などは、照会しなくとも暴力団や大陸系マフィアは姓名からすぐにわかった。

赤にも青にも警察関係者はいたが、青に多かった。特徴で分けるなら青にいる警察関係者は現場の捜査員で、赤の方はキャリア、そんな感じだった。赤には国テロの氏家の名もあった。

指定暴力団関係の連中や大陸系のマフィアもどちらにもいたが、比率からいけばこちらは赤に多かった。

特徴分けは警察関係者と一緒で、青にチンピラ、赤に大物、でいいだろう。

赤には五条のほかに、狂走連合からの成り上がりの名もあった。その他、陽秀明や新宿のチャイニーズ・マフィアも列記されていた。

イメージとして青は雑種、赤は希少種として絆は認識した。

警察関係以外の者たちに関してはそもそも、最初から自堕落屋の奥村やプラカードの鴨下に頼み、一部を高遠たちに振るつもりだった。

こちらに関しては割り合いスムーズに、思った通りの成果が得られた。奥村や鴨下の能力の高さを思い知る結果だった。

未確認の外国人もほとんどが判明した。奥村や鴨下をしてわからなかったのは、当たり前といえば当たり前だが、中華系だと思って疑わなかった向浩生と余智成の二人だけだった。

だが分母の大きさから、一旦はさほど疑問にも思わなかった。大勢に影響無しと判断した。奥村もさして気に掛けなかったし、このときはその口からダニエル・ガロアの名が出て動揺したと言うこともあった。

またそれ以上に大きな問題が、警察関係の方にあった。

本来なら監察の出番であり、それこそ信頼できる連中の部署だったが、今回に限って言えば、とても案件を預けられる状態ではなかった。

それで仕方なく高遠たちに振ったが、結局は、警視庁自体を屋台骨から揺るがすＱＡＳの破壊力を思い知ることになる。

調査は思いきり、かえって諦めがつくほど滞った。

なんといってもファイルに記載された警察関係者の大半が、少なくとも公務員服務規程違反で監察に引っ張られたのだ。人によっては証拠品・押収品の着服、横流しもあった。で、初心に戻ってというか、結果直談判のような形になって、監察の小田垣管理官に捻じ込んだ。

最初は渋っていたが、大ジョッキ五杯分のワインを空きっ腹に流し込んで、加賀美署長の援護が得られたのが大きかった。

「小田垣、やってやりなよ。案外、面白い結果がでるかもよ」

ゲソ天を手で持ってかじりながら加賀美は言った。実に男前だった。

ＱＡＳで引っ張られる警官は、基本悪徳だ。絆が小田垣管理官に頼んだことは、ただひと言だった。

――ガサ入れとかの情報、扱ってない？　白石って人とつるんで。

それだけを聞いてくれと頼んだ。

ビンゴだった。

「さぁてとか、素っ惚ける連中が百パーセントだったわ。間違いなくみんな売り買いしてる。呆れたものね。何人かは吊るし上げてみた。遣り方は聞かないで。でも、売ったのも買ったのもどっちもいたけど、間に入ってるのは白石一人だった。白石は常に自分一人で動いてたみたい。顧客も情報源も、徹頭徹尾漏らさなかったみたい」

絆の中で、話は通った。

白石が残したデータの意味も、だ。

青から買い、赤に売る。

白石のバグズハートは、情報の商社だったのだ。

「だいたいはわかりましたよ」

白石という要《かなめ》を失い、情報の売買は迷走しただろう。

絆が関わっただけでも、道玄坂裏のカジノは、白石の赤ファイルにあった狂走連合の成り上がりが仕切っていた。ガサ入れの情報はつかんでいたのだろう。

対して、小田垣の話に出てきた赤ファイルの一人は、芝浦三丁目の大麻の売買に絡んでいた大山組に情報は流せなかったようだ。

なぜならもう、そのとき白石はこの世にいなかったからだ。

絆はここまでを一気に話し、ようやくコーヒーに口をつけた。だいぶ冷めていた。

集まった三人は、ひと言も口を挟むことなく聞いていた。

張り詰めていた気が、少し緩んでいた。

観念、いや、諦念か。

「そうして最後に、日本人で八人、外国人で四人ばかり、よくわからないというか、調べが難しそうな人たちが赤にも青にも残りました。日本名の二人は本庁のお偉いさんで、他には一人が福岡県警で七年前に定年退職。大阪府警にもいましたけど、今年に入ってから心筋梗塞で亡くなってたんで、こちらは除外です。別の一人は広島の入管で、もう一人は外国航路の船長で今航海中でした。物理的に無理があるんで後回しでです。さらにもう一人は商社マンで、二年前からラオスだってことなんで、これも除外しました。残りの五人のうち四人は外国人で、二人はもうとっくに帰国してました」

絆は一度言葉を切った。

誰もなにも言わなかった。

ただ話にじっと耳を傾けるように、三様に俯いていた。

「ここからはもうだいぶ絞られたんで、数合わせでした。向浩生と余智成。どう探しても判明しない外国人二人と、あと日本名で一人。これに白石さんを殺した犯人。面白いほどに数が、最初の公園墓地に集った数と合いました。だから確信したんです。向浩生と余智成は、俺を見ていた目で間違いない、と。そこからは一本道でした。残る日本人一人はひとまず置くとして、まずは若狭さん、林さん。あなた方です」

絆は若狭に顔を向けた。

「五条国光も、芦屋銀狐の親分も赤なのに、あなたは青でした」

若狭はゆっくり顔を上げ、絆を見返した。

次いで、絆は林芳を指差した。

「魏老五も陽秀明も赤なのに、あなたは青でした」

林芳も黙ったままだったが、頷いた。

「若狭さん、林さん。お二人ともスパイ、あるいは潜入捜査官、ということでしょうか。ああ、向巡査部長、余巡査とよんだほうがいいですか」

絆の言葉に、若狭と林芳はそれぞれの表情で薄く笑った。

どちらかと言えば、若狭の方が笑みは歪んで観えた。

「東堂。その名で呼ぶな。若狭でいい。こいつもきっと同じだろう。なあ」

若狭が振る。林芳は同意した。

「そう。林芳で。それが今の名前、これからも変わらない」

「だよな」

若狭はコーヒーを飲み干した。

「だが、古い名前を役職込みで呼ばれた以上、林芳よりは俺が上だ。俺が話そうか。林芳と久保寺には繰り返しになるが、掻い摘んで、さっき聞いた、林芳の話も含めて」

若狭は足を組み替え、美和にもう一杯のコーヒーを頼んだ。

三

「スパイか。ふっふっ。スパイね。恰好いいな。だが、そんな言葉で括られたのは十八、九年も昔だ。二十世紀だったな」

美和が運んだコーヒーを、苦そうにして若狭は飲んだ。

「東堂。大枠ではお前の推察通りだ。だが、内容ではまったく違う。スパイ？　潜入捜査官？　ふん。赤心《せきしん》に燃えた若い日のことは、そう、血の涙とともにな。ずいぶん昔に、忘却の海に流して捨てたよ」

絆は特に言葉を挟まなかった。なんとなく、推察できることはあった。

二日前、大河原に二人のことは話した。

実は向と余の職歴に触れられたのは、大河原のアクセスコードがあったからだった。

在職当時の向の最後の所属は、第六方面西新井警察署の警備課だった。

同様にして、余の所属は警視庁刑事部捜査第四課、つまり現在の組対の前身だ。そこの刑事だった。

「俺は、所属こそ西新井にあったが、実際には幽霊でな。俺はな、チヨダ課員だった。チヨダの、潜入捜査官だった」

つまりは、そういうことだった。

「当時のトップは、現公安部長の皆川さんですね」

「そうだ。そこで、俺は竜神会担当だった。芦屋銀狐に目をつけたのは俺だ。上手く潜り込めそうだった。それで警察を辞めた。戸籍からなにから、若狭清志として生きるためのものを用意してくれたのは皆川だった。ほかにもどこかに、何人もいたんだろうな。皆川だけがその正体を知った潜入捜査官が。俺だけってことはないだろう。それだと、あまりに悔し過ぎるからな」

若狭の対面で、林芳がかすかに頷いたようだった。

「なんにしても、皆川の異動で俺は捨てられた。ちょうどな、サリンの事件以降、チヨダの存在がクローズアップされている時期だった。あのオッサンがたしかチヨダ最後の裏理事官だったはずだ。その後継組織がゼロだな」

若狭はコーヒーカップに口をつけた。

「あのオッサンは、広げた風呂敷を畳まずに異動しやがった。おっと、なぜ公にしなかったのかなんて言うなよ」

口を開き掛けた絆を、若狭は先に手で制した。

「俺はもう若狭清志だったし、向浩生って男は存在だけはしたが、もう警察官じゃなかった。正式に退職した民間人だった。それが元チヨダで、今もヤクザに所属する潜入捜査官として活動してるなんてよ。なあ東堂、警察はな、そんなことを言ったらどうすると思う？　皆川の意向が働くかはさて置くとしても、よくて聞き流し、無視、悪くすれば揉み消しだ。それは身に染みてわかってた。なんたって、俺が警察官だったからな」

俺が警察官、とは、痛い言葉だった。

「俺だって命は惜しい。ヤクザの世界で生きていくしか思いつかなかった。ヤクザの世界で生きてたしな。ヤクザの世界はもう、そのときにはもう俺の世界になっていた。そんなときだよ。白石さんが声を掛けてくれたのは。落ちかけてた俺に、目的と仕事をくれたのは」

――俺と手を組まねぇか。昼と夜の間、光と闇の間の仕事だけどよ。

そう、白石は持ち掛けたという。

「俺は知らなかったが、白石さんは皆川とも、いいや、警察ともヤクザとも、大陸系のマフィアともつながってた。白石さんは公安捜査官だった当時から皆川とも、芦屋銀狐の来栖長兵衛とも知り合いだったようだ。昼と夜の間、光と闇の間の仕事ってのは、当時からそういうことだったんだな」

子供の心疾患。米スタンフォード大学での手術。

白石はそのために、昼と夜の間に落ちた。

手術の失敗。還らぬ妻子。

そうして、白石は光と闇の間から動けなくなった。

二重、三重のスパイ。

それが四重でも五重でも、きっと白石には同じことだったろう。

どれでも立ち位置は同じだ。

昼と夜。

光と闇。

いいや、人と人。

「皆川と来栖の間で、白石さんはいつしか俺の存在を知った。同じ匂いがするって言ってた。いや、言ってくれた。それから、バグズハートだよ。俺たちは五分の魂しか持たねぇ虫として生きてきた。あっちフラフラ、こっちフラフラ」

軽いもんだ、と言って、若狭はまたコーヒーをひと口飲んだ。

「この林芳も一緒だってよ。聞いたばっかりだが、こいつは捜四から新宿のチャイニーズに潜ったんだそうだ。お袋さんがこっちで結婚した華人でな。言葉が出来るってことで潜ったんだってよ。ただ俺と少し違うのは、使い捨てじゃなかったってことだな。まあ、結果は同じようなもんだが。――十五年くらい前の捜四だ。東堂」

お前は知らないか、と聞かれた。

知っていた。

十五年前、当時捜査第四課の課長だった冬木《ふゆき》は、北陸の広域指定暴力団、辰門会《しんもんかい》会長大嶺滋《おおみねしげる》との癒着を疑われ、自ら命を絶った。

「知ってるなら、話は早ぇや」

林芳はソファで上体を前屈みにした。

「それで俺は、存在が浮いちまったんだ。若狭さんと同じだ。もう戻れねえ。そんな俺に声を掛けてくれたのが、白石さんだった」

――俺と手を組まねぇか。昼と夜の間、光と闇の間の仕事だけどよ。

そうして林芳は新宿で、日本人と中国人の間に生きた。そのうちには、白石のそれとない手回しによってノガミに移り、陽秀明の傍らに居着いたという。

「新宿より、これからはノガミが面白ぇって白石さんは言ってな。それに、なにかのときにはすぐ近くの湯島に、片桐っててぇ心強い馬鹿もいる。落ちようとして落ちきれねえ、一本筋の通った馬鹿だっても言ってた。ま、結局最後まで、片桐さんと腹を割って話す機会はなかったがな」

林芳は前屈みのまま背中を丸め、コーヒーを啜《すす》った。空になったようだ。俺にもう一杯、と美和にねだった。

なにも言わず美和が立った。コーヒーサーバー自体が空だった。

美和は新たにコーヒーを淹れた。

暫時、部屋の中にその音だけがあった。

外に雨音は聞こえなかった。

上がったのだろうか。

「それで、墓地で白石さんを見張っていたのは、なぜです？　それぞれのボスの命令ですよね」

陽秀明も五条国光も、絆が白石からなにか受け取っていないかを気にしていた。

ついでに言えば、氏家もだ。そのことと見張りを立てたことの間には、間違いなく相関はあるはずだった。

若狭の気配がわずかに揺れた。

「俺は違う。俺は、ただ、知りたかったんだ。白石さんは総本部長に買って欲しいものがあると言ったらしい」

「買って欲しい物？」

「そうだ。おい、林芳、お前の方も似たようなものだといってたな」

若狭は林芳に問い掛けた。

「ああ。こっちは例の江宗祥の件だ。白石さんは関わってたらしい」

「えっ。江殺しにですか」

さすがに絆もこの言葉には驚いた。

「それはどういう。やっぱり魏老五が」

「おっと」

林芳は首を振った。

「それは勘弁だ。いくらなんでも言えねぇよ」

「――言えませんか」

「ああ。言えねえな」

「こちら側には、戻らないと」

「戻れねぇってことだな。東堂。若狭さんと一緒だ」

言い方の差は、少しであって隔絶を現した。彼我《ひが》の差があった。

「すべてを消して真っ新《まさら》な状態で潜ったが、それが今じゃあ真っ黒だ。洗いようもねえほどにな。真っ新が真っ黒は、なんの言い訳もできねえよ」

おそらく、言葉でどうこうしようなどとは烏滸《おこ》がましい、生き様の話だった。

生き様は間違いなく死に様も内包している。覚悟の話だ。

絆が警察官の覚悟をもって聞くなら、林芳はチャイニーズ・マフィアの覚悟をもって答えるだろう。

今は必要なかった。

「どうも。話の腰を折りました。それで、白石さんは江宗祥の件でなにを」

絆は先を促した。

「ああ。それでうちのボス、陽を脅したというか、まとまった金を欲しがったんだとよ。今までそんなことは一度もなかったとボスは言ってた。白石さんは、退職金だとも言ったらしいがな」

だから、と林芳はまた若狭と顔を見合わせた。

「だから、な」

若狭が言葉を継いだ。

「俺たちは知りたかったんだ。白石さんが、そんな金を欲したわけを」

「そうですか」

絆は染みだらけの天井を見上げた。

白石は情報のルートを自身だけで一元管理した。

不測の折りの危機管理、自分以外に延焼を防ぐ手段だったのだろうが、結果、横の繋がりのない者たちがそれぞれに動き、互いの疑心をいや増す。

白石は情報を売り買いするうちに、心も情報と同列に扱ってしまったのかも知れない。

バグズハート。

一寸の虫にもある五分の心を、自ら口にしながら軽んじたのだ。

一度でも人を集め、腹を割って話す機会を持っていたなら——。

望む金は手に入ったかも知れない。いや、その前に白石は、天寿を全うできたに違いない。

人と人が出会い、人と人がもつれ、別れ、寄りそう。

悲しみも喜びも、絶望も希望も、あり余るほどだ。

コーヒーサーバーが音を立てた。

出来上がったコーヒーを美和がカップに注いだ。

「白石さんがカネを欲した理由なら、わかる気がします」

絆は、誰にともなく言った。

盆に載せたコーヒーカップを、美和が運んできた。

「なんだ。なんでお前にわかる。——ああ、ありがとう」

まず若狭の前にカップが置かれた。次いで、林芳の前に。

「司法解剖です」

「司法解剖？」

林芳がコーヒーを啜った。

「白石さん、末期癌でした」

絆の前に置かれるカップが揺れた。コーヒーが零れた。

絆は気にしなかった。美和を見上げた。

「あなたに、いえ、あなたたち親子に、白石さんはまとまったお金を残したかったんじゃないでしょうか」

目を見張る二人と、空の盆を抱えて背を返す一人がほぼ同時だった。

「さっき途中にしましたけど、ファイルに残った、よくわからない最後の一人が久保寺さん、あなたでした。それも青でも赤でもないんです。あなただけ青と赤の人名列記のど真ん中に黒書きでした。久保寺さん。あなただけ違うんです」

久保寺は向こう向きに肩を震わせた。

しばらく、絆はそちらを見なかった。礼儀だろう。

ハンカチを出し、デスクに零れたコーヒーを拭いた。

その間に、美和の震えは収まっていた。

さっぱりとした気配が、美和の背中から立ち上るようだった。

四

絆は窓に目をやった。

光があった。

どうやら雨が上がっただけでなく、雲の切れ間から陽が差し始めてもいるようだった。

東堂君、と絆は美和に呼ばれた。

「オズって、わかるわよね。あなたなら」

向こう向きに顔を上げ、美和は声だけを絆に向けた。

「はい。ああ。やっぱり」

「やっぱりってなによ」

「いえ。俺になにか預からなかったかって聞いてきた連中と見張りの数。合わせるつもりになれば、最後は氏家情報官が残ってましたから。そうですか。オズの人ですか。じゃあ、あなただけ現役の潜入捜査官ですね」

「そう。でも、私もこの人たちと大して変わらないわ。いえ、同じ。私はこの人たちの予備軍。だって、警視庁を離職して、ここへ来たんだもの」

「なるほど。でも調べましたよ。黒書きのあなたの名前。警視庁のデータベースにはありませんでしたが」

「それまでは夫の名字だったから。新堂《しんどう》。久保寺は、私の実家の名字」

「ああ。それで」

「でも、来たらすぐに見抜かれた。そういう目って言うかな。嗅覚って言うかな。凄いんだ。白石さんは。だから、この人たちのことも見抜けたんだと思う。見抜いて、取り込んだ。同じように、私も白石さんは雇ってくれた」

美和はまた、肩を震わせた。

――ちょうどいい。サッチョウの機密費から費用は出てるんだろ。じゃあ、俺の方は安くていいな。助かる。

そんなことを言って笑ったという。

「でも、東堂君。どうして白石さんが私に？　どうして、東堂君は、そうだと」

「わかりませんか。いえ、あなたならわかるはずです」

絆は立ち上がった。

「あなたの名前の後ろに、括弧付きで二人の名前が書いてありましたから」

和美、大樹。

「え。逆？　なにそれ」

美和の怪訝な声には、嘘は聞こえなかった。

「最初はたしかに、表記間違いかと思いました。でも、そうするとこの名前だけなんです。ほかに表記間違いは、ただの一件もありません。――キーワードは、白石でした。白石和美。白石さんの、娘さんの名前です」

絆が告げた瞬間、美和は盆を取り落とした。

「バグズハート。一寸の虫の五分の魂。白石さんが俺に託した本当のことは、そこかもしれない。どうです？　あなたに掛ける白石さんの声を。大樹君を見る白石さんの目を。表情を。知っているあなたならわかるはずです。白石さんは、あなたたちに見たんですよ。夢を」

美和は、小さく頷いたようだった。

和美は、白石の死んだ娘の名前だった。

白石は美和に見たのかもしれない。

生きていれば、こう育っただろう和美の姿を。

その生活を。

そして、孫の姿を。

——俺の代わりに、気にしてやってくれねぇか。和美みてぇな美和と、孫みてぇな大樹をよ。

絆には、煙草の紫煙をほっそりと吐くような、白石の照れくさそうな声が聞こえるような気がした。

「久保寺さん。名前のことは？」

美和は頭を振った。

「聞いていないと。当時の氏家理事官止まりですか」

「たぶん、ね。小さい頃に死んだ娘がいるとしか。潜入に必要な最低限の情報しかくれないわ。頼るなと、作れと。そんなことはよく言われたかな」

まあ、わからないでもない。

「じゃあ、潜入前にわかっていたのは、和美さんと同じ齢だったということだけですか」

「同じ？　違うわ」

美和は赤い目と赤い鼻で振り向いた。眼鏡が曇っていた。

「それこそ合わせただけよ。和美さんと同じ齢に。その方がターゲットの興味を引くだろうって理事官が。私、こう見えて本当は、今年で三十四歳だから」

「うわ」

絆は思わず仰け反った。さすがに意表を突かれた。

「なんですか、それ」

二十九歳でも、実年齢より遥かに若く見えると思っていたのだ。それさえ根底から崩れる。

女はなんと言うか、魔物だ。

若狭も林芳も、これには大いに驚いたようだった。

「ふふっ。よく言われる。いえ、言われた、かな」

それで美和は、いつもの笑顔を少しだけ取り戻したようだった。

「でも、離婚や大樹のことは全部本当のこと。生活費には汲々《きゅうきゅう》としてたわ。DV旦那でね。別れるために、私は家から貯金から、なにからなにまで全部を捨てた。守ったのは大樹だけ。そんなときだった。理事官だった氏家警視正に言われたの。暮らし向きの金は、裏帳簿から出すって。だから、白石に貼り付けって。警視正に見込まれたのは私の齢じゃなくて、私のあからさまな貧乏。それと、子連れだったってことかしら。それと今知ったけど、名前、かな。――有無を言う余裕はなかったわ。それで、貼り付いた。最後はあなたにも」

「ああ」

それで、公園墓地の三人目か。聞かなくともわかった。

美和はあの墓地から、ターゲットを白石から絆に変えたのだ。

「ふうん。で、金を出すから違う人間になれと。子供も巻き込んで、違う家族になれと。それがオズの。いや、氏家って人の。――馬鹿馬鹿しいですね。馬鹿馬鹿しいほど、冷淡だ。残忍でもある」

氏家の顔が浮かんだ。

歪みのない正義。初見で思ったのはそんなイメージだ。

正しいと思ったことですべてを貫く。情や心はお構いなしだ。

かえって不必要なら、破壊も排除もするだろう。

「そうね。本当に、そうだわ。馬鹿馬鹿しいっていうか、人でなしよね。公安作業班なんて商売」

美和は眼鏡を取り、ハンカチで拭きながら自分の椅子にストンと落ちた。

「大樹にはこんな姿、恰好悪くて見せられないな」

「なら、見せなければいいと思いますが」

絆はそのまま、顔を若狭と林芳の方に向けた。

「あなた方も、これが警官なら服務規程違反ですけど、形ばかりはいちおう民間人だ。しかも、たとえ本当に白石さんと情報の売り買いがあったとしても、一対一じゃあ、その先はもうわからない」

これからどうしますと絆が聞けば、どうもこうもない、とほぼ同時に同じように答えて、若狭と林芳は別々の方を見た。

「今の場所で、今のやり方。ルーティンってやつか。そうでしか、俺はもう生きられない」

若狭に、覚悟が匂うようだった。

「今のやり方って、スパイのままってことですか」

「そうだ」

「どうやってです？　要の白石さんはもういませんが」

「考えるさ。何人かなら、俺も白石さんとの長い付き合いの中でなんとなく把握した。お前がさっき言ったラオスの商社マン。少なくともあれは、潜入の一人だ」

「危険ではないですか」

「危険だろうが、危険でもそうしなきゃ、俺はただのヤクザになっちまう。バグズハートだ。これは、俺って虫の、五分の意地だな」

「そうですか」

観えるものに、絆は頷いた。

「じゃあ、微力ながら、俺もなにかのときには頼みましょうか。ははっ。実は、今回の件の幕引きを他人に委《ゆだ》ねるバーターってやつで、そんな予算をうちの部長から分捕ってあるんです」

お、いいね、と林芳が指を鳴らした。

「俺も連中の中で、これまで通りに生きる。それしかねえし。実は近々、お袋の故郷に行ってみようかって話にもなってたんだ。大ボスの勧めで、大ボスの金でな。複雑だが、ま、これも親孝行ってもんかってね。そっから吹っ切ってよ。俺ぁ端《はな》から、中国人として生きるつもりもあったしな」

「そうですか」

絆はコーヒーを飲み干した。

「じゃあ、ここを出た瞬間から、ほぼ今まで通りってことで」

立ち上がって、美和を見下ろした。

「あなたは、どうします？」

美和の顔が物憂《ものう》げに上がった。

「どうって？」

「元の所属に復帰する気があるなら、俺が氏家調査官に話を持っていって、思いっきりゴネ倒しますが」

「バッカじゃない？　戻ったって警察なんて、大樹に見せられる商売じゃないでしょ」

美和は吐き捨てた。

吐き捨てたが、声には戻りつつある覇気が聞こえた。赤い目にも、輝きが観えた。

「辞めるわよ、人でなしの商売は。私は、ここを守ってくわ。なんでも屋で、情報屋で。そうキッパリと、あの裏理事官、ああ、あの気障《きざ》な情報官に言っといて」

美和なら、そういう立ち直り方も有りだろう。

「わかりました」

絆は背を返した。外に出ようとした。

ドアノブを握ると、ああ東堂君、と美和の声が追い掛けてきた。

「来週辺り、黒マルチ敷いてメロンのビニールトンネル作るからあ、あと、プチトマトにテントも」

「――ええと。了解です」

バグズハートとは、長い付き合いになりそうだ。

(白石さん。さすがに老練ですね。狙い通りになりそうですよ)

この際、千佳も典明も蘇鉄も、大利根組も、成田の人材は根こそぎぶち込んでしまおうと心に決める。

あの連中なら、絆よりもなお土に馴染んでいる。

千佳の家などはそもそも本式の畑を持っているのだ。

そうしよう。それがいい。

外に出ると、雨上がりの空に鮮やかな虹が掛かっていた。

まるでプチトマトに掛ける、ビニールテントのようだった。

五

この翌日は金曜日だった。

五条国光は銀座の、旧沖田組本家から取り上げたクラブで呑んでいた。

「ふん。おもろないで。なんや、あの姉ちゃん」

国光はタキシード姿でグラスを傾け、酒臭い息で愚痴った。

ナンバーワンを囲った店ではない。そこよりは格式からなにから一段落ちる店だが、三人ばかり気になる女がいた。

客の人気がどうのではなく、国光の好みに合う女だ。

他人が見て羨む女は手に入れた。

あとは、自分で気に入った愛人を作るつもりだった。

影の薄い、痩せた女がいい。大阪でもそうしていた。

今VIP席に侍らすのは、そういう女たちだった。

この日は夕方から、帝都ホテルで宝生信一郎《ほうしょうしんいちろう》の誕生パーティーがあった。宝生信一郎は銀座や六本木などの繁華街に、ビルを二十棟ほども持つというビル会社のオーナー社長だった。

それぐらいの資産家なら掃いて捨てるほど知っているが、国光は出席した。

目的はこの信一郎そのものではなく、信一郎・孝子《たかこ》夫妻の二人の子供たちだった。

宝生祐樹《ゆうき》と聡子《さとこ》。

この二人は専務・常務として信一郎の社業をサポートしていた。どちらもなかなかの辣腕で、社業の傍ら、自社ビルの空きフロアに店舗を積極的に展開している。

どの店も売り上げは好調で、評判も高いらしい。ここ二、三年の銀座や六本木ではまず、宝生兄妹を知らなければモグリ、あるいは商売ができないとまで言われるようだった。

東京に進出し、旧沖田組の店を何軒か引き継ぐに当たり、この兄妹には挨拶した。

そういう義理を欠かないのは父源太郎の教えでもあり、兄宗忠が社訓のように掲げるルールだ。

宝生兄妹、特に妹の聡子は切れる女だった。

会って話しただけで、なるほどと納得させられた。不必要なことは言わず、出しゃばったこともせず、用件があればそれだけを言葉にして、後は静かに微笑んでいた。

東大を出ているだけのことはあった。銀座や六本木を知りつくしていると言われる兄妹だが、中でも夜を知り尽くしているのがこの聡子だった。

昼間は別として、銀座や六本木の夜はすなわち、日本の夜だ。これぱかりは北も新地も敵《かな》わない。

聡子は今のところ、国光が一目《いちもく》も二目も置かなければならない東京者の一人だった。

それだけでなく――。

三十七歳という年齢もいい。

微笑むときの仕草もいい。

そして、ほっそりとした姿もいい。

いずれ手に入れたい女だった。

たとえ、日本の夜の女帝を約束させられたとしても。

それが、この晩は少し遠のいた感じだった。パーティーの席で、迂闊に近づいたのがいけなかったようだ。

昼間のうちに、芦屋銀狐の若狭から報告を受けていた。

「組対の東堂が、白石から預かったのはミニSDでした。おそらく顧客名簿の。問題はありません。なにかの証拠になるようなものではないですから」

「ふん。さよか」

それで白石に関することがすべて片付くわけではないが、軽くひとつ、肩の荷は下りた感じだった。

それで、調子に乗ったかもしれない。

聡子は誰かと話し込んでいた。

見たことのある女だった。たしか、杉下《すぎした》と言うブン屋だった。穂乃果《ほのか》という名前で憶えていた。

大日新聞政治社会部に在籍し、強引にして豪腕の遣り手らしい。その図々しさでもって、一度や二度、竜神会本部に取材に来たことがあった。

そのとき応対に出たのが、総本部長の国光だった。

聡子と杉下の話は、なかなか終わらなかった。聡子が時折難しい顔をしていた。

女記者に食いつかれている、と国光は判断した。

(どら。助け舟でも出したろかい)

寄っていって杉下の肩を後ろから摑み、有無を言わさず引き剝がした。

よろけて杉下は尻餅をついた。

「痛っ。——あれぇっ」

杉下、はすぐに国光だとわかったようだった。

聡子を意識し、国光は杉下の前に片膝を折った。

「去《い》ねや。ここは、あんたみたいなんが来るとこちゃうで」

国光と聡子を交互に見て、杉下は立ち上がった。

「ま、いいけど。じゃ、そういうことで」

物言いは気になった。

聡子に手を振る仕草も気になったが、そこまでにした。

「大丈夫でっか」

それより聡子だった。

聡子はさも面白そうに微笑んでいた。

少し、影が濃く見えた。

「大丈夫ですけど、五条さん。あまり、いい気持ちはしません。他人の場所では特に、女性に手荒な真似は控えた方がよろしいですわよ」

「は？　なんでっか」

無邪気に褒められようとは思わなかったが、真逆の言葉は鼻についた。

聡子がさらに深く笑ったようだ。

影が薄いどころか、濃く鮮明だった。

まるで国光の好みではなかった。

「ここは私の場所。ブルー・ボックスは観月の場所、ですわ。手荒なこととして返り討ちだそうね。今ちょうど聞いたところですの。穂乃果から」

「はあ？」

なんだか意味が分からなかったが、観月、穂乃果、嫌な気はした。

「私の出身、ご存じでしたわね。小田垣観月、杉下穂乃果。どちらも、私の可愛い後輩ですの」

思わず舌打ちが漏れた。

そうだった。

東大女子。

迂闊だった。

「まあ、そもそも東京は、五条さんの本来の場所ではございませんものね」

「なんじゃコラッ」

思わず上擦った声が荒く出た。周囲の者たちが全員見ていた。早々に退散するしかなかった。

そうして、今だ。

「ふん。どうにも、おもろないで」

そろそろ十二時を回る頃合いだったが、呑んでも呑んでも酔わなかった。腹が煮《に》え滾《たぎ》るようで、収まらなかった。

そのとき、店のマネージャーがハンズフリーの受話器をもって部屋に入ってきた。

「なんや」

確認すると、恐る恐るマネージャーは耳打ちしてきた。

聞いて今度は、一気に肝が冷える感じがした。すぐに奪うように受話器を取った。

「も、もしもし」

——ああ、国光。私や。

電話を掛けてきたのは国光の兄、五条宗忠だった。

——遊びも仕事の内や。結構やけど、携帯は離したらあかんでえ。

「あ、いや。そやな」

部屋に入るなり、携帯は放り投げてあった。

何度か鳴った気もするが、気分はそれどころではなかった。見もしなかった。

だいたい、宗忠が自分から電話を掛けてくるなど、思いもよらなかった。

宗忠は人に任せた仕事に、よく言えば一切の口出しをしない。悪く言えば、言い訳も聞かない。

つまるところ成否には成しか有り得ず、暗黙のうちにも失敗は絶対に許さない。

それが、五条宗忠という男だった。

「そ、それにしても兄ちゃん。ようこの場所がわかったな」

東京での仕掛けはまだ、宗忠には詳しくは話していない。旧沖田組から引き継げる資産勘定を洗い出している最中だ。

——わかるでぇ。私は、お前のことはなんでもわかるんや。そう、例えば北海道とかなあ。向こうでも、だいぶお楽しみだったみたいやなあ。

「えっ。あ」

——そうそう、この間殺された白石。あの銀狐の長兵衛さんからお前が引き継いだ情報屋。あれも、同じ頃に北海道だったみたいやでえ。奇遇やなあ。会えれば酒でも酌み交わしながら、下らん話もできたろうになあ。くくっ。末期やろけどなあ。

冷や汗が出た。絶対に知られたくないところだった。

近年、度々バカンスにかこつけ、白石に会っては調べを進めていた〈例の件〉とは、兄宗忠の出生に関することなのだ。

その昔、宗忠が高校二年で、国光が中学一年のときだったか。

二人で、酒を初めて試したときだった。

だいぶ酔った宗忠が国光に言った。

——国光。だぁれも知らんけどな。兄ちゃんな、生まれたときからのこと、ぜぇんぶ覚えてるんや。それもな、オカンの腹から出た瞬間からや。

凄いなぁ兄ちゃん、と言った気がする。

対する、宗光のなんとも言えない表情は忘れられない。

泣き笑い。

崩れた、いや、歪んだ心の表出か。

——あのなぁ、国光。これはな、闇の話や。お前なんか想像もできんくらい、ホンマは暗くて辛くて、悲しいことなんやけどなぁ。

後にも先にも、聞いたのはこの一回きりだった。

気になると同時に、宗忠が不気味に思えた。

宗忠は平生《へいぜい》から、どこか自分たちと違うと思わせるところの多い男だった。

成長するにつれ、縮まるどころか、それはどんどん広がっていくように思われた。

兄は孤高だった。

父に、兄の生まれた日のことをそれとなく聞いたこともあった。

──なんや、ボン。兄ちゃん、普通やでぇ。普通やけど、兄ちゃんは強いんや。ボンは可愛らしい子やから、兄ちゃんについてったらええ。兄ちゃんは、ホンマに強い子なんやでぇ。

と、笑いながら国光の頭を撫でてくれる父源太郎の目が笑わず、いやに強い光を放っていたことが忘れられなかった。

以来、口にしたこともない。

ただ、心に刺さった棘のような疑念は日に日に膨らんだ。

兄と自分の差はなんなのだろう。

兄はなにを考え、どこへ行こうとしているのだろう。

──使えん奴は親兄弟でも使えんで。わてが呆け呆けんなったら、遠慮のう切りぃ。ボンになら切られても文句言わんで。その代わり、ボンもな、頑張るんやで。兄ちゃんな。ありゃあ、下手したらわてよりも非情やからなぁ。

と、父に言われた言葉も忘れられない。

それで、白石を使うことにした。

宗忠の出生に関してだ。どれほど時間を掛けても構わないと告げた。

その代わり、絶対に知られてはならないと厳命した。

今兄は電話で、国光になにを言おうとしているのか。

まさか自分と白石の関係を知って嬲《なぶ》ろうとしているわけではないだろう。

宗忠はそんな男ではない。

宗忠は使えない、あるいは使わないと決めたら、その場でヒットマンを飛ばす男だ。

「あ、兄ちゃん。で、なんや。こないな時間に」

――ああ。そや。忘れるとこだったわ。

お父ちゃん死んだでぇ、と宗忠は淡々と言った。

だから内容が一瞬、入ってこなかった。

衝撃はすぐに来た。

その場で立ち上がった。グラスやアイスペールごとテーブルがひっくり返った。

ホステスたちが悲鳴を上げた。

一切、構わなかった。

「あ、兄ちゃん。ホンマか。ホンマにお父ちゃん、死んだんか！」

――なんや。こないなこと、嘘ついてもおもろないで。ホンマや。ふっふっ。ありゃあ、大往生やでえ。病院のベッドで、こう、ゆっくりゆっくりな。眠るように目蓋閉じて。ええ夢見ながら逝ったんとちゃうかなあ。

まるで楽しいことの説明だった。

父の死だ。

苛立ちが突き抜けた。

「なに笑ろてんやっ。冗談やないで。お父ちゃんがそないな状態なら、なんでもっと早うに呼んでくれんかったんや！」

兄を怒鳴りつけた。初めてのことだった。

電話の向こうでありながら、宗忠の気配が変わったことが分かった。

――だってなあ、国光。お前、東京で大変だったやんか。組対の若いのやブルー・ボックスとか言う収蔵庫の姉ちゃんに振り回されて。〈トレーダー〉も溶けたんちゃうか。ああ、今日はまた、宝生家のパーティーで赤っ恥掻いたみたいやなあ。

固まった。

「あ」

いや、凍った。

父の死を悲しむ心さえ。

――言ったやろ。私は、お前のことはなんでもわかるんや。

ねっとりとして、父の死も玩《もてあそ》んで。

今また、父の死を悼《いた》む自分をも、どこか揶揄《からか》う。

やはり兄は、どこかが普通の人間とは違った。

玄人《くろうと》と素人。

そういう差ではない。

もっと根本的な、根源的ななにかだ。

――帰ってきぃ。葬式や。盛大にやるでぇ。葬式やのうて興行や。私の二代目襲名披露やからなあ。

そう言って切れた受話器を、国光はしばらく握ったまま立っていた。

六

土曜日の湯島だった。

片桐の事務所の入ったビルだが、全体に足場と養生《ようじょう》ネットが掛かっている。なにかの工事が始まるようだ。

絆はこの日、午後になってビルの一階を訪れた。

「ありゃ」

バグズハートの一件の後始末もあり、隊本部で二日間寝泊まりしていた。

同居のゴルダにはその旨を伝えておいた。

その間に、湯島のビルがおかしなことになっているようだとは、訪れる前からすでに予感されてはいた。

なぜなら前夜、ゴルダからなにやら意味不明な電話があったからだ。

――明日午後ね。湯島のビルの一階に集合よ。ちなみに、実印が必要ね。だから私今、成田。大先生から若先生の実印、問答無用で借りたから心配しないでね。身体ひとつで湯島へGO。あ、出来たら運転免許証のコピーは欲しいね。

まったく妙な電話だったが、結果はさらに驚かされる足場とネットだった。

ネットの隙間をよく見れば、一階と二階の窓に貼られていたはずの社名は剝がされていた。空きテナントになったということか。

ビルの一階に入ってから、すでに一時間ほども過ぎていたが、絆は終始憮然とした表情を崩さず、ほくほく顔はゴルダだけだった。

居抜きで出ていった前の会社が使用していたという、粗末な応接セットに絆は腰を下ろしていた。

ゴルダと二人で並ぶと、どえらく窮屈なソファだった。

絆とゴルダの向かいには、作業服の上着を着た恰幅のいい男性と、キチンとスーツを着込んだ若者が一人座っていた。

「OK。これで、最後ですねぇ」

机に置かれた契約書類の甲欄に今、ゴルダがサインをし終えたところだった。

「お疲れ様です。では、確認させていただきます」

スーツの若者が受け取り、入念なチェックを始めた。

絆が不在にしたこの二日間で、いきなりビルのオーナーが代わったという。

そのオーナーの意向で、一階と二階の会社には破格の転居費用を示されたようだ。

ビル全体のリニューアル工事も同様の指示で、なんとエレベータが設置されるという。

容積率とか建蔽率とかの説明は先ほどされたがよくわからない。

ただ、隣との境目にあるデッドスペースを購入し、合筆することによって法令はクリアだというが、これもよくはわからない。

なんにせよ、はっきりしていることがひとつあった。

この日以降、ゴルダは自前で四階に入居することになったのだ。

㈱エグゼルト。

それがゴルダの会社名らしい。

香料の香りたっぷりの岩塩を加工したバスソルトを販売するという。

今更ながら、初めて知った。

「はい。問題ありません。では、これで完了です」

満面の笑みで、スーツの若者が書類の束を取りまとめながら言った。

ちなみに、ゴルダに重要事項説明が為されている間に、絆は同様に説明された自分の書類への記入押印を終えていた。

新しいオーナーの元での、新たな賃貸借契約。

そのために実印と免許証のコピーが必要だった。

『KOBIXエステート㈱　業務三課　宅地建物取引主任者　今谷健人《いまたにけんと》』。

そんな内容が書かれた名刺を、先ほど絆もゴルダももらったばかりだった。

隣に座る男性の名刺には、

『KOBIX建設㈱　常務取締役　山下浩輔《やましたこうすけ》』とあった。

日本に冠たる建設会社のお偉いさんがなぜ、とも最初は思ったが、理由は簡単だった。

「ああ」

少し頭を捻れば、すぐに理解された。

山下たちの背後には今朝方運び込まれたという、目を見張るほど豪奢《ごうしゃ》な応接セットがあった。

そこでやけに寛《くつろ》いでいる二人が、元凶というか、理由だ。

そんな応接セットがあるにも拘らず、客である絆たちなぜ汲々と狭いソファに収まっているのかにも、同様にして納得せざるを得ない答えが当てはまる。

革張りのソファに対面でゆったりと座り、ロイヤル・コペンハーゲン陶磁器工房のカップで、デンメアとか言う紅茶ブランドの、フルーツティーらしきものを嗜《たしな》む二人がいた。

小日向純也とその祖母、芦名春子という上品な老女だった。

「山下。終わりましたか」

春子がカップを置き、声を掛けた。

今谷が書類を鞄《かばん》に入れ終えたところだった。

「はい。お待たせしました」

山下が床に置いたヘルメットを小脇に抱えて立ち上がった。

「では、春子《はるこ》様。早速明日から、本格的な作業に入ります」

「はい。よろしくね」

聞く限り、どうやらこの芦名春子が、ビルの新たなオーナーということだった。

正確には、芦名春子が名誉会長を務める一部上場企業、コウチ財閥系日盛貿易㈱が買い上げたらしい。

「では、東堂さん。ミスター・アルテルマン」

絆とゴルダを交互に見て、山下が丁寧に頭を下げた。

「工期は四ケ月を見込んでおります。作業音や震動など、ご迷惑を掛けることになろうかと思いますが、ひとつ、よろしくお願い致します」

頭を上げるとヘルメットをかぶり、山下は今谷を急かすようにして出て行った。

「いやあ、これ、みんな若先生のお陰ね。これで、新しい生活がはじまりますねぇ」

ゴルダが手を打った。

打つだろう。

打つだろうということはわかる。

ビルの大改修。

エレベータの設置。

これが、純也が言っていたバーターのようだったが、金持ちの、いや、底抜けの金持ちの考えることはよくわからない。

だから、バーターはこれだけに留まらない。

「なんか、どんどん手のひらの上じゃないですか。これがバーターですか」

言ってみた文句は、この先に進めなかった。

「いやいや。バーターさ。破格を出すよ」

純也はチェシャ猫めいたいつもの笑みで、指を二本突き出した。

「敷金礼金無しの、月二万。どうだい？」

「……はあ？」

「おや。不満かい」

こういうとき、庶民の身体は正直だ。

口で答える前に、絆の首は横に強く振られていた。

「じゃあ、決まりだ」

そんなこんなで握手をさせられたのが、約一時間前だった。

それにしても――。

父亮介の残した八百万の残金で、三十年は〈タダ〉で住めた。

タダより高い物はないというが、タダより安い物も間違いなく、有り得ない。

(この際、手のひらの上で踊ってみるか)

契約書に押印すると、不思議とそんな気分にもなる。

「東堂さん。ゴルダさん。フルーツティーー、いかが」

こうなったら、毒でも皿でも食らってみるのも手だ。

「いただきましょう」

絆は春子の勧めに、男臭く笑って見せた。


(シリーズ第五巻に続く)

本書は書き下ろしです。
また、この物語はフィクションであり、実在の
人物・団体とは一切関係がありません。

中公文庫

バグズハート
——警視庁《けいしちょう》組対《そたい》特捜《とくそう》K《ケイ》

2018年2月25日　初版発行

著　者　鈴峯《すずみね》紅也《こうや》

発行者　大橋善光

発行所　中央公論新社
〒100-8152　東京都千代田区大手町1-7-1
電話　販売 03-5299-1730　編集 03-5299-1890
URL http://www.chuko.co.jp/

ＤＴＰ　柳田麻里
印　刷　三晃印刷
製　本　小泉製本

Published by CHUOKORON-SHINSHA, INC.
Printed in Japan　ISBN978-4-12-206550-5 C1193

各書目の下段の数字はISBNコードです。978－4－12が省略してあります。

中公文庫既刊より

す-29-1
警視庁組対特捜K
鈴峯紅也
本庁所轄の垣根を取り払うべく警視庁組対部特別捜査隊となった東堂絆を、闇社会の陰謀が襲う。人との絆で事件を解決せよ！　渾身の文庫書き下ろし。
206285-6

す-29-2
サンパギータ　警視庁組対特捜K
鈴峯紅也
非合法ドラッグ「ティアドロップ」を巡り加熱する闇社会の争い。牙を剝く黒幕の魔の手が、絆の彼女・尚美に忍び寄る⁉　大人気警察小説、待望の第二弾！
206328-0

す-29-3
キルワーカー　警視庁組対特捜K
鈴峯紅也
「ティアドロップ」を捜索する東堂絆の周辺に次々と闇社会の刺客が迫る。全ての者の悲しみをまとい、絆が悪の正体に立ち向かう！　大人気警察小説、第三弾！
206390-7

な-70-1
黒蟻　警視庁捜査第一課・蟻塚博史
中村啓
「黒蟻」の名を持つ孤独な刑事は、どこまで警察上部の闇に食い込めるのか？　このミス大賞出身の実力派作家が、中公文庫警察小説に書き下ろしで登場！
206428-7

し-49-1
爪痕　警視庁捜査一課刑事・小々森八郎
島崎佑貴
麻薬組織と霞ヶ関に投げ込まれた爆弾。それは、捜査一課最悪の刑事・特命捜査対策室四係の小々森八郎。警察小説界、期待の新星登場。書き下ろし。
206430-0

こ-40-24
新装版　触発　警視庁捜査一課・碓氷弘一1
今野敏
朝八時、霞ヶ関駅で爆弾テロが発生、死傷者三百名を超える大惨事に！　内閣危機管理対策室は、捜査本部に一人の男を送り込んだ。「碓氷弘一」シリーズ第一弾、新装改版。
206254-2

こ-40-21
ペトロ　警視庁捜査一課・碓氷弘一5
今野敏
考古学教授の妻と弟子が殺され、現場には謎めいた古代文字が残されていた。碓氷警部補は外国人研究者を相棒に真相を追う。「碓氷弘一」シリーズ第五弾。
206061-6